红妆 武装

孙彤 ◎ 著

中国言实出版社

图书在版编目（CIP）数据

红妆　武装 / 孙彤著 . -- 北京 : 中国言实出版社，2022.6

ISBN 978-7-5171-4141-9

Ⅰ . ①红… Ⅱ . ①孙… Ⅲ . ①长篇小说 – 中国 – 当代 Ⅳ . ①I247.5

中国版本图书馆 CIP 数据核字（2022）第 069913 号

红妆　武装

责任编辑：郭江妮
责任校对：王战星

出版发行：中国言实出版社
　　地　　址：北京市朝阳区北苑路180号加利大厦5号楼105室
　　邮　　编：100101
　　编辑部：北京市海淀区花园路6号院B座6层
　　邮　　编：100088
　　电　　话：010-64924853（总编室）　010-64924716（发行部）
　　网　　址：www.zgyscbs.cn　电子邮箱：zgyscbs@263.net

经　　销：新华书店
印　　刷：北京盛通印刷股份有限公司
版　　次：2022年6月第1版　　2022年6月第1次印刷
规　　格：710毫米×1000毫米　1/16　15印张
字　　数：245千字

定　　价：68.00元
书　　号：ISBN 978-7-5171-4141-9

孙彤，中国作家协会会员，山东聊城人，文学硕士。
出版长篇小说《红妆　武装》，散文集《"彤"言无忌》
《往昔之城》，在《解放军文艺》、《天津文学》、《长江文艺》、《山东文学》、《时代文学》等杂志发表多篇小说，曾获得首届长征文艺奖和省部级文学奖项。

目 录

当我醒来的时候，那片杨树林没有了，东昌湖上大片大片的芦苇花飘散了，满天星光也消隐了，一切都无影无踪。我抬起头看看窗外，明晃晃的阳光肆无忌惮地泼洒下来，刺得眼睛生疼。我看到挂在床头的军装才清醒过来，我又做了一场冗长而混沌的梦。

明天就要去新兵连了，母亲却强行塞给我这样一个事实——苏泽里不是我的亲生父亲。

周围弥漫着熟悉的味道——消毒水的味道，那是母亲留下的味道，她的身上、白大褂上、军装上、便装上，甚至衣柜里永远都充斥着这种味道。我常常怀疑这种味道是从她身体里面长出来的，但此刻这种气味却让我感觉很陌生。

我侧身捧起床头那张发黄的照片，照片上对我笑着的是我未曾谋面的父亲。母亲的话又回荡在我耳边："你父亲像风一样从我的生命中穿过。"要离开家了，我才确信刚才母亲给我讲的都是真的，这张照片让那些飘散了的故事有了真实的质感。拿起来仔仔细细地端详，终于知道我跟这个男人长得多么相像——照片上的父亲英姿勃发，眼睛非常漂亮，大而深邃，带着些许的忧郁，我百分百确定我就定是他的女儿，因为他的眼睛几乎翻版一样遗传给了我。我久久地注视着，有一种窒息的感觉，明明感觉到一种隐隐的痛，却不是来自生活中的那种实实在在的肌肤之痛，而且这种痛像水波一样跌宕，撞击着我的心弦，痛过之后是麻木，麻木之后又变得清晰。

我突然很想念父亲。从未与他见过面，在我心里他只是一个符号，甚至连符号也算不上。如果苏泽里知道我现在的想法，他一定会伤心的。我早就怀疑苏泽里不是我的父亲，母亲一米七，苏泽里差不多也只有那么高，这个小个子男人竟然有勇气找一个看上去比他还高的女人。他的小眼睛、短下巴、圆圆的鼻头和矮胖的身材都让我曾经暗暗庆幸他的基因遗传到我这里时发生了如此神奇的变异，不知道他哪辈子积了德，把我生得如此漂亮。

人生很多经历是无法避开的，当时光渐渐走远，回忆就模糊成一个个框框，那些画面会发黄，会隐退，会被一场场夏雨和冬雪冲淡。但有些光景却清晰得历历在目，如果又恰恰是你特别想忘掉的，就会变得针锋相对，像刺一样扎入你的神经。就像十一岁那年的夏天，经常鲜活地从岁月深处跳跃出来。

那是一个闷热的傍晚。我刚刚从学校出来，天空压得很低，阴暗得像一块破抹布，很多蜻蜓在半空中绕旋。我背着书包急急忙忙往家里跑，想回家拿笤帚扑蜻蜓，晚上睡觉放到蚊帐里逮蚊子。当我回家后，被眼前的一幕惊呆了，院子里横七竖八地散落着一些衣服，上面踩满了脚印，我最好的伙伴——一只我起名叫"二胖"的狗，躺在血泊中，腹部还在剧烈地起伏着，绛紫色的内脏拖了一地。我一下子蒙了，走过去，看到它的眼睛瞪着，有愤怒，有惊恐，还有求助。我大声地叫着母亲，没有人应答，我走进屋，一推门，门框就掉了下来，门上面还有一个大窟窿，电视机被扔在地上摔得粉碎，我脑子里一下子被洗空了。这时听见外面车响，紧接着就是叮叮咣咣的脚步声。两个人冲了进来，这两个人我认识，他们住的离我家不远，是我的本家叔叔，平时碰到他们，虽然不熟，苏泽里都让我跟他们打招呼。他们进来看到我，拉着我就走，我像一只被打断了骨头的小鸡，被他们拎起来就塞进了面包车。

在车上，他们威胁我不许说话，也不许哭。我就怔怔看着他们，眼泪大颗大颗地往下落。他们随手掏出一块毛巾，把我的眼睛蒙上了，还把我的手反背着系住。毛巾勒得太紧，我感觉我的眼珠都要暴出来了，我陷入无边的黑暗当中，接着就听到他们给苏泽里打电话："你女儿在我手里，你拿十万块钱来赎她的命。我也知道这十万块钱对你来说不算什么，你把钱放杨树林东头的枯井里，放好之后给我们打电话，不要报警，否则我们就弄死她。"说完在我胳膊上狠狠一掐，我失声尖叫起来，叫声刀劈斧削般在黄昏中划了一条长长的口子，黑色大团大团地从天际边涌来。

我知道，我被绑架了。

车开到一处停了下来，他们把我拎下车，推着我跟跟跄跄地往前走，到了一处地方，他们解开了蒙在我眼睛上的毛巾。树林里黑黢黢的，正是黄昏，天还没有黑透，影影绰绰，如同鬼魅。我不停地打战，汗水顺着偾张的毛孔汩汩地往下流。

哑默的黄昏，低湿的空气中，树影像幽灵一样慢慢移动。我嘴里咕哝着喊了声"叔叔"，我想讨好他们，让他们放掉我。可他们却狠狠地瞪了我一眼，让我闭嘴。我知道他们看透了我的心思，我的可怜唤不醒他们的同情心。

天色越来越暗，蚊子像轰炸机一样在我身边飞来飞去，我的手被绑着，只能靠不停地扭动身体来躲避蚊子的攻击。但还是被叮了一身包，那种痛痒像有千万只蚂蚁爬过。

他们两个坐在地上，打开啤酒，摆弄起了手里的大哥大，也许他们是为了这次"专项"行动才买的。

不到半小时，大哥大骤然响了起来，在空旷的树林中，那声音像一枚射出的箭呼啸而来，刺进我的耳膜。

他们把电话接起来，没有说话又挂断了。接着他们又蒙上我的眼睛，推推搡搡地把我送回面包车上。

到了一处地方，我被推下车。过了几分钟，我听见车发动的响声，我不知道被带到了哪里，也不知道我还能不能活得成，只能听天由命了，悲哀在我心底迅速膨胀起来。但是车响声却渐渐远去，当蒙在我眼睛上的毛巾再次被扯下来的时候，我看到了苏泽里。

我一下子瘫倒在他怀里，他抱着我号啕大哭起来。我从来没有见过苏泽里的情绪这么失控过，眼泪像决了堤的河一样汹涌。我呆若木鸡地看着他失声痛哭，仿佛刚刚经历一场劫难的不是我，而是他。

二

　　我病倒了，连夜住进了母亲工作的九三一医院，高烧不退。作为护士长的母亲那晚破例没有再去查小护士们的岗，而是在床边照看了我一晚上。在医院住了几天后，我被送回了姥姥家，姥姥的家仿佛是金刚焊成的，只有在那里我才会安心。

　　那个夏天，那么长那么长，像一条锁链，把我的心锁住，让我不能释怀。我开始变得沉默，我没有问过苏泽里为什么我会遭绑架，不想知道太多，他也没有主动跟我解释过。每个星期他都会和母亲来看我一次，一家人坐在一起吃顿饭。苏泽里对姥姥一直毕恭毕敬，每次来，总是大包小包得像搬家一样给姥姥买东西，并且在很多场合由衷地赞美她："我见过很多女人穿旗袍，但能穿出韵味来的只有我妈。"他当着姥姥的面很少叫过"妈"，但在背后却总是一口一个"我妈"，叫得比谁都亲，仿佛那就是他亲妈一样。但不知道为什么，姥姥对苏泽里总是一副不冷不热的样子。

　　我心里注满了危机感，像一只胆战心惊的兔子，不知道哪一刻就成了别人的猎物。在班里，我和同学们保持着很远的距离，不参加班里和学校里组织的任何活动。那片幽暗的树林始终萦绕在我的脑海里，那根深深勒进我皮肤里的绳子一直捆绑在我的心上。

　　我的伙伴也很少，如果有，那就是我舅舅家的表妹魏来，因为有了她，我不再觉得那么孤单。她只比我小五个月，舅舅当年下乡去了海岛，魏来就是在海边出生的。她几乎每个假期都来聊城住一段时间，给我寂寥的童年和少年时光注入了很多快乐。魏来这个名字当初是姥姥给她起的，她姓魏，取了个"未来"的谐音，希望她前程似锦，小时候她就长得一脸喜庆，谁见了都要逗逗她，因为那张圆嘟嘟的脸远比我讨人喜欢，我瘦得跟猴子一样，而且很任性，大人们一不顺着我的心思，我就又哭又闹。姥姥很宠她，不像对我那么严格，让我心生妒忌。她跟着姥姥一直到上小学才回了舅妈身边，回到海岛后的魏来像一株嫁接的植物，经过大海的滋养，长出了如海一般粗犷豪迈的枝蔓。青春期的魏来就没有小时候那么喜人了，体重汹涌澎湃地往上涨，我出落成窈窕可人的花季少女时，魏来却胖得连衣服都买不着。

但魏来有一种特别的灵气和聪慧，高中毕业后，她考上了聊城大学，我不知道她为什么会报考这所学校，她的分数本来是可以上更好的大学的，可能是因为有我们在的缘故吧，她说她很喜欢这里，不像海边那么潮湿，几乎每天都是阳光明媚，心情也会如春花般灿烂，尤其是在姥姥家里吃着八批果子，喝着姥姥亲手熬制的甜沫时，那种幸福的感觉就像刚开启的啤酒瓶，咕嘟咕嘟往外冒。

我则喜欢上了画画，画笔成了我与世界沟通的唯一方式，笔尖在纸张上的摩擦声让我找到慰藉，找到安全感。我也喜欢姥姥，我知道姥姥同样喜欢我，在她看来，我简直就是她的翻版。

三

　　我没有像其他青春期的孩子一样做梦都想逃离家长的束缚，一心梦想着去远方，恨不得离家越远越好，相反我很恋家，姥姥那闪着银质光泽的头发就像一条温润的河，把我包裹在其中，让我不想离开。

　　我匆匆忙忙地就长大了，高中毕业时我也报考了聊城大学，就在离家不到两公里的地方。上大学跟上高中没什么区别，就是轻松了许多，周日抱着一大堆零食回到宿舍，周五抱着一堆脏衣服回家，确切地说是回姥姥家。母亲大部分时间都在单位，苏泽里也忙得像一个空中飞人。相比起来姥姥的家散发着棉布般温暖的质地，尤其是布艺沙发和老茶几，都还是八十年代的，所有的时光都贴伏在上面，仿佛伸出一只手，拽住了时光的衣襟，有一种停滞的感觉，我喜欢这种停滞，这个世界变化太快了，让我眼花缭乱，我钟情于一成不变的东西，让我觉得时间好像没有往前迈过步子。苏泽里曾几次要给姥姥换家具，都被姥姥拒绝了，我暗地里高兴，当时还怕姥姥会很痛快地答应。

　　我是一个念旧的人，会时常翻看老照片，或者反复听一首歌，因为只有自己知道，那些东西牵绊着我多少心绪。

　　我在大学里读的是美术系，我的画也经常得到老师的好评。但我很孤独，大二那年的暑假，我去市郊的苹果园里租了一个小木屋写生，夏天的果园里散发着阵阵果香，让人心旷神怡，我喜欢那里的清静，可以安心创作。但很快我被苏泽里强制带了回来，他脸色绛紫，大声朝我吼着："万一你再出点什么事，还要不要我活了？"

他脸上的五官因急躁而挤在了一起，我当然明白他为什么会发那么大的脾气，是担心我再次被绑架。他是富甲一方的著名企业家，在聊城几乎没有人不知道他的名字，从一个退伍兵到腰缠万贯的大老板，很多人"羡慕嫉妒恨"是在所难免的。

大三的一个夏日午后，和所有平凡的日子一样，天气热得像个闷罐子，初生的叶片被猛烈的阳光煎得嗞嗞作响，整个校园像一片懒洋洋热煦煦的红木林，散发着似睡似醒的梦境一般的气息。这时楼管响亮地一嗓子，把正在午睡的我从床上喊了起来："苏红果，快递！"

我迷迷糊糊地趿拉着鞋下了楼，拿了快递，又眯着眼睛回到了宿舍，拆开一看，是省文联寄来的证书，我的作品获奖了，书画大赛二等奖，"倏"地一下，我睡意全无，转着圈在宿舍里跳了起来，这是我第一次荣获省级奖项。这一跳不要紧，正好踩到门后斜靠在墙上的铁簸箕上，锋利的簸箕边儿直直地插进了我的脚后跟，顿时鲜血淋淋，当我看到白花花的骨头时，尖叫声把一整屋的人都吵醒了，她们被眼前的一幕惊呆了，不知所措，我更是像被点了穴一样一动不动，直到有一个胆大的舍友把插在脚上的簸箕拔了出来，我才感到钻心地疼。血像喷泉一样涌了出来，众人七手八脚地架着我往校医务室跑。

血就这样淋淋洒洒落了一路，经过操场时，正好一帮男生在打篮球，班长付星也在，看到一群女生拥簇着我，赶紧跑过来问："怎么了？"

"苏红果的脚受伤了，很严重。"

付星把手里的篮球一丢，背起我就往医务室跑去。趴在付星背上，疼痛感一下子减少了很多，取而代之的是紧张不安和一种无法诉说的感觉。自从长大后，就再也没有和异性这样接触过了，仿佛有电流迅速传过全身，紧接着是窘迫。

正当我思绪乱飞的时候，医务室到了，医生做了紧急止血和包扎后，赶紧派校车送我去医院。所有的同学又"哗"一下子上了校车，付星也跟着上了车，于是一群身穿睡衣、脚穿拖鞋的女孩拥着同样身穿睡衣、脚穿拖鞋的我就这样去了医院，又是打麻药又是缝合，折腾了近两个小时，一共缝了十一针，才把伤口处理完了。

直到这时，大家才松了一口气，期间付星又跑回学校拿钱，来来回回挂号，缴费，跑得满头大汗。我向他道谢，他憨厚地笑了笑，没有说话，而是抚了一下我的头发。刹那间我觉得自己就像一只摔伤翅膀的小鸟，被一双温柔的手救起。

因为学校离聊城市人民医院近，当时就没有去九三一医院，我给母亲打了一个电话，却是忙音，她的电话总是占线。我想去姥姥家，怕她年事已高再激动，想想还是不去了。我突然有一种无家可归的感觉。

小时候，我就是个很漂亮的小姑娘，眉清目秀，聪明伶俐，苏泽里一有机会就把我举起来坐在他肩膀上转圈圈，用胡茬扎我粉嘟嘟的脸，听我肆无忌惮地大笑。我上幼儿园的时候，开始流行健力宝碳酸汽水，我疯狂地喜欢上这种饮料，他就一整箱一整箱买回来给我喝。后来苏泽里的生意越做越大，应酬越来越多，似乎也离我越来越远，对我的关心就像例行公事一样，总会给我一沓厚厚的钱，似乎在用钱弥补着对我关心的欠缺。母亲刚刚当上护士长，每天泡在病房里，有的时候还要让我给刚下手术台的护士们去送饭，更别提照顾我了。

回到学校，付星作为班长，主动承担起了照顾我的任务，他给我买了副拐杖，每天推个自行车来女生宿舍楼下接我去食堂，吃完饭再推着自行车去教学楼，教室在七楼，平时只有老师才能坐电梯上下楼，负责开电梯的大爷专门给我俩开辟了绿色通道，每天乘电梯上下楼。

一时间我们两人成了校园里的一道风景，付星长得高大帅气，大家都在琢磨他怎么会喜欢上一个像稻草人般的女孩。

青春的爱恋就像云雾中的月光，朦朦胧胧，虽然我们两个人谁也没有表白，但我知道彼此都有了好感。付星的影子无时无刻不在我脑子里晃来晃去，我莫名其妙地想见到他。

过了几天，到了付星的生日，我买了两块 NIKE 手表，他一块我一块，看似无意，却是很用心。很多女生见到我时，眼睛里的温度比非洲热带雨林还高，恨不得用眼神杀死我。等脚上的伤口愈合了，我才回姥姥家，她看着我脚上像蚯蚓一样的伤疤，眼泪啪嗒啪嗒往下落。

恋爱后的我整个人都明媚起来，像一个温婉的小女人，把全部心思都用到了付星身上。我很喜欢张爱玲赠给胡兰成照片时，在背面写下的一句话："见了他，竟然满心欢喜，一直低下去，低到看不见的尘埃里，开出卑微的花来。"这句话道出了我的心声，就那么吻合，那么严丝合缝地紧贴着我的心。我像付星当初照顾我一样，每天早早地买好饭在宿舍楼下等他，给他买最贵的篮球服，请他去最豪华的咖啡厅、酒店。在校园散步的时候，我主动挽着他的胳膊，任从身边经过的女生咬牙切齿，我脸上则是春花一般的灿烂。

我知道付星和我在一起，日子远没有那么好过，不说别的，兄弟们的眼神充满了鄙夷，他们觉得付星只不过是一个十足的拜金男。我也总有一种如梦幻般的恍惚，有一种预感，这一切不过是过眼烟云罢了，但我宁愿相信我的预感不是真的。

苏泽里给我在开发区买了一套房子，我本来就是学美术专业的，对室内设计还比较在行，就邀请付星一起设计画图，把房子装修成他喜欢的模样，其实当时我有个大胆的奢望，就是毕业后能和付星结婚，住进这所房子。我们花了好几个通宵，周末把图纸设计好了之后请装修工来干活。

正值酷暑，我看着装修工汗流浃背地干活，顿生怜悯之情，给他们买来一箱雪糕放在屋里，把定好的工钱又加了一笔。付星看着我，也许是被我眼里流露出来的淳朴和真诚打动，忍不住在我脸颊上轻轻地吻了一下。我像得到了一个暗号，内心积蓄已久的感情如火山般涌了出来。

上公共课都是在一个大阶梯教室，有一天我去晚了，就坐在了最后一排，看到前面的付星和戏剧系的刘小A眉来眼去，突然想到李商隐的一句诗"隔座送钩春酒暖，分曹射覆蜡灯红"，李商隐和美艳的宫女在宫廷之上，情难自已，只能暗送秋波。但我很快就把这意蕴撕裂了，付星不是李商隐，刘小A又算是个什么东西，连宫女都不如。这两人说是来上课，倒不如说是来调情，任凭老师在台上声情并茂地讲，他们自顾在底下眉来眼去地笑。

不久，学校食堂贴出海报，戏剧系演话剧《日出》，他们系的系花刘小A演女主角，我和付星去看，光听名字就知道这个刘小A不一般，还带一英文字母，在大学这种美女如云的地方，她美得明目张胆，艳压群芳，独树一帜。大二的时候就已经频现荧屏，接拍了不少广告，还演了几部电视剧，虽然都只是配角，但已初露头角，在学校里也是风云人物。演《日出》话剧时，当她一袭晚礼服出现在台上时，付星的眼睛里闪过从未有过的光芒，这种眼神飘出去的时候，被我捕捉到了，让我感到紧张。一共四幕剧，付星仿佛钉在座位上一样，看得聚精会神，直至散场，付星仍然往后台观望，然后恋恋不舍地离开了礼堂。谢幕后刘小A提着裙子走出化妆间，与付星擦肩而过，付星已经不顾我在身旁，频频回头。我当时就有些恼火，但没有发作，我还没有对他发过脾气。

人生就是这样，你执着于什么，往往就被什么所伤害，我那么真诚地爱着付星，他却心猿意马起来。

从那以后，他和我在一起时常走神，有些心不在焉，甚至是在敷衍，我问他，他只是说最近忙着毕业展览，比较累。我想可能我误会他了，就赶紧买了一大堆吃的送到他宿舍。

我把自己和刘小A暗暗做过比较，而且是很客观的比较，我的美丽不逊于她，但不是一种类型。刘小A的眼神总是带着一种挑逗般的弧线，妩媚，娇艳。而我，像一株静静的白莲，安静，甚至有些乏味。风情万种的女孩即使只是一个花瓶，但如果摆对了位置，就依然是件艺术品，而不解风情的女孩就像锅碗瓢盆，价值只在于她有用的那一部分。一想到付星看刘小A的眼神，便如被针扎了一下，我多么希望付星看我的眼神也那么柔软。

后来我约付星出来，他就总说自己在赶毕业画展，忙不过来。我买了付星最喜欢的烤肠和苏打水去画室找他，发现他并不在画室，给他打电话，竟然关机了。

一天晚上，马上快到十一点，要关宿舍门了，我热得在楼上待不下去，便下楼溜达，两天都没有见到付星了，让我心烦意乱，没想到正碰上付星牵着刘小A的手匆匆往宿舍走，我被这突如其来的变故惊呆了，不知所措，只是机械地跟在他们后面，付星和刘小A没有发现后面有人尾随，直到走到女生宿舍楼下，付星在刘小A额上印下深情的一吻，我才如梦初醒，大叫了一声："付星！"

两个人怔了一下，回头一看是我，刘小A一句话也没有说，扭着纤细的腰肢从我身旁飘过，在走到我面前的时候，她竟然还白了我一眼，那是一个女孩无与伦比的骄傲和对另一个女孩的不屑一顾，是一个女孩向外一个女孩奏响的战歌，那种眼神仿佛一把利剑，把我的心划开了一道痕，我看到路灯下自己残缺不全的影子。

紧接着付星也转过身朝男生宿舍走去，连一句解释都没有，一个轻而易举的转身，就把一段尚在襁褓中的感情干净利落地放弃了，不留一点痕迹，仿佛微风拂过，吹落了肩上的一根发丝那样容易。

我去了小卖部，买了一整箱雪糕，然后坐在宿舍楼前的石凳上开始吃。熄灯了，同宿舍的姐妹们打了我十几遍手机都没人接，便分头出来找我，她们已经觉察到了这些天我的反常。在校园里转了一大圈后，才发现我在楼底下拿着雪糕面无表情地呆坐着，手里的雪糕化了，和眼泪一起滴落到地上。她们走过来，怔怔地站在那里，不知道该说什么。我却笑了起来，笑得很诡异，说："今晚特想吃雪糕，没事，我吃完就回宿舍睡觉。"我哭不出"梨花一枝春带雨"的妩媚，和着眼泪把雪糕咽了下去。

付星还是像风改变了方向一样变心了，爱情就像一件华美的衣服，穿在别人身上美丽而耀眼，穿在我身上，就成了小丑的戏服。

失恋后的我像一只被剪掉了翅膀的鸟儿，我最不愿意去面对的，是曾经相爱的两个人最后像陌生人一样擦肩而过，我无法接受这个残忍的现实，因为我不明白当初的亲密无间怎么会变成两两相忘的冷漠，也许我们就是两生花，叶不见花，花不见叶，两两相生，两两相忘。我以为爱情可以填满亲情的缺失，但偏偏带给我更多的遗憾。我不再去画室，周末也不回姥姥家，我的任何情绪都逃不过她的眼睛，我不想让她看到我的痛苦。

我开始足不出户，每天窝在宿舍里，舍友们都劝我想开点，站在痛苦之外规劝别人总是件很容易的事，其中的苦涩只有亲身经历过才能体会。我觉得自己像是一只漂流瓶在大海中漂浮，我很怕安静，她们的嬉笑打闹声像一根稻草拽着我，让我不至于沉下去，我把那些回忆撕成零散的碎片，咽进肚子里。

毕业季终于来了，天南海北的兄弟姐妹们马上各奔东西了，有的也许一辈子都见不着了，让我又爱又恨的付星也要离开这座城市。毕业餐会上，突然特别留恋这一张张洋溢着青春的脸，我拉着人家的手，非要和他们喝酒，一杯接一杯地猛灌，从未沾过酒的我酩酊大醉，一晚上吐了四五次，怎么回的宿舍都不清楚。

天还蒙蒙亮的时候，我从昏睡中醒来，胃里空空的，昨晚已经吐光了，我从上铺爬下来，推开宿舍门，在走廊里靠着栏杆席地而坐，静静地看着天边的苍茫曙色，昨夜的狂欢已悄然退场，现在的心情和这淡青的天色一样蒙着淡淡的惆怅和迷茫。想想大学这几年的时光，仿佛什么也没有做就过去了，我昨天还问系主任怎么觉得大学几年什么也没有学到呢，他说什么也没有学到就证明你什么都学到了。

我当时已经头晕目眩了，但还是把这句话记在了心里。我觉得系主任的话还是很有哲学高度的，思绪就围绕着这句话飘荡起来。

这时睡在我下铺的倪焕焕也醒了，出来看到我坐在栏杆旁发呆，就回屋从床上摸了盒烟，在我旁边坐了下来，递给我一支，然后很娴熟地点上了。我看着她吸烟的样子，很有范儿。倪焕焕是个胖子，她的激情像她的脂肪一样总是很充盈，她会不顾一切地去爱上某一个男生，通常情况下那个男生长得还不错，都属于小白脸之类，然后不久倪焕焕就会被抛弃，周而复始。前两天因为再度心灰意冷，一怒之下剪掉了留了八年的长发，斜分的短发总挡着半边脸，看上去对什么都不屑一顾的样子。

我点了烟，刚吸第一口就被呛到了，剧烈地咳嗽起来，又怕把屋里睡觉的姐妹们吵醒了，于是就使劲压着。倪焕焕面无表情地坐在我旁边，仿佛知道第一次抽烟的人都是这个样子，见怪不怪了。

烟雾袅袅升起，缓缓汇入视线里。现在明白姥姥为什么吸烟，因为烟确实能减压。姥姥吸得很少，在烦躁的时候、恐惧的时候、六神无主的时候，总会点上一支烟。烟是智慧的支点，印证了黑格尔的名言"合乎理性的东西都是现实的，现实的东西都是合乎理性的"，就是所谓的"存在即合理"，人人都知道吸烟有害健康，但它的销量依然在这个世界上只增不减，因为人们需要它。

倪焕焕看着远方的天空，幽幽地问了一句："这四年你后悔过吗？"

一句话像刷子一样把我的脑子刷成空白，恍惚中把大学四年的时光筛了一遍，后悔？哪个方面？后悔过吗？好像有，又好像没有。

我沉默着，倪焕焕也没有再说话，我们就这样并排坐着，静静地坐到天亮，看着太阳从雾霭中升起，云消雾散了，当眼睛里洒进了阳光，一缕缕、一丛丛地盛开来，也就不再牵挂昨日的花开，也不感叹逝去的忧伤了，整个校园开始变得骚动起来，不一会儿就像集市一样熙熙攘攘。

今天是离校的日子，毕业生都在忙着清理东西，托运行李，我们没有时间再去伤离别了，楼下小小的垃圾桶早就满负荷了，以垃圾桶为圆心扩散成了一个垃圾场，暖瓶、水桶、鞋子、时尚杂志还有撕碎的情书，应有尽有，清洁工的脸上洋溢着光闪闪的笑容，捡拾着他们需要的东西，每当学生毕业的时候，他们就会大获丰收。看着他们脸上的笑容，觉得原来快乐可以如此简单。

学校给毕业生规定的离校时间是三天，这三天我把班里所有的同学都送上了火车，最后一晚我就躺在宿舍的光板床上睡的，被褥已经先送回姥姥家了。迷迷糊糊睡着了以后，还觉得宿舍的姐妹们都在身边说话，我叫着她们的名字，嬉笑打闹，然后惊醒了。想想行云流水的大学生活从此如黄鹤般一去不复返了。还有付星，他会和刘小 A 在一起吗？会在一起多久，似乎这已经不重要了，我曾经以为我可以为了爱情去死，其实爱情死不了人，它也就是在你最痛的地方扎了一针。假如爱一个人就得死一回，那每天会有多少生生死死，经历得多了也就百炼成钢，刀枪不入了，回忆的时候也许就剩下欲哭无泪的感觉。收起回忆的网吧，明天的生活还要自己去面对。

太阳升起的时候，月亮落入尘间，遗忘和记得的结局最终一样，重新回收孤单，给自己一条路。短暂的爱情就像一场烟火，绚烂之后便是如死灰般的沉默，那美好的光景在脑海里盘旋、沉淀，时间像一条奔流不息的长河，能带走的只是曾经的过往，那些伤痛的碎片仍然相伴前行。

我的低到尘埃里的姿态终究没能让爱情开出娇艳的花来，只是尘埃越积越多，把我生生给活埋了，从爱情的漩涡里灰头土脸地走了出来，终于明白了一个道理，光有尘埃没有养分，即使是卑微的花儿也是不能开的。

四

　　毕业了，大家走向不同的工作岗位，有的进了外企，有的考研继续留在学校，有的当了中学老师，有的毕业就失业。我们就像海边的石头，被浪花冲击打磨，时间长了就会不再那么棱角分明，而是变得圆润，或被别人捡走，或继续留在沙滩上，各自有各自的命运。

　　很长一段时间我都很消沉，不愿意工作，每天把自己关在苏泽里给我买的新房子里，只有简单的一张床，房子里空荡荡的，我的心也空荡荡的。姥姥几次要我搬回去和她一起住，都被我婉言拒绝了，我不想让自己的坏心情影响到她。已经好久没见苏泽里和母亲了，好像我和他们没有什么关系。他们并不催我找工作，本来我就不需要赚钱糊口，苏泽里挣下的家业，我可着劲花都花不完。姥姥大概看出我好像受了什么创伤，宽慰我说其实生活很简单，学会做快乐的自己，很多事情没必要去斤斤计较，干吗让自己那么累呢，如果是因为别人才不快乐，就要想想那个人值不值得你这样做，不值得何苦逼自己呢，人终究是为自己而活的。

　　我最终应聘到一家时尚杂志社，给杂志画插图，由于不用坐班，我还在网上开了个店，当上淘宝卖家，专门卖时尚服装，起初只是为了打发时间，没想到生意竟然很火爆。

　　每天在家足不出户，我的胃口跟心情成正比，几乎不怎么吃东西，体重像一株缺水的植物，迅速下降。这是一座高层公寓，我住在十七层，有人说住的楼层太高不好，不接地气，不接就不接吧。我喜欢打开窗户后风从厅堂里穿过的感觉。其实宅在家里很危险，只要一停电，我就有变成山顶洞人的可能，我很希望有一种神奇的力量来拯救我，让我逃离心灵的地狱，然而越是挣扎越是沉沦。

杂志社让我给一个署名"衣锦夜行"的作者配插图，写的无非是些爱恨情仇的纠结和缠绵悱恻的心事，但笔法却犀利深刻，一针见血，我曾经无数次想象过这个作者的模样，一定人到中年，画着妖冶的妆容，独有风韵，有着一张比同龄人年轻的脸和一颗比同龄人苍老的心。

阳光灿烂的午后，我照例从满屋灿烂的阳光中醒来，我的早晨通常都是从中午开始的，醒来后没有吃东西，站在阳台上喝了杯咖啡，准备一会儿出门，今天要去杂志社送画稿。

习惯了这样的生活后，我的心渐渐回归平静，前段时间心情低落，甚至忽略了窗外的阳光，也忘了去看看窗台上那盆每天都需要喝水的玛格丽特。现在突然想起了它，可怜的花儿，那娇弱的生命，它还活着吗？我战战兢兢地拉开窗帘，却见它迎风舒展。原来在过去的这段日子里，虽然忘了浇水，它却得到了上天的眷顾，有雨露滋养呢。许多事物悄悄地在你的视线之外进行，而且悄悄地安排好了它们自己的命运。天生万物，天养万物，一切其实无须担心。

出了门，微风乍起，空气中稍微有了些凉意，不知不觉夏天已经过去了。我来到停车场，钻进了自己的那辆红色别克君威，打开天窗，把座椅摇下来，看着天上的云，思绪也翩翩地在空际云游，觉得自己也像那云朵一样空灵，整个夏天拥抱我的都是绵密的忧愁和哀伤，当这些情绪如浓雾般散去，生命就开始发出空荡荡的回响，缺少了一种真实质感。

来到杂志社编辑室，我推开门进去，林编辑不在，却意外地碰到了表妹魏来，我惊讶得半天没说出话来。

"你也是来找林编辑吗？"

魏来仿佛被雷击了，说："不会我的文章配的插图是你画的吧？"

"啊！"我不禁失声尖叫。

"你就是'衣锦夜行'啊，我还以为是位阿姨呢，没想到啊，是一青春美少女。"

"哈哈，还青春美少女呢，别糟'青春'俩字了。"

魏来笑得前仰后合。

"你怎么叫'衣锦夜行'呢？"

"你想象一下，一个穿着锦缎旗袍的女子走在夜色中，这是一种意境，只可意会，不能言传的。"魏来一脸得意，看上去还是那么开心，我真不知道她的好心情为什么像泉水一样源源不断。

我点点头，又摇摇头，带着匪夷所思的表情，随即又打趣她："没想到你还有点儿古典浪漫主义情怀呢，给你一件旗袍，你能穿出来感觉吗，如果灯光再暗点，没看清的还以为是一根没有裹严实的火腿肠呢。"

魏来扑过来打我，我们在林编辑的办公室打闹起来。自从和付星分手后，我第一次笑得这么肆无忌惮。太专注爱情后，我很少会想到魏来，舅妈当时送她来聊城上学的时候，还说让我多照顾她，我却把她忽略了，同时也忽略了周围所有的人。

林编辑推门进来，看到我们竟然嬉戏起来，很是纳闷，我解释了一下，说我们是表姐妹，她也惊讶不已。交了画稿和文稿，我和魏来从编辑部出来，到餐馆吃饭，魏来的好胃口总让我瞠目结舌，看着魏来大块朵颐，也启动了我的味蕾，平时吃饭像喂猫一样挑挑拣拣的我也忍不住多吃了一些。

魏来灿烂的笑容驱走了我内心的忧郁，生长出快乐的种子，我想青春就是应该露出洁白的牙齿向生活发出最灿烂的微笑，因为年轻是人生最大的资本，一切都可以重来。

我不再把自己关在家里，也经常回校园里走走，约魏来一起吃饭聊天。曾经有一段时间我很怕回学校，甚至都不愿意从学校门前经过，走在曾经熟悉的校园小径上，也会想起和付星在一起的点点滴滴，那一份痴、那一份醉、那一份随意的哭与笑，都随着时间的流逝渐渐远去了，我以为我的青春就这样静悄悄地走远了，甚至没有来得及告别。

后来我才知道这不过是我人生中的一个插曲而已。

十月底的一天，我和魏来在校园里散步，看到宿舍楼前贴着一张公告，"今年兵员征集对象主体调整为各级各类院校应届毕业生。"看到征兵的标语"报效国家，献身国防"，我不禁觉得好笑："真没劲，这些老掉牙的标语如同灶王爷的脸，年年一个样。如果换成'贾君鹏，你妈妈喊你去当兵'，多有范儿。"

魏来像是猛然想起了什么，说："咱们去当兵吧。"

这几个字像钉子一样，把我钉在那里，我怎么从来都没有想到过要当兵呢，母亲曾经跟我说过，苏泽里也提到过，我当时听了嗤之以鼻。

这个愿望像火一样呼呼啦啦地烧着了，让我有一种一刻都不能再等的焦灼。我抓住魏来的手，一个问题一个问题地问，她不耐烦了："姐，我不是武装部部长，哪里会知道这些。"

我拉着魏来就往学校武装部跑。在这之前，以农村青年、城镇待业青年为兵员征集主体的征兵工作已经延续多年，对在校学生一直予以缓征。高校的武装部并不是引人注意的部门。武装部长以前清闲得很，哪想到一夜之间，突然忙成这样。

这一刻我想到的竟然是一身戎装站在付星面前，他一脸后悔莫及的样子。

武装部办公室里，电话响成一团，我听见里面有人正忙着接电话："这次冬季兵员征集作出了大幅度调整，兵员征集对象主体改为各级各类院校学生，应届毕业生指夏季已毕业的学生，还包括完成专业课程学习后有参军意向的明年毕业的学生。"

"咱俩来得太是时候了，想问的问题答案全都在这儿了。我们是绝对符合要求的，我们不当兵谁当兵？"我和魏来刚走到门口，就听见这些，心里止不住的激动。

屋里的人继续说着："在体检、政审等必须合格的基础上，有一个，走一个，对大学生优先征集，优先批准入伍。大学生经过部队的摔打磨炼后，能使自己的思维层次、吃苦精神、道德品质、人生阅历等多方面都得到升华，成为名副其实的复合型人才。现在很多企业在招收员工时，更愿意选择当过兵的，而不是刚刚离校的大学生。其实啊，还有一个原因也不能忽视，那就是与社会青年相比，大学生可塑性较强。"

听到这儿，我和魏来对望了一下，笑了笑："我们可塑性强吗？四年大学下来，我们都已经油盐不进，刀枪不入了。"

那个人接完电话，抬起头来晃了晃脑袋，这时他看到了门口站着的我们。

"什么事？你俩。"

"我们想当兵。"

"毕业了还是在读啊？"

魏来抢着说："我大四，她夏天刚毕业的。"

"哦，好啊，都符合基本条件，到时候来报名吧。"

魏来一听，高兴地跳了起来，她快乐的情绪像一团浸了酒精的棉球，一触即燃。我对她说："你高兴得也太早了吧？只是才允许报名。"

"你俩等着吧，到时候来报名就行了。"

"谢谢。"我们道过谢，准备往外走，那人又把我叫住了。"那谁，你不是毕业了吗，应届毕业生是这次征兵的主体，但都在七月份离校了，很多人不知道征兵的政策，你来当个联络员好不好？把征兵的事通知一下你们班的同学。"

"好啊，我来搞定这个事。"

"不能说搞定这个事，应该说坚决完成任务。"他现在就想让我提前进入角色了。

出了办公室，我心情出奇的好。晚餐就在学校食堂里吃的，只见卖饭的窗口两侧电子屏幕上，一边滚动着"风华正茂，书生意气，挥斥方遒"，另一边则是"召之即来，来之能战，战之能胜"，这些话像一缕春风吹皱了我平静的心波。我匆匆吃了两口，就开车去了九三一医院，我要把这个想法告诉母亲。

还没到医院，我就接到了辅导员刘老师的电话："苏红果，今年号召大学生应征入伍，你们是征兵的主体，学院让直接'一对一'与毕业生取得联系，我把这个事跟你说一声。"

"我早就知道了，刘老师，已经去咱学校武装部问过了，我特想当兵，武装部还说让我当个联络员，传达到班里的每一个同学。"辅导员其实就是想完成任务，把这个事通知了就算完了，他怎么也想不到我竟然真的要去当兵，而且热情这么高涨，这让他大吃一惊。

一开始我心里还犯嘀咕，犹豫要不要告诉大家，心想如果大家都报名了，我还不知道能不能排上号呢，毕竟今年学生参军是个大趋势。但一想，机会面前人人平等，说不定有许多人的命运从此发生转折，如果耽误了人家一辈子的大事，岂不是罪莫大焉。既然武装部把这件事情交代给我，就要做到位，不能辜负别人的信任。

说干就干，我开始积极进行动员，还在校园网站、贴吧上贴上了征兵宣传，几乎成了毕业生的征兵代言人。武装部又给我安排了一个任务，如果有愿意参军的，问一下他们的入伍动机，做个统计。同时，学校征兵的横幅也铺天盖地地裹挟而来，大量宣传单散发到学校的各个角落，宣传栏里也换成了"携笔从戎、报效国家"的口号，大力宣扬着应届毕业生入伍政策。一时间，大家见面的第一句话就是："你去当兵不？"如同问人家"吃饭了吗"一样平常。

我先给倪焕焕打了电话，倪焕焕毕业后留在了聊城，工作也不是很理想，一直漂着，没想到电话打过去，倪焕焕像扔手榴弹一样扔给我一个消息，她竟然闪婚了。

"我正想给你打电话呢，下个周六来参加我婚礼啊，在凯马大酒店。"

我一时间反应不过来："焕焕，你逗我呢吧，才毕业三个月，你就结婚了，上个月咱俩一起吃饭时，你不说还没找到男朋友吗？"

"刚认识的，不到两个星期，感觉特棒，就想结婚了，这年头，女生干得好不如嫁得好，真是这个道理，我毕业后一直没找到合适的工作，好的我去不了，差的我又不愿意去，就当起了'啃老族'，靠爸妈每个月给点生活费过日子。前段时间在我租房子的小区里发现了一只流浪狗，整天吃了上顿没下顿，我就把它抱回了家，上了一个养狗论坛，想看看养狗的经验，就这样认识了现在的老公，挺聊得来，于是见了面，感觉还行，不是那种刻骨铭心地喜欢，但最起码不讨厌，爱情到底是什么，我已经不想以身试法去钻研它了。他是一家服装公司的老总，比我大八岁，家境殷实，有过一次短暂的婚姻，离了，没有孩子，我倒不在乎这个，觉得跟我们谈恋爱又吹了一个样，不就是多个结婚证又多个离婚证嘛，无所谓。最起码我不用再让爸妈养着我了，靠老公养着倒是天经地义的事情。"

我在电话里听着倪焕焕一口气把这些讲完，就怯怯地把入伍的事跟她说了一遍，仿佛做错什么一样，竟有些底气不足起来。

"当兵？两年之后我能干什么啊，我不一样要走向社会吗？现在好不容易抓住一根救命的稻草，我可不能再错失良机了，过了这个村没这个店，他可等不了我两年，这个社会瞬息万变，谁知道下一秒会发生什么事情。"

我拿着听筒，那边说什么已经听不清楚了，仿佛置身梦中一样，时光匆匆而过，才离开学校几个月，那段青葱岁月，再凝望时仿佛已是百年身，竟有一种不堪回首的感觉，年少的青涩、张狂、倔强、迷惘渐行渐远，我们被时代逼迫着长大，大学的记忆汇成一首淡淡的歌在彼岸浅吟低唱。

那时，我们的世界都是一样的狭小，对未来的向往、对爱情的憧憬、对人生定位的忐忑……种种情愫萦绕在稚嫩的心里，碰撞冲突，却又找不到出口，如同伫立在秋风里，凝望着无边落木萧萧下，却又理不清思绪，也无法找到能表述自己情绪的语言，只有在下了晚自习去操场上望月兴叹一下。大学毕业后，我们离开了纯净的校园，在不同的人生轨道上向前走着，在自己的小天地里奔波着，或为生存之需，或以理想之名，偶尔会在远方回望青涩时代的星空，发现那星星还闪烁在梦想的天际。

我又给其他同学打了电话，大家首先想到的是入伍有什么优惠政策，在部队上能不能提干啊？两年后退伍能不参加考试直接读研吗？考公务员加分吗？大家的反应各不相同，有跃跃欲试的，有犹豫不决的，有毫无反应的。

我去医院见到了母亲，她照样是一边攥着手机，一边楼上楼下地跑来跑去。这个毫无情趣的女人、工作狂，从护士小姐到护士阿姨，现在都快成护士奶奶了，还没忙出个头绪，她的大半辈子就耗在这个医院里。

我走过去，想把当兵的想法告诉她，她正帮着人家推轮椅上电梯，竟然头也没抬地问了一句："有事吗？"

电梯门关上了，我被关在了外面，这么多年来，母亲好像只是一个代号而已，她对我从来没关心过。医院宣传她，说她是"战士们的知心大姐，老干部们的贴心小棉袄"。我呢，我想做她的小棉袄都做不成，记得我第一次来月经，突然看到底裤上一片殷红，带着陌生、潮润和邪恶的气息，我吓坏了，不知道该怎么办，一种不寒而栗的感觉迅速爬遍了全身，我在暮色中一口气跑到了九三一医院，找到母亲，当时她正抢救一个危重病人，我过去拉她的胳膊，她竟然跟我发火了。

我蹲在走廊里，委屈地哭了起来，最后还是一个小护士给我找来卫生巾，教我怎么用。我就这样孤独地长大着，现在走到人生的十字路口，即使徘徊、犹豫、彷徨，还是要我自己拿主意。

风起云涌的大学生参军热潮引起了社会的广泛关注。我每天开电脑后第一件事，就是输入"大学生入伍"几个字，然后百度一下，成千上万的信息铺天盖地地涌来，网站上总是发出的不同的见解，网名千奇百怪，看法也不尽相同。

"片儿汤"：大学生入伍的行动获得喝彩和掌声的同时，也夹杂着一些疑虑的目光，我认为这就是一场"作秀"。

"草莓帮帮主"：大学生是"为钱为官"而当兵的，没有利益他们会选择军营吗？这些人能打仗吗？

　　"丰收的稻田"：在和平安逸中"泡"大的年轻人，能不能把人民军队的优良传统传承下去？

　　"草长莺飞"：大学生争相入伍的动机，是否更多的源于一个"利"字，报效祖国和为钱为官哪端更重一些？我不敢肯定。

我也在网上留言："绿色军营已经做好准备，等待青春的步伐迈入。"

五

一大早，我和魏来就来到东昌府区武装部，清冽的秋风中夹带着丝丝凉意，在门口的传达室登记后，就进了院子，此时朝阳初升，苍柏矗立，明晃晃的灿烂下，一种威严在升腾着。

排队等候入场的时候，我看到每个人都抱着一大摞证书和奖状：跆拳道一级运动员、奥运志愿者、健美操五级、公共英语三级、舞蹈比赛二等奖……凡是可能给自己入伍"加分"的都拿来了。

这次征兵第一次设置女兵面试环节，魏来拽了一下我的衣襟："看到没有，个个身手不凡啊，你看她们脸上的表情，胜券在握的样子，我都没有信心了。"

"别那么紧张，越拿自己当根葱的人，越特别善于装蒜，我们属于内敛型。"魏来紧接着又自我安慰。

女兵入伍要通过好几项考核。学历和身体素质是能否入伍的决定性因素，仅学历分一项，我和魏来就有了无与伦比的优势。

评委现场打分，形象气质的分数占了很大比例，怎么看怎么觉得像是选秀，女孩们倾尽其能，十八般武艺都用上了，没有特别专长的女孩就朗诵一首诗或唱一首军旅歌曲。

魏来知道自己的形象气质分肯定不占优势，就把自己在杂志上发表的作品装帧成精美的册子拿来了，我则准备了自己的一幅素描和一幅油画作品，都裱了起来，我扛着两个大画框在人堆里格外引人注目，大家一看就知道我是学什么专业的了，经过我身旁时都纷纷侧目，现场有这么高的"收视率"，倒让我有点难为情了。

"你会画漫画吗？"一个评委和蔼地问道。

"会。"

"那你就画一下我吧。"评委笑呵呵地说，边拿了笔和纸给我。

我抬起头仔细观察了一下他，国字脸，浓密的头发稍稍有点长，肿眼泡，但眼睛却不小，一笑露出一排被烟渍熏得有点发黄的牙齿，我迅速在纸上勾勒着，三两笔就把他的主要特征呈在纸上。

评委接过漫画，点了点头，又给其他几位评委传着看了看，几个人都笑了起来："很像嘛。"

他们给我打了个高分。

出了考场，魏来还是忐忑不安，一直问我："你觉得有戏吗？"

"女兵面试又不是让你去当演员，并不是模样长得漂亮就能得高分，而是要看我们眼神中是不是有军人的刚毅和坚强。"

魏来张大了嘴巴，伸出大拇指，说："姑姑平时没少教育你吧？一下子上升到了评委的高度，说出这么精炼的话来。"

母亲，我已经好久没有见到她了，到现在我都没有告诉她我已经悄悄地报名参了军。所有的事情都是我一个人在默默地努力着，她像忽略路边的一棵小草一样把我忽略掉了。

那一场面试，像是一场极尽巴结地讨好，至少我是这么认为的，但还是希望能跻身进来，因为太在意，所以很用心。

当指导员宁果蕾第一次敲开我家的门时，母亲才知道我要当兵了，惊讶之余并没有责备我。她每天的日程被填得满满的，家庭对于她来说似乎可有可无，人家都说女强人大多婚姻不幸，我不知道她到底幸不幸福，但她和苏泽里见面的机会非常少，也许他们是"两情若是久长时，又岂在朝朝暮暮"。

苏泽里浓厚的军旅情结让我觉得他爱的不是母亲本人，而是母亲的军人身份，如果母亲不是军人，他会这么在意她吗？每次公司举行庆典的时候，他都要求母亲穿着军装陪在他身旁，那时他脸上就会闪现出无比的荣耀，他看母亲的眼神也带着一种崇拜、一种仰视，仿佛他不是一个公司的董事长，而是母亲的贴身侍卫。

后来当我到了新兵连，宁果蕾成了我的指导员后，在周末和我聊天的时候经常提起第一次见到聊城大学校门的情景。当被新闻媒体曝光多次的大门呈现在她的眼前时，让她大开眼界，好一个气派，整体弯成弧形的大门有百余米长，弧度像篮球场的三分线。弧顶朝北，正面环抱着一个大广场。大门有二十多个门洞，正中的门洞最大，两边各有十几个小门洞，对称分布，但都被铁栅栏封锁。大门洞是供行人车辆出入的通道，门洞有自动栅栏，栅栏将门洞缩小为宽仅两米的狭窄通道。仔细看不像一个大门，倒像一座宫殿，据说这个大门被称为"齐鲁第一门"，耗资将近一个亿。后来学校辟谣说，这个门总造价是三百万，而且二楼是校史馆，当初盖这个校门的时候是作为门馆合一的综合性建筑而建设的。但还是引起了一片争议，有人说这个大门花大钱了，太浪费了，做这些表面文章，搞面子工程有什么用，用这些钱还不如为图书馆多买些书，多引进些优秀教师，多资助一些贫困学生，有的在校学生说，他们为这个校门感到自豪，众说不一。

宁果蕾对地方大学的了解只是听别人讲的，没有上过真正的大学让她多少觉得有点遗憾。她说自己从十七岁就去了新疆当兵，在戈壁荒漠一待就是三年，后来考入军校，才从大漠边关回了内地。似乎从一开始她便与外面的世界绝缘了，大家印象里从来没有见过她穿便装的样子，即使节假日外出还是照样穿着军装，结婚的时候还是队里的卫生员帮她参考着买的衣服。她用不屑一顾的口气跟我说，每次走在大街上，看到那些所谓的型男靓女打扮得稀奇古怪，总觉得别扭，头发烫得像个鸡毛掸子，衣服像个破抹布一样一层一层又一层，不伦不类。

宁果蕾一进我家，就被豪华的装修惊呆了，红木家具透着奢华的气息，真皮沙发仿佛是一件艺术品，只能看不能坐。地板平展无沿，散发着细腻的木质纹理，各种精致而小巧的瓷器弯出优雅的弧度，宁果蕾不禁有些茫然。

我从楼上下来，看到宁果蕾有些局促不安。我给宁果蕾的第一印象并不好，她很坦率地说当时我穿着睡衣和棉拖鞋，一副拖沓的样子，她心里想："就这个样子还想去当兵？"

于是她就问我："你多少了解一些部队生活吗？"

我说："了解。"

"说说看，你所了解的部队生活是什么样的？"

我一下子蒙了："部队生活是什么样子呢？只知道有站岗的哨兵，有整齐的营房，可是兵们每天都干些什么呢，还真不知道。"

宁果蕾皱了皱眉头，显然对这个回答极不满意。

母亲接到我的电话后从单位赶了回来，她很热情地给宁果蕾倒茶，拿水果。宁果蕾推托了几次，最后在母亲的坚持下，接过了一个火龙果。

"苏红果，假如你入伍了，每天的训练强度是很大的，你能吃得消吗？"

没等我开口，母亲先把话抢了过来："没问题的，她身体素质很好。"

"平常经常锻炼吗？"

"嗯。"我回答得模模糊糊，宁果蕾知道我这是欲盖弥彰。

"新兵连可是每天一个三公里，你能坚持下来吗？"

"能，我一定能。"我的口气斩钉截铁，不容置疑。

不知道哪里发出一声巨响，"嘭！"，楼下的车吱哇乱叫起来，我仔细一听，赶忙把车钥匙拿过来跑到窗前摁了一下。

宁果蕾说："你有车啊？"

"嗯。"

"什么车啊？"我觉得她问这个完全不搭调的问题，就是纯粹为了满足自己的好奇心。

"别克君威。"

宁果蕾后来告诉我，她一刹那间觉得人和人生下来就是有区别的，一辆别克君威要二十多万，我刚刚毕业就有了车，而她在团里连电动车都不让骑。

宁果蕾接着问我："部队和大学是有着天壤之别的，我觉得你有特长，又有这么好的家庭条件，你到部队想做什么呢？"

"纯净和真诚，我去那里寻找一种纯净和真诚。"

一句话让宁果蕾怔在了那里，她可能突然发现我有着和外表不相匹配的深刻，仿佛一口深井，是一时半会儿无法看透的，这次家访也只是触及皮毛。宁果蕾觉得自己的眼光已经很有洞悉力了，可她却看不透眼前的我，我们差不了几岁，但好像隔着数重天。

母亲把宁果蕾来家访的事打电话告诉了苏泽里，从没有往这方面想的苏泽里显然被吓了一跳。我高中毕业的时候，他曾动员过我去当兵，可我一直学习很不错，加上又有些美术方面的天赋，他就尊重了我的意见。现在大学毕业了，又突然决定要去当兵，而且还偷偷报了名，让他着实有点蒙。我似乎打乱了他所有的计划，他一直想让我去他的公司，可我毫无兴趣，而且我从小做什么事情都是三分钟热度，他觉得这可不是闹着玩儿的，万一去了又想回来那可就成逃兵了。

我知道他有想让我知难而退的念头，反而很大声音地对着手机喊："我要证明我的选择是没有错的！"

他在那边呵呵地笑了，他知道我的脾气，认准的事情任地动山摇也改变不了。

苏泽里说："好，走的时候我和你妈一起送你。"

"别，送什么送啊，这么大了，哪有让家长送的？"

"你不想爸妈，爸妈还想你呢，你以为到了部队上还有寒暑假啊，你想回就回，你这一走至少两年我们都见不着你了。"

"好吧好吧，到时候再说。"我挂断了电话。

六

　　我在放下电话后就抑制不住地兴奋与激动，人武部通知我体检，如果体检合格我将成为解放军中的一员了。胖子魏来也接到了通知，我们家又多了两个军人。

　　入伍的日子就要到了，该买的都要买齐全，否则到时候没得用可就麻烦了。别的倒好说，先得保护好自己这张脸，光化妆品专柜我就转了一下午，防晒霜、隔离霜买了一大堆，以后的日子可没大学里这么舒服了，大学里广泛流行着这样一句话："你爱上课，可以；你不爱上课，可以；你爱上你爱上的课而不上你不爱上的课，更是天经地义的可以！"随时都可以逃个课，睡个觉，打个牌。但到了部队就没有这么自由了，以后天天风里吹雨里淋的，防护工作要做到位。

　　我去了魏来宿舍，发现屋里连坐的地方都没有，大伙凑在一起热火朝天地聊得正带劲，有个关于大学女生的经典说法："大一时成群结队，大二时出双入对，大三单出单进，大四又重新成群结队。"大一刚来，做什么事情都要集体行动，买饭、打水都要成群结队地去，大二开始谈恋爱了，就抛弃了组织开始和男朋友比翼双飞了，大三课程安排不是那么紧张了，开始打工、兼职、实习，一个人开始忙忙碌碌地奔波，大四快毕业了，大家越来越喜欢扎堆儿，马上要各奔东西，以后天南海北的，说不定一辈子都见不着了，再说男朋友该散的也散了，想想还是友情比较可靠，她们要把没有在一起的时间拼命弥补回来。一见我进去，所有的女生"哗"一下子围了过来，抢着我手里的袋子，女生就喜欢把别人买来的东西先过目一遍。

"红果，你都要去当兵了，还买这么另类的衣服，穿得着吗？"

"我是去部队又不是去牢房，节假日当然能穿便装了，谁说穿不着。"

"红果，你捡到人民币了，买这么贵的化妆品，奢侈。"

"到了部队肯定不能天天坐在屋里，在外训练一定要保护好皮肤，这点银子可不能省。"

"你倒挺有先见之明啊。"

"那是，我闭着眼都能想到将来的部队生活是什么样。"我经常在她们面前显摆，因为有一个军人母亲，我总是装出一副对部队很了解的样子。其实母亲跟我并没有过多的交流，她就是一架不肯停歇的机器，从早到晚连轴转，甚至会半夜三点钟起来去查小护士们的岗，看看有没有在值班的时候睡觉的，比起家庭来，我认为她更看重外在的东西，比如她的护理部主任的身份。说好听一点是恪守尽责、服务人民，但在我看来，比起担任一个好妻子、好母亲的角色，她更看重这个头衔带给她的光环，并且她也习惯了那种没有一丝空闲的生活。我不知道她怎么会是姥姥的女儿，在我看来她没有一点女人味，脱了军装就不知道该穿什么，总是逮着什么衣服就胡乱往身上套，看电视从来都只看新闻，看了《新闻联播》看《山东新闻》，看了《山东新闻》看《聊城新闻》，电视机里永远只有两个播音员正襟危坐，我真是不知道她怎么一点情趣也没有，和姥姥没有一点相像的地方。

我把返还的学费全部捐给了学校图书馆，因为觉得这些钱就像天上掉下来的馅饼一样，本来就是多得的。然后和魏来一起去了姥姥家，她高兴地来回在木质地板上走着，就像一艘船游荡在湖面上，地上洒满了她的倒影，仿佛站着很多人。

我在心里想了无数遍我穿上军装的样子，经常让母亲在家里也不要换便装，她觉得我很奇怪。走在大街上，只要看到穿军装的人，我就目不转睛地盯着人家看，上次在路上看到一个穿空军制服的女孩，我把眼睛都看直了，跟着人家走了好一段路，直到她在我视线中消失。

舅妈专门从海岛赶了过来，我开车去车站接她，远远就见舅妈提着一个大蛇皮袋，像贩卖东西的一样。我们去学校接了魏来后径直奔姥姥家，一进门，魏来就把袋子掏了个底朝天，摆了满满一桌子，开怀大吃。

"风萧萧兮易水寒，壮士一去兮不复还，我就再吃这最后一次美食吧。到了部队我一定好好减。"魏来边吃边解释。

舅妈一个劲地怂恿她："吃饱了才有力气减肥。"舅妈是典型的胶东妇女，脂肪充裕的满月似的脸上泛着红光，魏来几乎就是她的翻版。

魏来拿过零食迫不及待地撕开吃了起来，她最近一直在减肥，忍饥挨饿这么多天，终于大快朵颐了一番，而后摸着圆鼓鼓的胃，逮着我一顿猛捶："今天星期六，晚节不保啊，我这一星期的减肥计划就这样泡汤了。"

魏来力气很大，下手也没个轻重，我揉了揉被打痛的肩膀："等到了部队，天天不让你吃饭还跑三公里，把你饿成铁板鱿鱼。"

魏来说："好啊，我巴不得呢。"

舅妈看着我俩拌嘴直乐，跟姥姥说："这俩孩子还真能玩到一块去。"我和魏来穿上军装，跟姥姥和舅妈照相，母亲也赶了回来，舅妈大老远来了，她再忙也要过来陪一下。

苏泽里在酒店安排了晚宴，说是给舅妈接风，也给我们送行，母亲心事重重的样子，一杯接一杯地喝酒，我察觉出她的不对劲。回到家，母亲已经醉得一塌糊涂了，我很纳闷她平时对我都是满不在乎的样子，怎么今天会这么动情，仅仅是因为我要离开她吗，她一心扑在工作上，与我在一起的时间少之又少，和离开又有什么区别呢？

我扶母亲躺下，她一直拉着我的手，我想起身给她倒水她都不让，我只好一直坐在床边，直到她沉沉睡去，我才回自己的卧室。

凌晨五点多，我被一阵呕吐声惊醒，赶紧起身，看到母亲正扶着马桶呕吐，我走过去拍拍她的背，责怪她说："喝这么多酒干吗，我去当兵又不是不回来，至于吗？"

她不说话，走到水管前，拧开水龙头，把水掬起来洒到脸上，弯着腰大口大口地喘着气，她头发湿漉漉的，弯着腰的样子像一尾被刚刚打捞上来的鱼。她很瘦，这一点她遗传给了我，肋骨根根分明地凸出着。

这时苏泽里也起来了，走过来问："还是不舒服吗？"

母亲没有转身，只是朝身后摆了摆手。我站在母亲身边，一直看着她直起腰来，她牵着我的手，走到我的卧房。在我记忆里，只有很小的时候，她才牵过我的手，现在被她牵着，反而又多出一分生疏。好在从洗手间到卧房的距离不长，她一进去就坐在地板上，我说到床上躺着吧，地上凉。她摆摆手说，把军装穿上吧，让我看看。我愣了一下，从衣橱里拿出军装，当着母亲的面把睡衣脱了下来，这是我长大后第一次在母亲面前换衣服，我转过身去，给了她一个后背，不知道她有没有在看我。以前我趁她不在家的时候，把她的军装找出来玩自拍，并发到我的微博里，她知道后勃然大怒，那眼神恨不得把我打入十八层地狱，吓得我赶紧把照片删了。现在我有了自己的军装，再也不用穿她的了。穿戴整齐后，我转过身来。站在镜子前面的女孩不再是环佩叮珰、彩衣霓裳，而是一身橄榄绿，头发不再烫得奇形怪状，而是干净利落地挽成一个发髻，没有了精致玲珑的饰品，橄榄枝领花就是最美的衬托，让我看上去更加纯净，生活的七彩世界凝聚成一种颜色——庄严、神圣的绿，滤去了惆怅和迷惘，我觉得生活向我打开了另外一扇门。

母亲打量着我，眼里满是欣慰，但我看到她的眼睛里掠过一丝怅然，像风一样转瞬就不见了。她拍了拍地板，示意我坐下，幽幽地吐出几个字："有些事情到了该跟你说的时候了。"

我的神经像一根根塑料绳被热水浇了一般，陡然蜷缩成一团，我看着外面天刚刚蒙蒙亮，在这样一个清晨，不知道她要跟我讲什么，但我知道她绝不是想和我随便聊聊。母亲随即陷入了沉默，仿佛要理一下纷乱的思绪，她的眼睛低垂着，像是演出开启前垂着的酒红色帷幕，散发出神秘和久远的气息，隐藏着一个女人一生的秘密。

她像想起了什么，突然站起来走了出去，一会儿又回来，手里拿着一张照片，照片上是一个瘦削英俊的男人，微卷的头发，带着些许的书卷气息，穿着军装，每个扣子都系得严丝合缝，一丝不苟，当他进入我的视线时，一种巨大的恐惧感像瓢泼大雨般倒了下来，那双眼睛和我如此相像。

"他就是你的亲生父亲。"母亲一脸风轻云淡的表情，仿佛在说着一件与她毫不相干的事情。

这几个字像一枚枚坚硬锋利的刺，直插入我的心，我感到周围的空气像玻璃一样裂开，碎掉了。那是一面曾经看起来很光滑的玻璃。我不想知道这些，我是个简单的人，只想简单地活着，我不想有复杂的身世，也不想有复杂的人生。简单是我的生活哲学。

可是，一切由不得我。

七

　　已经久远的故事该如何说起呢？需要怎样的勇气才能去重启那扇沉重的积满灰尘与斑斑锈迹的记忆之门呢？即便能够重新打开，还能看到生活的原貌吗？其实整个故事经过岁月的摧打和人生的迁徙后，只剩下一些七零八落的片段了，再凝重的情感，年复一年地经过春去秋来的岁月漂洗，经过近三十个年头后，大多是应该淡化或者是放下了。本以为是这样的，然而不经意的一个缘由，竟是那么不堪碰触，才发现那些陈年往事都深藏在母亲心底的某个角落，独自酝酿着，发酵着。

　　"你父亲像风一样从我的生命中穿过。"母亲用诗一样的表达开启了记忆的门，也许这么多年来，她从来没有打开过，又也许，她经常在午夜梦回的时候沉潜到记忆里，只是不愿意与别人分享。

　　故事还要从母亲十八岁讲起，高中毕业后的她成了待业青年，姥姥想让她接班，但母亲为自己找到了出路，她是永远都不会坐以待毙的。在一场震撼了整个二十世纪、长达二十七年、涉及千万青年并改变他们命运的上山下乡运动中，我舅舅，也就是魏来的父亲，还有母亲都成了这次大潮中的小水滴。他们都在高中毕业后，背诵着毛主席语录"一切可以到农村中去工作的这样的知识分子，应当高兴地到那里去，农村是一个广阔的天地，在那里是可以大有作为的"，欢天喜地地接受贫下中农再教育去了。

　　母亲和舅舅热情万丈地响应国家的号召，参加农业生产，参加社会主义建设的伟大事业。舅舅去了胶东海岛，母亲则到了聊城市郊的东河村。

为了表示决心，在下乡的队伍里，她那只特大号的箱子很显眼，比别人的箱子整整大出一倍，她还和同学开玩笑，说自己的箱子是"永久"牌的，别人的箱子是"飞鸽"牌的，这是要永远扎根农村的表现。欢送的队伍敲锣打鼓把学生们送到了乡下，像撒种子般分别安排到老乡家里，母亲就这样住进了苏泽里家。

到了傍晚，喧嚣一下子褪去了，太阳像是从窗户纸上一点一点被抠下去的，西天还剩下一抹残红的时候，整个村庄都昏昏沉沉了，这时候，羊回家，鸡进窝，猪叫食，劳累了一天的人们也陆续回到了家中开始准备晚饭了。此时的东河村，却看不到炊烟袅袅，街上连牲畜的影子也看不到，整个村子孤寂清冷，一片死沉，苍茫暮色里，偶尔能听到呼唤孩子的声音。

母亲开始觉得孤单，肚子也开始咕噜咕噜地叫，像是从一口深井里传来的水泡的声音，她从随身带来的布袋里拿出窝窝头，仅有的余光打在窝窝头上，照得像一只黄澄澄的梨，没有开水，只能这样干巴巴地咽下去，窝窝头和牙齿发出沙沙的摩擦声，一直延伸到她心里。

母亲找到火柴，把煤油灯点亮，屋里除了有一个大土炕，其余的什么都没有，像是个阒寂无声的大舞台，等待着演员入场。又像是一片空着的土地，等待着翻耕。母亲这才觉得离开家是一件很苍凉的事情，以前在家时还觉得一家子人吵吵嚷嚷，着实聒噪，现在一下子安静了，仿佛时间也停滞下来。

这时，古铜色的门像一只盔甲沙哑地裂开了，带着些许的胆怯，又带着吱吱嘎嘎的预告。母亲先看到了拨开门的一只手，很稚嫩的一只手，四个骨节突出着，终于一张脸挤了进来，四只眼睛对视在一起。母亲的脸上还挂着泪痕，在如豆般微弱的灯光下，像两条亮晶晶的链子闪着银质的光。紧接着门一下子全部推开了，一个大男孩穿着一双黑色的棉鞋，提着一只暖水瓶站在灯光深处，整个人是毛茸茸的，生涩的，像刚刚长出来的青桃子，这个人就是后来成为我继父的苏泽里。

他先开口了："过来给你送壶热水，吃饭了吗？"

母亲没有说话，只是点点头。

苏泽里把暖水瓶放下就走了，这一夜过得极其漫长，明天仿佛要穿越一个长长的隧道才能到达。一个窝窝头就像扔进了大箩筐里，丝毫发挥不了作用，母亲就在饥饿和黑暗中失眠了。她用手使劲揾着肚子，这样好减少肠胃蠕动，不至于太饿，直到东方泛了鱼肚白，她才又昏昏睡过去。

　　母亲醒来的时候还是被门的吱嘎声惊醒的，她当时正在梦里畅游，半梦半醒之间觉得有人给她送来饭，当她睁开眼的时候，发现窗台上果真有两个馒头，还有一碗杂面粥。她起来连脸都来不及洗就把馒头咽了下去，她知道这一定是昨晚进来的那个男孩送的。

　　母亲把两个馒头和一碗粥都消灭精光后，打开屋门走了出去，这才仔仔细细把这个家打量了一遍，这是怎样一个家啊，墙皮都脱落了，墙头上还零星长了些杂草，仿佛一个手指头就能把墙戳倒。院子里除了堆在墙角的柴火，再也没有其他东西，灶上的锅因长时间没有油腥而生了铁锈。

　　母亲去了田里，跟老乡们抢锄头学着，她连草帽都没有，被太阳烤了一上午，仿佛炭火上的肉，嗞嗞地冒出油来。中午回来，跟一大家子人一起吃饭，苏泽里是老大，底下三个妹妹，还有奶奶跟他们一起生活，一大家子人就一丁点儿粮食，几个衣衫褴褛的孩子饿得躺在床上，看上去就像一块块破抹布。桌上放着一大盆杂面条，一碗切碎了的老咸菜疙瘩，旁边还有几个已经是褐色的窝窝头，不知道掺了什么做的，看上去有着石头般坚硬的质地。母亲都不知道早晨那两个馒头苏泽里是从哪里搞到的。

　　那个年代，虽坐在一起吃饭，但饭食都是不一样的，在田里干了一天活的苏泽里的父亲喝掺着地瓜叶子、萝卜缨子的杂面粥，苏泽里的母亲却把上锅爆干的花生掺进棒子面里，做成巴掌大小的玉米面饼子，偷偷塞到母亲的包里，这让母亲很过意不去，她经常再偷偷地把玉米饼子分给苏泽里的妹妹们吃。

　　每天在田里劳作，看着长得一眼望不到头的田垄，母亲就有一种"路漫漫其修远兮"的感觉，可是又不能说，苏泽里总是会过来帮她干活，他从第一眼见到她时就被那光亮的额头和带着美丽弧线的眼睛吸引，这个从城里来的国营棉纺厂长的千金让他觉得如公主般高贵，但他什么都不敢说。

　　苏泽里的奶奶，按理说我应该叫老奶奶，对家里突然多了个人很不理解，经常摆脸色给母亲看，但却对唯一的孙子苏泽里疼爱有加。在那个年代里，连野菜、草籽、树叶、树皮都难找到的乡村原野，白米和白面是从来在饭桌上看不到的，小米粥和玉米糊糊比金子都珍贵。只要有一点吃的，老奶奶都会给苏泽里留着，有一次，她把在田间地头捡来的麦穗，一个一个捻了皮儿，和着榆钱蒸了几个"杞榴"（野菜饽饽），给苏泽里吃。日头偏过晌午，老太太刚躺下，因中午喝了两大碗野菜汤又憋了起来，去茅厕的时候，看到苏泽里正偷偷地往母亲背的挎包里塞杞榴，这下可不得了，当场就要拿着拐棍抽他，苏泽里才不管那一套，他冲老太太做了个鬼脸，跑掉了。

从那以后，母亲更没有好日子过了，经常像个丫鬟一样被使来使去，小脚老太太觉得你既然吃了我家的粮食，就得多干活，她大声地叫着母亲的名字："魏淑君，把衣服收回来。""魏淑君，把院子扫一下。""魏淑君，把鸡都撵到窝里去。"劳累了一天的母亲回来还像陀螺一般转个不停。苏泽里的母亲是个受气包样的媳妇，对婆婆向来言听计从，不敢多说一句话。苏泽里倒是不怕，对奶奶的行为很气愤，就跟她对着干："院子刚扫过，不用扫了。""还没天黑，撵鸡做什么，天黑了，它们自己就会絮窝的。"这让母亲更加惶恐。她只有多干活，晚上回来就在煤油灯下给苏泽里的几个妹妹打补丁。原来这些活儿母亲从来没有干过，慢慢地什么都学会了，而且打出来的补丁工整，好看，以至于苏泽里的母亲都觉得这针线活做得极其漂亮。

这个比她还要小三岁的男孩给她的温暖，就像一盏煤油灯，并不明亮，但是多少会消除一些来到异乡的恐惧和孤独。

过了一段时间，知青们陆陆续续来了，他们搬到了村东头早年德国人盖的大教堂里，母亲才又觉得从孤岛上回了陆地。

渐渐的，在一个屋里住着的人有了一些莫名的情意，虽然都是下放到这里的，但在这个村里，他们像是一家人。

在东河村待了将近一年，就像一块白布扔进了染缸，母亲骨子里已经有了农民的气质，初步具有了农民的特征。虽然整天吃不饱，但骨骼竟像灌足了水的植物一般，结实、健壮地长开来，不像刚去的时候那么瘦弱，柳叶似的。皮肤也不再那么苍白，黑里透着红，脸上因为长期暴晒长了星星点点的雀斑。在田里干活的时候婆娘们讲荤段子，她虽然不讲，也会低着头笑，不再像刚去的时候，窘得恨不能刨个坑钻进去，一切都能显示出母亲接受贫下中农再教育接受得很好。

冬天总是黑得格外早。一天，刚刚干完活的母亲一瘸一拐地回来。村里的小学盖房子，知青们都去拌石灰，母亲没有穿胶靴，两只脚都被生石灰咬伤了。为了怕别人说她偷懒，她还是扭着两只烂脚坚持到学校里去，她从来都是这么要强。苏泽里看在眼里，疼在心上。他借来自行车，强行带着母亲去了卫生院。

卫生院给母亲消毒后用纱布裹好，苏泽里又把母亲驮了回来。母亲坐在后座，拽着苏泽里的衣襟，让他感到无比幸福。他甚至有点荒唐地感谢学校盖房子，要不然他也没有这次机会和母亲光明正大地单独在一起，紧接着他又骂自己混蛋，毕竟母亲的脚都伤了。

回到宿舍里，母亲看到姥爷正坐在屋里等她，这让她欣喜不已，忙问姥爷怎么来了。姥爷把她偷偷拉到一旁说厂里照顾下乡子女去当兵，问她去不去，母亲想也没想就说："当然去了，我可真不想在这里待了。"

她简单收拾了东西，连夜就跟着姥爷回了城，她甚至都没有想到去跟苏泽里告别，我不知道她为什么没有去，她给我的解释是没有时间。我想也许是她不需要他了，在东河村那个狭小的空间里，苏泽里或许可以占据母亲心里的一点空间，可一旦离开那个地方，苏泽里就像是冬天的蒲扇、夏天的棉袄，是多余的了，我一直觉得母亲是个很现实的人，从来都是。

那只被她命名为"永久"牌的箱子就永远留在了东河村，留在了大教堂里。

第二天一大早，苏泽里就赶到大教堂，他来给母亲送饭。母亲的脚伤了，给了他正当照顾母亲的理由，可他又不敢明目张胆地去敲门，就在大教堂外的小树林里等。知青们陆续起床了，怎么都不见母亲的身影。他壮着胆子走进了大教堂，首先看到洗漱架上母亲的粉红色毛巾不见了，他心里一沉，再看床上，被子蜷缩成一团，仿佛金蝉脱壳。他走过去，把手伸进被子里，噬骨地冰冷。知青们站在门外刷完牙进来，看到屋里进来一个人，吓了一跳，问："找谁啊？"

"魏淑君，她……"苏泽里支支吾吾地问道。

"走了啊，回城了。"那个人连看都没看苏泽里一眼。

苏泽里低着头，泪水大颗大颗滴在被子上，洇湿了一片。他伤心的是母亲走的时候连说都不跟他说一声，看来他真的是她心头上的一片云，飘过了，连个影儿都留不下。她像一滴油，始终融不进这片水里。

苏泽里再也看不到那个熟悉的身影了，但母亲那干干净净的脸庞终日盘旋在他的脑海里。每个男人心里都有这样一个女人，她从他青春的幻梦里走出来，像一块磁石一样紧紧锁住他的视线，引领他走向精神的高地。她或者有着一双泉水般的明眸，两片玫瑰花瓣般的红唇，或者有着纤细的腰身，或者有一双修长的腿，这些局部的或者全部的，就是这磁力的载体。即使他不能拥有这个女人，但在以后的岁月里，他都会在别人身上寻找这个女人的影子。苏泽里觉得母亲正是他所要找寻的，但他却失去她了。也许这一个擦肩，就错过了一辈子。

八

　　苏泽里推门走了进来，我和母亲终止了谈话，我用尽量温和且不带有任何感情色彩的眼神看着他。他张了张嘴，说已经做好了早餐，放在餐桌上，一起吃吧。母亲说："红果，你去陪爸爸吃早饭吧，我在你屋里躺一会儿。"

　　我知道她还沉浸在回忆里，并且不想从里面出来，便关上门陪苏泽里吃了早餐，并故作轻松地和他聊起了当天的新闻。但我觉得我脸上的表情很不自在。他似乎不知道母亲跟我讲述了一个长长的故事，好像又什么都知道了，只是不肯捅破。

　　而我只想把他们的故事听完……

　　吃完早饭，苏泽里去公司了，母亲也不肯再讲下去，她换好衣服要去上班了，她脸上平静得像是什么事情都没有发生过一样。她把门带上的那一刻，也把记忆的门关上了。

　　明天即将踏上去河南的列车，迎接新的挑战，我对未来充满了期待，军营会滤去我的娇气、脆弱和惰性，百炼成钢。如果说以前的我是只柔弱的蝴蝶，扑动着彩翼在阳光下灵动地飞舞，经过风雨的洗礼后，我坚信自己会成为一只勇敢的海燕，搏击风雨，我憧憬着那一刻的到来。

　　车站上挤满了熙熙攘攘的人群，让军歌听起来都不那么嘹亮了。来一群新兵蛋子们唱着刚刚学的军歌，迈着刚学会的步伐一脸严肃地走了过来，为了让胸前的大红花更加显眼，我把胸脯挺得比平时要高出一截。

　　几位母亲开始抹眼泪，又情不自禁地鼓起掌来，然后不顾一切地冲入新兵队伍，开始嘱咐唠叨。带队的主官喊了好几次："保持队形！"都是白费力气，无奈苦笑着摇了摇头。

　　舅妈拿着一大包胶东喜饼冲了过来："闺女，拿着，在火车上吃，到了部队就吃不着了。"

　　也许是因为很多人在场不好意思，魏来显得很不耐烦，推开舅妈的手。

　　"你不吃，到了火车上分给你的战友吃嘛。"

　　魏来听到这话就不推了，把舅妈拿来的一大包零食接了过来。

　　金黄色的胶东喜饼泛着诱人的光泽，我的思绪又飘回了从前，苏泽里跟我讲过，他当兵走的时候，连一个饺子都没有吃进嘴里……

　　那年母亲当兵走后，苏泽里拼命地学习，来压抑对母亲刻骨的思念，他也怨过母亲，发誓要狠狠地把她忘掉，但一切都是徒劳。他每天都揣着窝窝头、咸菜在学校吃饭，还从不吝啬把自己的干粮分给一起上学的伙伴们。苦难教会了他尽最大努力与苍白的人生抗衡，与短逝的时光抗衡。他一无所有，仅存的是贫苦之下重压着的尊严。他天资聪慧，学习也格外刻苦，爱好也很广泛，无论做什么事情，都是抱着一种很认真、不服输的态度。在那个物质与精神双重贫瘠的年代，他依然用阳光般的热忱去迎接每一天的到来，和伙伴们玩游戏，当"司令"的总是他，因为有威信，伙伴们也格外听从他的指挥。他干什么都很出色，在水泥台子上打乒乓球，有招有式难遇对手，篮球场上龙腾虎跃，运球、盖帽、投篮，招招精彩。

　　高中毕业后，苏泽里在邻村当起了民办教师，二十世纪七十年代末八十年代初的中国正处在一个对文学顶礼膜拜的时代，苏泽里也是一个文学青年，文学的力量给了他精神的滋养，给了他用坦荡和坚韧去面对生活的勇气和信心，他在生命的雾霭里找到一条明朗的生活之路，在精神的突围中有了灵魂的皈依。苏泽里觉得非常幸运，因为选择了文学，内心总是涌动着无比真挚的热情去触摸文学的经脉，文学给予他的很多，打开书，那些文字便如鲜活的生命般跃动着，或汇成涓涓小溪滋润着心田，或涌成惊涛巨浪撞击着心房。文学是真正能保持情感和人性温度的东西，它支撑着他走过生命的低谷，抵抗着生活的贫瘠，给他力量，让他始终保持着一种热情，对生命的热情。

　　近三年的民办教师生活，让苏泽里增长了学识，锻炼了一副好口才，还练得一手好字，成了公认的"秀才"。每到过年，村里家家户户的春联都是他写的，他酷爱毛主席诗词，那种遒劲宏大的思想力量，开阔磅礴的艺术美感和精美的韵调辞采，都让苏泽里深深着迷。他给乡亲们写的春联都是毛主席诗词："春风杨柳万千条，六亿神州尽舜尧"；"天若有情天亦老，人间正道是沧桑"；"为有牺牲多壮志，敢教日月换新天"。他也沉浸在毛主席诗词里，勾勒着自己的未来，"俱往矣，数风流人物，还看今朝"。

苏泽里当民办教师的时候，同样是民办教师的一个姑娘喜欢上了他。那姑娘温柔善良、落落大方，彼此又都是一个村的，按说应该是很般配的一对儿，她在对苏泽里主动示好之后，发现苏泽里无动于衷，就再也顾不上矜持和羞涩，对他展开了追求。但苏泽里的心里始终飘着母亲的身影，第一次见母亲时挂在她脸上的两道泪痕，像锁链一般紧紧地锁住了他的心。

一九七八年无疑是中国乡村充满激情的一年。十年浩劫过后，冰冻的乡土开始萌动尘封的希望，贫困线上痛苦挣扎的农民终于迎来了十一届三中全会的曙光。这一年，也是民办教师苏泽里人生中极其重要的一年。十八岁的他通过了体检、政审和家访，如愿以偿地穿上了军装。

那个冬日的凌晨，阴霾天空零星飘着小雪。

苏泽里背着行囊走在去聊城火车站的乡间小路上，这是他第一次离开家乡出远门。上半夜下的是雨，冰冻的泥土路很滑，他深一脚浅一脚地朝前走。在通往大道的岔路口他回头望了望，雪雾笼罩的东河村渐渐地远离了他的视线。前面雾蒙蒙一片，但苏泽里对未来充满了憧憬。一连几天，喜悦、激动、兴奋都洋溢在这个农家青年身上，他似乎找到了一条能够改变自己命运的路。听接兵的干部说，他们这批兵要去海南岛。苏泽里知道那个地方很远，要漂洋过海，到一个叫天涯海角的地方去，但他心里很镇定，到哪儿都不怕，只要能奔个好前程。

苏泽里的奶奶，也就是我的老奶奶，知道他要当兵，整整三天躺在床上不吃不喝，她舍不得苏泽里走。每天苏泽里到床前叫她吃饭，她都把头扭过去，看都不看孙子一眼。直到苏泽里走的那一天，老太太终于下了床，三天不吃不喝的老奶奶眼睛凹进去两个洞，使得颧骨更突出，像是随时都要从脸上掉下来一样。灯光打在她脸上，黄纸一般的蜡色。老太太亲手和了面，给他包了饺子，饺子面还是头一天从邻居家里借来的。她知道孙子要走是一定的了，拦也拦不住，泪水一滴滴落进面盆里。

饺子煮熟了，热气腾腾晾在箅子上。那时候的庄户人家，除了逢年过节，是吃不上饺子的，他们家更是快一年没有吃过饺子了。年仅六岁的小姑苏泽香起床看到饺子后喜不自胜，伸手便抓了一个，饺子还没填进嘴里，冷不丁却挨了爷爷一巴掌。小姑一下子被打蒙了，那一刻，她不明白一向很偏爱她的父亲为什么突然这么狠心地打了她。她委屈地哭了起来。那一巴掌打在小姑身上，却疼在苏泽里的心上。他默默放下手中的筷子，把一碗饺子送到小姑嘴边。小姑用一双饱含泪水的眼睛怯怯地看了他好大一会儿，用两只小手倔强地推开了。贫穷和苦难在他心灵深处烙下永恒的记忆，这一幕永远不会随那些逝去的时光湮灭。

聊城火车站，破旧的站台静静地坐落在平原上，几条铁轨一直延伸到看不见的远方。

苏泽里和他们那群懵懵懂懂的新兵在站台前的空地上集合。天出奇的冷，雪还在下，几个农家子弟缩着脖子，袖着手，有点像村里开大会。接兵的干部看了他们几眼笑着说，到了部队就不能这样了，咱们不能穿上军装还像个农民。说者无心，听者有意，队列中的苏泽里站得笔直。接兵连长看他机灵，就让他当了代理班长。随着绿色闷罐车的大铁门"哐"的一声响，南下的列车启动了。

从穿上军装那天起，苏泽里一直处于极度亢奋的状态，他觉得能逃离苦难的乡村特别幸运。而此刻，他坐在闷罐车里，一种对故土亲人难以割舍的疼痛涌上了心头。

妹妹的哭声还在耳边萦绕，年迈的奶奶还站在村口的路边张望；田间地头的乡亲们那一张张愁苦的脸，那一双双露出脚趾的鞋子，那一件件浸着汗碱的补丁衣裳……在他脑子里打着转地盘旋。

铿锵有力的火车轮子一板一眼地向前滚动着，他的家乡已经远了……

苏泽里喊着我的名字走了过来，也把我的思绪拉回来，他不知道此刻我在想象着他当兵离开家的情景。母亲也一起来了，自始至终只是站着，并未看我，也没有多说一句话，倒是苏泽里絮絮叨叨地嘱咐我："一定要按时吃饭，不能再瘦了，你天生血压偏低，否则会晕倒的。冬天一定要穿棉裤，冻成关节炎可就麻烦了……"我只是机械地点着头。

火车上，身穿作训服，身披大红花的兵们让过往的人们纷纷侧目。魏来觉得穿着军装抱着一大包喜饼很别扭，她藏也没地方藏，掖也没地方掖，就一个劲地让大家吃，大家倒都不客气，并不推让，一会儿就分完了。当我们聊起为什么来当兵，都不忌讳，实话实说。

一个男孩说："我嘛，就是看了军旅剧才想着到部队上来，希望自己也能成为硬汉，两年之后，再看我，绝对的纯爷们儿。"

一车上的人全都笑了起来，另外一个男孩不屑一顾地哼了一声："真正的部队不是那个样子的，那只是电视剧罢了。"

"我高考的时候考了全县第二名，把我分到马列学院，大学生活枯燥无味。所以我来锻炼一下，说不定可以改变我的人生轨道呢。就当成人生的重新洗牌吧，我还可以从头来过，现在的生活实在不是我想要的。"

"我入伍就是奔着考军校提干来的，高考时没考好，现在上的学校是个职业技术学院，一听就不好，我爸妈都不好意思跟人家说我在上大学，两年之后再重新考一次军校，看爸妈还小瞧我不？"一个留着郭敬明式头发的男孩边说边吃得不亦乐乎。

坐在窗户边上的一个男孩一直一语未发，"郭敬明"捅捅他："哥们儿，你来干啥呢？"

"也没什么打算，家里太穷了，农村的，当时说当兵就给退学费，俺就报了个名，没想到通过了，光学费就退了两万多，俺弟弟上大学的钱就有着落了。"

我看到旁边有个女孩一直看着窗外，无心加入我们的海侃，魏来把仅剩的一块喜饼递给她，她说："谢谢，我不吃。"这几个字说得极其慢，仿佛一座座城堡，之间隔着千山万水的距离。

九

迎着初冬的朝阳，火车驰骋千里终于停下了，我看了看外面的站牌——焦新站。刚下火车，一股寒风扑面而来，虽然晴空万里，却滴水成冰，成排的树伸着干枯锋利的枝丫，把阳光切成斑驳的碎片。

经过一夜的颠簸后大家都昏昏欲睡，我和魏来挤在一起，人胖了就是热量充足，靠在她身上软绵绵，热乎乎的。我睁开眼，看到魏来边睡觉还不时地呱唧嘴，大概又梦到什么好吃的了，她的睡相很滑稽，我忍不住想笑。紧接着带兵干部一嗓子把他们都从睡梦中唤醒了："到站了，列队！整理军容风纪！军帽！背好背包！检查一下物品，不要落下任何东西！"

下了火车上汽车，不一会儿就来到了驻地，主干道两旁都是开国将领的纪念碑，处处都有革命年代留下的光辉印记，这个地方让我陡然觉得严肃起来。

车到了连队门口，门口有两个人站着，转弯的时候我看到右面墙上写着"不算合格兵"，心里直打战，解放军就是厉害啊，这还没进军营呢，就看出我不是合格兵了，因为我视力不好。我用胳膊肘碰碰坐在身旁的魏来，想问问她看到墙上的标语没有，魏来可不管那套，一看快到了，赶紧掏出镜子来整头发，这一会儿她倒是注意起形象来，我也赶忙掏出镜子来补妆。车门打开，没等我们下车，宁果蕾先上来了，我们以这样的方式再一次相见了。当时我正在对镜梳妆，她对我这个脸上化着精致妆容的女兵印象非常糟糕。

到后来我才看到，其实墙上的标语是"武艺练不精，不算合格兵。"当时我只看到了后一半。

宁果蕾在车上发表了即席讲话:"非常欢迎大家来到新兵连,我是你们的指导员,叫宁果蕾,从今天开始你们就是一名光荣的解放军战士了。"

兵们的脸上看不到一点倦怠,都洋溢着欣喜,来到一个陌生的环境,充满了好奇与兴奋。

"大家下车吧。"宁果蕾说完,转身下了车。

大家争先恐后地鱼贯而出,大有往商场里打折的购物车前挤的架势,把宁果蕾卷带着挤下了车。我看到她的脸上因为恼怒闪着青光,额角的痘痘像一枚晒干了的豌豆,她欲发作,但还是忍住了,一言不发地站在车门口看我们搬东西。大概那个时候她就在琢磨怎么收拾我们。

宁果蕾突然笑了起来,原来魏来连人带行李卡在了门口,这让宁果蕾忍俊不禁,她随即又忍住笑,把人拽了出来。魏来踩地的那一刻没站稳,一个趔趄摔倒了,幸好是趴在自己的行李上,听那声音仿佛一个面布袋摔在另一个面布袋上。众人都哄笑起来,魏来脸成了浑浊的枣红色,我回头狠狠瞪了他们一眼,笑声才止住,我赶忙把魏来扶起来:"没事吧?"

"没事。"魏来的声音小得像蚊子哼哼。

"走吧。"我搀着魏来向前走去,把宁果蕾晾在那里,她可能还是想让我们站队集合呢。

于是宁果蕾扯开大嗓门冲后面的人喊着:"走了走了,那里就是你们的宿舍。"

正喊着,男兵们整整齐齐地跑步过来了,立正站在宁果蕾前面:"报告指导员,连长让我们来帮女兵拿行李。"

"好,你们帮一下吧。"

男兵们呼啦一下子涌上来,不管三七二十一就夺女兵们手里的包,仿佛抢东西一般。女兵们一下子怔在那里,不知道该做什么了,两只手都没地方放,只能跟在后面跑,嘴里说着谢谢。

男兵们把东西往门口一堆就跑了,出宿舍门的时候,魏来拽住一个男兵:"哎!谢谢啊,这个给你。"

男兵接过来一看,是一包咸鱼。

宁果蕾看到眼里,大吼一声:"干什么?"

魏来被惊得一颤,看着宁果蕾愤怒的表情,一脸的茫然,不知道自己犯了什么错误。

宁果蕾冲着男兵厉声喝道:"回去!"

"是!"男兵一转身走了,宁果蕾也走了,剩下魏来站在那里丈二和尚摸不着头脑。

我和魏来被分到了两个班,安排好宿舍,让我们听哨音集合去吃早饭。我迅速环视了一下房间,我想睡离窗户近的那张床,因为我看到窗户下边就是暖气,我很怕冷,即使夏天,我身上也是冰冰的,有时我都怀疑自己上辈子是不是一条蛇,靠着门肯定冷,开来关去的,我就把铺盖卷放到了靠窗户的那张床上。

出发前的背包是苏泽里打的,好像也不怎么专业,经过了十几个小时的路途奔波,早已经松散了。我们被一个看上去很敦实的干部指挥着,手忙脚乱地整理着自己的东西。他看上去很凶,时不时地吼上一句:"被子能放这儿吗?""怎么这么慢!"

忙乱间,我被推了一把,抬头一看,正是这个凶巴巴的人,个子不高,但很健壮,一招一式都带着训练有素的感觉。他见我发愣,大声吼道:"背包怎么打的,就这样能上战场?"

我被他吼得胆战心惊,还没反应过来,他竟然从兜里掏出一个相机:"你,看着我!"

话音未落,只听"咔嚓"一声,我没想到进入军营的第一张照片竟然是这样的窘态。拍完照,他一句话没说,转身走了。

我心有余悸地愣在那里,不跟我商量就给我拍照,这不是侵犯我肖像权吗?我很想追出去问问,但想着刚来还是老实点儿好。一会儿我看到门外那个健壮的身影还在晃来晃去,唯恐他又跑过来拍照,便赶紧从挎包里掏出纸和笔,写上:"禁止拍照!"放到床上。魏来过来找我,问:"发什么神经呢你?"

我把刚才的情形说了一遍,她笑得直不起腰来,说:"那是我们的连长,叫什么名字还不知道。"

一会儿听到楼下吹哨,我们便下去集合了,因为新兵还没有到齐,先来的就挤到一张桌子上吃饭,有从东北来的,有从广东来的,还有从陕西来的。大家叽叽喳喳地边吃边聊,好不热闹。连长和指导员就坐在邻桌,往这边瞟了好几眼,一副欲言又止的样子,后来宁果蕾站起来想说话,被连长拽住了,对她说了点什么，她就没有吱声，继续吃饭。一顿饭大家吃了将近半个小时，因为都是同龄人，一会儿工夫就混熟了，吃完饭，大家勾肩搭背说说笑笑地往回走，连长一阵风似的从我们身边走过去，随即又瞟了一眼，我正好和他四目相对，觉得他的眼神像刀子一样锋利。

回到宿舍每人发了一张表，要求登记个人信息。填表的时候，看到父亲一栏我犹豫了一下，我知道我不该犹豫。这么多年来，我一直认为苏泽里就是我的亲生父亲，而且他对我视如己出，如果我不承认他是我的父亲，那就说明我没有良心。可是我当时确实犹豫了一下，相比起来，腰缠万贯的苏泽里没有我的烈士父亲更让我值得骄傲和自豪，但我还是郑重其事地填上了苏泽里的名字。

我们吃完早饭就被一个士官带去理发了，来之前我和魏来精心打造的发型全部要剪掉。剪刀像一架横冲直撞的坦克轧过头发，像裂帛的声音，空脆凛冽，打断了我的回忆。理发师傅脸上一点表情都没有，像是流水线上的操作工，三分钟不到一个头发就剪完了，女兵来时的模样全变了，管你什么梨花头、沙宣头，直接拿来给男兵理发的推子，三下五除二就推了个"锅盖头"。

我闭上眼睛，想让耳膜变成坚实的盾，把这声音挡回去。以前姥姥很不喜欢我剪头发，她喜欢我留长发，巴不得我留的和她一样长，我不知道她如果看到我现在的样子会不会笑话我。姥姥的头发从来都是梳得油光水滑，她头发很长很长，为此我还和魏来打过赌，她说一米二，我说一米，我们赌过很多东西，但从来没分出个胜负，因为我们去找姥姥证实的时候，她总是笑笑说，你们说多长就是多长。每次洗头发，她都像在洗一匹绫罗绸缎，分别放进两个并排的盆子里，那神情就像要完成一件极其庄重的仪式。洗完之后再用吹风机吹干，抹几滴桂花牌发油，然后再盘起来。她的发型很特别，让我不禁佩服她的想象力，不是在后面挽一个髻，而是把头发分成好几股，然后再编到一起，像一座小山般层峦叠嶂，她那么大年纪了，居然很少掉头发，还是浓浓密密的。姥姥的皮肤也很好，我偷偷观察过她，看她每天都怎么保养的，姥姥用的化妆品还是老牌子，她从来不迷信国外进口的东西，依然是宫灯牌杏仁蜜和百雀羚护手霜，周身散发着花香的气息。甚至每天吃的东西也都很精致，早晨会热一盒牛奶，然后从一个铁盒里舀出一勺粉末状的东西掺进去，我问她那是什么，她说三七粉，有一次我偷偷拿出来尝了一点，味道实在不敢恭维，问她为什么喜欢喝这个东西，她说人参补气第一，三七补血第一："你没看我脸上一直红润润的，就是靠这个。"

我往镜子前一站，吓得大叫起来。士官严厉地说："先当好女兵，再做女人！"

镜子里的我就像雨后冒出来的蘑菇，不知道是不是师傅有意为之。

剪完头发回到连队，连长开始讲话了："同志们，女兵已经全部到齐，我们的连队正式成立了。我们来自五湖四海，因为共同的理想和信念走到了一起，从这里携手迈出军旅生涯的第一步。从这一时刻起，我们就是一个整体了，展开为期一百天的训练，希望同志们能勇于锤炼自己，锻造钢铁意志，夯实基础。"我站在队伍中，能感受到每个人都是信心满怀。

"介绍一下，我是你们的连长，叫徐诺，未婚，今年二十七点五岁。"刚才的庄重严肃一下子土崩瓦解，大家"哗"一下子笑了起来，我觉得这个连长还是很幽默的，对他的印象好了几分，"拍照门"事件也就不计较了。

那一夜，我倒头就睡着了，还梦到了母亲，生命就是一次又一次的轮回，总觉得自己就踩在母亲曾经踏过的足印上，那是超越了时代的本质的东西。

第二天，连队举行了隆重的开训典礼，当军歌响彻礼堂的那一刻，我浑身的血液都沸腾起来，庄严、神圣、自豪，所有高尚的情愫在心中汇合到一起，激荡着，澎湃着，我感到生命不再属于自己一个人了，也不仅仅属于爱着我的亲人和朋友。人生的意义被放大了，灵魂被一种纯粹涤荡着，走向宽阔和宏大。

回到连部，我们又举行了开训前的动员，宁果蕾先介绍了三位排长和九位班长，那个带我们去剪头发的士官叫王白，是我所在班的班长。宁果蕾的讲话很制式，我正在努力适应这种正规和严肃，她说，作为一名新兵，要尽早在较短的时间内实现向合格军人的转变，一言一行都要体现出军人气质，作风上诚信笃行，行动上雷厉风行，让军魂融入血液之中。说到这里的时候她扫了我一眼，也许她是无意的，但我觉得她是故意说给我听的，因为她从见到我的第一眼起，似乎就没有好印象，那天下车前，又被她看到我化妆。她顿了顿，接着说，要努力培养集体荣誉感和团队协作精神，在三个月内完成理想之光照耀下的一次跳跃、投掷、奔跑，感受到成为军人的尊严与崇高。

我不知道宁果蕾是不是提前准备好了讲话稿，这话颇有点文艺青年的感觉，让我觉得来当兵也很浪漫。

晚上，宁果蕾开始讲条令条例，讲到第六章军容风纪第三节举止第九十五条："不得嬉笑打闹和喧哗……就餐时保持肃静，餐毕自行离开。"

她的眼睛从手中的"红宝书"上移开，环视了一下我们："早晨女兵在去食堂吃饭时，谈笑风生好不热闹啊，一顿饭吃了半个多小时，把这儿当饭店了？回来的路上勾肩搭背，打打闹闹。我当新兵的时候，只低头吃饭，连抬头的时间都没有，班长一放筷子离开餐桌，我们也要跟着走。从食堂回来的时候，要两人成行，三人成列，不准手牵手，臂挽臂。由于是第一天，大家不知道我就不责备了，不知者不为罪嘛，现在学习了条令条例，就要注意自己的言行举止了，军容风纪是军人形象的具体体现，是作风纪律和战斗力的具体体现。"

我有个习惯，表示赞同的时候就吐吐舌头，这正好被宁果蕾看到了，她厉声问道："苏红果！你有意见吗？"

"没有啊？"我一脸无辜的样子，不知道又做错了什么，她好像总跟我过不去。

"以后不许这么多怪动作。"

"哦。"

"不能说'哦'，到了部队，一切都要正规化，要回答'是'。"宁果蕾又强调了一遍。

"是！"我响亮地回答。

接下来的三天，都是同一个课目——打扫营房，整理内务。第一天，大家都干劲十足，魏来边干活边唱了起来："同志们加把劲嗨！嘿嗨！"第二天，宁果蕾来检查，很不满意，说墙上的蜘蛛网和水池里的污垢都要清理干净，壁灯也要拆下来清洗再装上，窗台、玻璃、床栏杆和扶梯都要一尘不染。

大家开始有点不耐烦了，也就怠慢起来，有的兵开始偷懒了，边拿着扫帚边戴着MP3听音乐，时不时还在楼梯上扭两下，晚上宁果蕾直接戴着白手套来了，摸了一下窗台，一手灰，脸色突然很凝重，她举着戴白手套的手，很久都没有说话，只是怔怔地望着我们，看得我们都低下头来，然后说："良好的内务反映出优良的战斗作风，你们这么敷衍了事，怎么能行？这是态度问题，无论做什么事情都要一丝不苟，重新打扫，八点我检查。"

我们又重新抄起家伙干活，这次都不敢马虎了，我负责打扫厕所，用盐酸把厕所里外刷得干干净净，不过溅了一身。打扫完厕所，又去擦玻璃，可是拿着湿抹布越抹越脏，正在手足无措的时候，徐诺上来了，他看着我焦急的样子，笑了笑说："我教你一诀窍。"

徐诺找来废报纸，用水浸湿来回擦，果然一会儿就窗明几净了。外面天寒地冻，温度在零下七八摄氏度，可每个人都汗流浃背的，衣服都湿透了。四楼窗外的梧桐树伸着干枯的树枝，在寒风中伫立成倔强的姿态。看着一尘不染的宿舍，我心里仿佛有一个小火炉，暖融融的，怪不得苏泽里说在部队里处处都是课堂，人人都是老师，要处处留心，事事留意。

苏泽里那么爱他的军旅生涯，每当讲起那段时光总像品一壶陈年老酒，那滋味绵厚悠长。我早就听腻了，都是左耳进右耳出，从来都没有往心里去过。我只是认为年近半百的苏泽里开始变老了，因为经常沉湎于回忆是一个人开始变老的标志，现在才知道不是这样的，他退伍后一手创办起这么大一个企业，其中的酸甜苦辣肯定比当兵时要多得多，但他很少跟我提起过。倒是那短短的几年穿军装的岁月，被他当成了一盏灯，一直照着以后的路，那是他一生最珍贵的回忆……

十

　　呼啸南行的列车上，窗外一闪即逝的风景把苏泽里的思绪拉成一道长长的线。奶奶那温润慈爱的眼神、父亲那沟壑纵深的额头，还有临行前那半笸子饺子、妹妹委屈地哭喊，都随着倒退的风景越飘越远，前方路途漫漫，无所依靠，但他还是，执着地去寻找他想要的生命状态了。当然，他有一个不切实际的梦，就是看能否再遇到母亲，他知道这简直是异想天开，中国那么大，怎么知道母亲在哪里当兵，他只知道母亲参了军，以前两个人的生命轨迹就像两条平行线，现在他也穿上军装了，不管母亲人在哪，总算有了交集。

　　军列越过中原大地，越过锦绣江南，直奔硝烟弥漫的南疆。一下火车，苏泽里呆住了，以为时光发生了错位，那是一片他从来没有见过的风景。

　　气温骤然升了起来，上火车的时候还是棉衣棉裤，现在却要穿短衣短裤。椰林在海风的吹拂下舒展着腰肢，一望无际的大海直连向天际边。苏泽里跟我说，当时他站在海边，脑子里却浮现出鲁西北老家玉米秆连成的青纱帐，那也是一片海，绿色的海，只不过那片海是恬静温柔的，一成不变地更迭着四季轮回，眼前的这片海是瞬息万变的，时而平静时而咆哮。大海的辽阔一下子激发了苏泽里的满腔豪情，他的懵懂和迷茫全部褪了下去，理想渐渐清晰起来："当个好兵，争取提干，混出个模样来！"他在心里默默地喊了一声："大海，我是属于你的了！"

　　这个时候，苏泽里才知道他被分配到椰林海军基地。一九七四年发生的震惊世界的西沙之战，南海舰队的四艘战舰就是从椰林军港悄然起锚的，在中国百年海战史上，中国海军在西沙海战中取得全胜的战绩。

穿上军装的苏泽里站在镜子前，把自己仔仔细细打量了一遍，他说那个时候他可没有这么胖，只有可怜巴巴的九十七斤，他干瘦的身躯在宽大的军装里显得空空荡荡，但仍然很精神。更让他感觉自己选对了路子的是部队里生活真好，天天有鱼有肉，顿顿两菜一汤，跟在家的时候比起来简直是天天过年了，入伍三个月体重就增加了二十多斤，当他站到镜子前仔细端详自己时都吓了一跳，凹陷的脸颊开始鼓了起来，尖凸的下巴也变得圆润。在连队里，苏泽里干劲十足，连别人不愿干的事情也觉得是美差。

新兵连结束了，连里要选一个临时炊事员，当时征求意见，队列里一片沉默，谁都不愿意去，都觉得来当兵就是为打仗的，整天围着锅台转能有什么出息。这时苏泽里第一个举起了手。

就这样，新兵下连的第一天，苏泽里就当起了"伙头军"。可没想到第一天做饭，就给了他一个"下马威"。

凌晨四点，海岛还沉寂在睡梦中，四周黑黢黢的，苏泽里就起床往山上走了，厨房建在半山腰，通往山上的路两边都是灌木丛，他摸黑走在路上，心里也发毛，于是唱着军歌给自己壮胆。到了厨房，首先要淘米，一个连队一百多号人，要淘上两大缸米，他把米倒进锅里，引燃柴火，过了一会儿，他准备掀开锅看看，没想到刚打开锅盖，一股热气"呼"的一下扑在胸膛上，立刻烫脱了一层皮，汗水一浸，疼痛难忍。

这还不算，更让他措手不及的事情紧接着出现了，海南气候湿热，人要吃辣椒排湿，苏泽里要洗上满满两大盆红辣椒，他麻利地把两大盆辣椒洗好。谁知过了不一会儿，就觉得两只胳膊火辣辣地疼了起来，越抓越痒，越痒越难以忍受，最后两只胳膊又红又肿，班长一看就说被辣椒咬了，帮他抹上药，并再三叮嘱，洗辣椒时一定要戴上橡胶手套。

晚上，躺在床上的苏泽里开始想家了，在家的时候他既没有对军旅人生的浮想，也没有壮志在胸的豪情，只是沉浸在逃离土地的迫切当中。对于那片土地，他爱着，也恨着，爱它是因为在这片苦难的土地上有着一群深爱着他的亲人。恨它是因为它虽然种植着五谷却仍然摆脱不了饥饿和贫穷，当然还有带给他伤痛的初恋，虽然那只能算是一个少年懵懂而真诚的单恋。他就这样在深刻的苦难记忆和家族希冀当中，被逼仄的现实挟裹着踏进了军营的大门。军营是一座青春之门、一个人生舞台，是他作为一个农民摆脱面朝黄土背朝天命运的捷径，就算明天洗菜还是会被辣椒咬伤，蒸米饭时还是会被烫伤，他也要做下去，因为没有退路。

他摸了一下被咬伤的胳膊，还是觉得占了便宜，能到部队上吃几年饱饭，不用再啃玉米饼子就不错了，跑跑远门，见些世面，说不定还能混出点名堂来。这就是新兵苏泽里的想法，我呢，我为什么来当兵，到现在我也说不清楚了。接下来的事情，无情地击碎了我初当女兵的荣耀，因为我叠了一下午的被子。

把被子铺在地上，跪在上面压实，然后叠成方方正正的豆腐块。这个看似简单的动作，做起来却很难，膝盖跪肿了，可被子还像个馒头。我有点怨母亲来时没有教我，显示不出任何军人家庭出身的优越性。在这里，新兵连天天都要内务评比公示。每天中午一解散，我就迫不及待地往宿舍跑，最害怕看到的一幕是自己的被子摊开在床上，那是要求重叠的标志，但是这种场景几乎天天发生。训练一上午本来就累得腰酸背疼，眼皮打架，沾着床就要睡着。可这掀开的被子仿佛露着一排嗤笑的牙齿，啃噬着我的自尊心。我跪在地上压被子，边压边落泪，不知道为什么我开始变得很爱哭，一点小事都能让我的眼泪轻而易举地掉下来。

我明白了一个道理：什么叫不简单？能够把简单的事情天天做好，就是不简单；什么叫不容易？大家公认的、非常容易的事情，能不掉以轻心，非常认真地做好它，就是不容易。

班长王白进来，看到我边压被子边掉泪，蔑视地瞟了一眼，她是一个严厉得与年龄极其不符的老兵，曾经是省运动会的短跑冠军，面容看上去很柔美，却是个地道的"小辣椒"。我觉得只要穿军装的女孩，说不好听一点，个个都像母夜叉，你看宁果蕾，你看王白。"美女班长"哪能容忍我把被子叠得像圆面包，劈头盖脸就是一顿训，于是先跟她学叠被子，经过一番掏、刮、捏、压，终于弄成了一块方方正正的"绿箱子"。王白嘴里念叨个不停："内务不是简单地叠被子，摆牙刷，可能你们觉得没有意义，一床被子折来折去，本来就是软塌塌的棉花，非要你们折成四四方方的豆腐块。这不是一种形式，而是一种精气神的外在体现。"

我讨好地频频点头，心里却不这样认为，花这么大力气，叠这么一豆腐块，有什么意思。但还是像捧着月光宝盒般捧到床头，供神一样摆到床上，假如一个人想和另一个人翻脸结恨，非常简单，只需朝那个人叠好的被子上擂一拳就行了，保准比擂她本人一拳还有效果。

叠好被子已是满头大汗，比练瑜伽还有效果，我赶紧去水房洗了把脸，把毛巾随手往床头铁丝上一搭，王白立即大吼起来："毛巾能这样随便搭吗？"

我被吼得头皮发麻，却也不得不服。在被子叠成"豆腐块"，床单成为"镜面"，床下解放鞋也摆成一条线后，简陋的宿舍像是一张素颜被抹了脂粉一般，变得生动起来。

但我心里有了一个大大的问号："究竟是被子属于我们，还是我们属于被子？"

我鬼使神差地举起手来，想问这个问题，犹豫了一下又把手放下了，但还是被王白看到了，她问："苏红果，有什么问题吗？"

我心想问这样的问题会不会被当成幼儿园的小朋友，太幼稚了，还是不问了吧，免得被笑话，于是说："报告班长，我想去厕所。"

王白点了点头。

除去内务让我无比紧张，王白还进行了其他方面数不清的"修理"。正步定型时绷直脚尖踢出去；脚尖放上一个瓦片，若谁坚持不住把脚放下了，就要被罚做俯卧撑。为了防止脚着地，我想出一个好办法，就是几个人挨得紧紧地，这样就不容易倒了，就这点小伎俩还是被王白发现了，她走到队列前面，拨拉开我们，用极其蔑视的眼光扫了一眼，那眼神就像机关枪，一排子弹射出去，全应声倒地。

滴水成冰的冬天，室外温度达零下九摄氏度，我们在训练场上一排排站得挺直，没有一个缩头缩脑的，冬天的院子有些荒凉，宁静古朴，成群的喜鹊和鹌鹑在院里觅食，偶尔还会飞过一只野鸡。我们站队列，宁果蕾则出神地望着光秃秃的树枝发呆，她和我们聊天时总说没有让我们看到这里最美丽的景象，很是遗憾，她说："如果到了夏天，那就是另外一番景致了，可谓是绿树荫浓夏日凉，楼台倒影入池塘。水晶帘动微风起，满架蔷薇一院香。"她摇头晃脑地说着，仿佛已经看到了夏天的景色，鬼知道夏天这里会是什么样，任她说成人间仙境，我们也看不到了，到那时候，我们还不知道去了何方。

由于这几天温度太低，怕新兵冻伤，上级规定九点半之前在室内训练，这让宁果蕾觉得我们占了很大的便宜，她总是说："你们真是享福了，想当年我在新兵连的时候，山沟沟里天寒地冻，每天的体能训练就是爬山头，上去再下来，跑得满头大汗，连长指导员带着我们一起练。不动不行啊，冷啊，运动量大，就吃得多，那时候的伙食跟现在根本没法比，馒头一顿能吃十几个。休息的时候就到处捡柴火，窗户上没有玻璃，风一吹，屋里屋外一个温度，附近的老百姓送来些草苫子，糊到窗户上，能挡点风。我们那时候睡通铺，挤在一起暖和。"

我觉得她夸大了事实，她比我大不了几岁，哪有她说的那么艰苦，我对此很怀疑。在她嘴里，时光就像拉面，被她一甩一拉，就倒退了好几十年。

我们这批兵一多半都是大学生，早就适应了集体生活，独立能力更强，更懂得相互体贴、包容。再就是我们年龄也稍微大一点，比起十七八岁的小兵，能更快地适应部队生活。有时候我们也觉得别扭，大学生士兵与班长骨干之间存在着"倒挂"，大学生年龄在二十三岁左右，而高中毕业入伍的战士，当班长时都在二十岁左右，"小兵"成了"大兵"的"头儿"。

我们的头发都短到不能再短了，远处都辨不出性别来。王白正领着我们练四步立定，我像个笨笨的毛毛虫一样，在努力地破茧成蝶，但齐步走总是走成顺拐，搞得她都没了脾气。刚来的前两天，大家还觉得很新鲜，可没过两天，开始投入训练，我就有点受不了了，甚至产生了退伍的念头。

到了晚上，熄灯号响起的时候，终于可以躺下了，脑子也稍稍空闲了点，这段时间对于我们非常奢侈，"卧谈会"差不多就是一项娱乐项目了。卸去了白天的枷锁，只有这个时候，才觉得自己又活过来了。今天的日子总算过去了，明天的站军姿、三公里还没来得及到来，这中间地段就是一处避风的港湾，一处可以暂时遮风挡雨的屋檐，是独立出来的，不属于军营的，我们欢呼雀跃地往里面挤，唯恐挤不进去。白天在队列里说句话都要被罚，快成哑巴了，现在要把一天没说的话全补上。

"想他，真的很想他！他是我们班公认的帅哥，是我的大学同学，我报名参军时，他是在无奈中同意的。火车启动的瞬间，望着窗外依依不舍的他，我的眼泪止不住地往下掉。"说话的女兵夹杂着一种哭声。

"光知道想男朋友，没出息，我们的手机全部上交了，一个星期才允许打一次电话，入伍后我就再也没有听到过我妈的声音，她也不知道连队的电话号码，眼看她的生日就要到了，也不知道最近咋样。"

以前在学校时都十一二点才上床睡觉，猛的一下子改成九点半休息，大家还有点适应不了，听见门外有脚步声响起，我低声叫道："有刺客！"

大家都屏住呼吸，捂着被子偷偷地笑，待脚步声走远了，班长王白发话了："行了，大家都睡觉吧，三分钟之内睡着啊。"

"妈呀，睡觉也规定时间？睡不着呢？"标准的东北口音传来。

"睡不着的就去操场跑三公里。"王白的口气很轻松。

顿时鸦雀无声。

女兵们的被子来了之后就没晒过，今天连长检查内务，发现被子都很潮了，让我们晒被子，可谁都不愿意晒，尤其是我，宁愿睡潮乎乎的被子，好不容易叠成的"豆腐块"，晒了又没形了，最后宁果蕾和徐诺趁我们上午操课时间，把被子一床床抱到晾衣场上。等我们回来，一看床上的被子没了，才明白是连长和指导员抱出去晒了，顿时呼天抢地，捶胸顿足。他俩反倒挨了不少白眼，宁果蕾和徐诺戳着我们的脑袋骂："真是狗咬吕洞宾，不识好人心！"

我们脸上一派严肃，谁都不领情。尤其是我，不知道又要牺牲多少个午休的时间来重新叠被子。

外面一阵号哭，我听着像是魏来的声音，赶紧冲了出去，果然是她，再一看，竟然是舅妈来了，我心里一阵紧张，莫非家里又出了什么事情？

我不得不讲一下我的舅舅，也就是魏来爸爸的故事。

十一

    在青春期萌动的岁月里，舅舅基本上算是一个品学兼优的学生。但他有一天给暗恋已久的女同学写了封情书，是以大海为背景的，他不敢明目张胆地表白，只是写了首诗作为探路石：

> 海岸上的风
> 吹皱我平静的心
> 水的深处
> 丑陋而忧郁的鱼
> 窥探并将我嘲笑
> 如果我的青春不能绽放
> 请将我潮湿的心沉入大海
> 请将我断裂的梦沉入大海……

    就这种谁也看不懂的诗，被女同学交给了班主任，并告舅舅诋毁她，她坚持认为舅舅信中写的丑陋而忧郁的鱼就是暗指她。结果可想而知，他们像是在一块严丝合缝的木板上发现了一个虫蛀的洞，并沿着那个洞狠狠地挖下去，就这样舅舅成了众矢之的。那个年代，所有的书信都是这样开头的："敬祝我们心中最红、最红的红太阳毛主席万寿无疆！"人人一本《毛主席语录》，爹亲娘亲不如毛主席亲，手不离语录，口不离语录，怎么可以不先祝福我们伟大的领袖毛主席呢。舅舅成了众矢之的，那时姥爷已经下放到"五七干校"学习，不再担任国营棉纺厂的厂长，舅舅也就没有了保护伞。

那个初夏的清晨，舅舅赶到学校，一进教室，大家都在用奇异的眼光看着他，让他感到恐惧，那目光背后肯定有什么事情要发生了。果然，今年高考取消，一刹那之间，辉煌的大学梦就像海市蜃楼一般消散了，舅舅一下子跌坐在凳子上，像被折断了翅膀的鸟一样。同学们都知道，高考取消，伤得最重的人其实只有一个，那就是舅舅。因为，只有他考大学是胜券在握的，所以只有他最疼。舅舅是很勤奋的学生，姥姥家就在市区，他依然选择住校，只为了节省在路上的那点时间。就那一点时间，舅舅也觉得比金子都珍贵。学校里的学生像秋风扫落叶一样，顷刻间就走光了，所有的学生各回各家，舅舅怀疑老师们早已知道这个消息，只是一直不告诉学生，不到万不得已就不忍心把他们的希望之火彻底掐灭，于是让他们一直挣扎着。

舅舅回宿舍收拾铺盖，这时他发现宿舍已经空了，床板上散落着一些碎纸片。他背着铺盖卷走出宿舍，像是一个步履缓慢地背着重重的壳的蜗牛。临出门的时候他突然回过头，给了满屋的空气一个笑容，那笑容是凛冽的、倔强的，像是挑战。舅舅暗暗说等着瞧吧，不上大学我也可以过得很好。然后他突然直起背，雄赳赳气昂昂地走出了校门，他走得飞快，背上网兜里的脸盆和饭缸撞击地叮叮当当响，像是一路高歌。

回了家放下行李时舅舅才感到了真正的恐惧，到处是时间，到处是空闲，以前觉得日子被塞得满满的，现在却徒增了时间无法打发的恐惧。

其实一九七〇年起，已经陆续有一些高等学校在停止招生六年后又开始招生了，新的招生标准是政治思想好、身体健康、有三年以上实践经验，相当于初中以上文化程度的工人、贫下中农、解放军战士和青年干部，还有上山下乡和回乡知识青年。舅舅自然不在其中，他主动选择了去胶东的海岛下乡锻炼。舅舅一直想知道海是什么样子的，他对大海充满了憧憬和想象，鲁西北这种开阔的平原地带让他觉得很乏味。

舅舅走的那天，姥姥去送他，给他带了二斤小米，一个铁锅和几个白面馒头，他趁姥姥不注意悄悄地把小米放下了。解放牌大卡车把他们送到火车站，上了火车，车厢里黑咕隆咚，舅舅随身带了一个手电筒，照了一下，什么都没有，地上铺着一层厚厚的稻草。舅舅把铺盖打开，铺在稻草上坐下，不一会儿就听见站台上响起尖锐的哨音，这一声哨响在舅舅的心里划过去，就像划开一个口子。

舅舅登上北塔山岛的时候正值黄昏，踏上岛的那一刻他也没有想到自己会一辈子留在那里。下乡的学生们像是分发物品一样被分发到各家各户，舅舅住进了民兵连长家里。放下行李，舅舅就迫不及待地去看海了，八月正是岛上一年中最好的日子，大片大片酱油色的海带铺天盖地地占满了所有的空地，空气里飘满了咸腥的味道。一口口大锅支在房前的空地上，咕嘟咕嘟地冒着热气，渔民们正把小虾一筐一筐地往里倒，煮熟了晒成虾米。舅舅从山林里穿过，风儿穿过林梢，空气里弥漫着各种草木糅合的清香，虫鸣唧唧，花影疏疏。舅舅来到了海边，太阳正在一点点地消融，海面上浮着大块大块五彩斑斓的云，海水轻轻拍打着岸边。天色渐渐暗去的时候，海就如一幅在天地间铺开的水墨画，素雅、安静、深厚、魅惑，舅舅觉得进入了一个别样清幽而澄明的时空。

夜姑娘掀起宝蓝色裙子的一角，铺满天空，光亮就被遮住了。舅舅一个人转回去的时候，却走到了山的背面，在月光下，赫然发现一座座小土包，他好奇地走近一看，惊出一身冷汗，那是一个个坟头，月光下，墓碑上闪着幽幽的光，他壮着胆子走近一看，"铁道兵某师三团三营一连战士李根才""铁道兵某师三团三营二连班长许厚立""铁道兵某师四团二营一连副连长刘国成"……他心里堵得难受，赶忙走出坟地，第一天到岛上，就看到这么一大片坟地，让他觉得不吉利。

当舅舅回到民兵连长家里时，看到一个红黑脸蛋的姑娘正坐在院子里捧着一只海碗狼吞虎咽，那就是我未来的舅妈——民兵连长的女儿。她刚刚晒了一天海带，回来吃晚饭，抬头见到舅舅时，就被舅舅那干净的外表迷住了。她从来没有见过像舅舅那么干净的男人，再看看自己，鞋上沾满了细沙，衣服上浸满了油腻腻的汗渍，不禁窘得脸更红了。

从此舅妈的目光像是粘在了舅舅身上一般，她发现舅舅始终穿着一件白衬衫，并且每天都洗了晾在屋外的绳子上，然后光着膀子坐在灯下看书，昏黄的灯光在舅舅脸上染上一层柔和的光晕，腕上的手表在灯下闪着细润的光泽，见惯了胶东汉子的粗犷和霸气，温文尔雅的舅舅撩动了少女的心弦。但舅舅对舅妈视而不见，甚至连话都跟她说不了一句，这个肤色黝黑、膀宽腰圆的女孩在舅舅眼里丝毫没有美感，像是一件粗制的土陶器。

那个时候，海岛上正在打隧道，几乎每座山都成了弹药库。电影《红旗渠》在全国公映，那句响当当的"男人，就应该尿出去一条线，哭出来两眼血，吐口唾沫就是钉子！"成了每个人的座右铭。岛上一共两个村子，山前的就叫山前村，山后的就叫山后村，整个岛上就山前村有一个小学，只要隧道打通了，孩子们就不用每天起五更翻山越岭了。

舅舅和一帮知青加入了铁道兵打隧道的队伍，隧道开工前，队伍先去了海边，祭奠已经牺牲的战友，舅舅也跟着去了，这一去不要紧，惊得他差点喊出声来。悬崖边上，几十个坟头堆在那里，每个坟头上都压着一张黄纸，有的已经成灰白色，有的还是崭新的，就是那天舅舅闯进去的坟地。

几百名战士站在那里，像一棵棵纹丝不动的树。

舅舅觉得自己的心都要跳出来了，巨大的恐怖像乌云一样重重地压了过来，他不想在这儿待了，一种逃离的念头在他心里呼哧呼哧往上蹿，虽然当初是他自己要来这里的，没有人逼他。

口罩，戴上了，又摘下来——喘口气都不方便。连长在那儿大声命令："把口罩戴上！"

可是战士们不管不顾，拼命地干，掌钢钎、抢大锤，开风钻，石头粉末漫天飞舞。舅舅一看这种情形，就总想躲得远远的。

只要一上工，舅舅就开始两腿发颤，他实在不愿意去干这个活，每次他都要找个借口躲开一会儿。有一天他睡到半夜，饿得心慌，就起来到厨房找吃的，什么也没找到，只有一桶白沥沥的猪油和一碗虾酱，他把猪油拌到虾酱里吃了小半桶，第二天刚上工就止不住地拉肚子，赶忙去找连长请假，连长说就你狗日的事多，去吧。舅舅来来回回折腾了几趟后就没事了，竟感觉神清气爽起来，但他还是装着一副半死不活的样子。连长一看，说要不你回去休息吧。舅舅还不好意思走，心想这次走了，下次再请假连长就不信了，他说没事，要不我去站哨吧。连长点点头，说好，你去把人替回来干活。舅舅欢天喜地去站哨了，谁都知道站哨是一个好差事，不累。

舅舅站了一会儿哨就睡着了，睡着睡着就闻到一股土腥味，当他睁开眼时，被眼前的一幕吓呆了，泥石流像一条巨龙蜿蜒而下，奔着刚挖好的隧道就扑了过去。他眼睁睁地看着还没来得及加固的隧道一点点塌陷下去。舅舅爬起来，拼命往隧道门口跑去，脚下一滑，他就什么也不知道了。

等他醒来的时候，发现自己横在半山腰的树杈上，头发像一堆快要腐烂的裙带菜，沾满了泥浆。他想坐起来，竟发现自己是头朝下的，那棵树死乞白赖地把他给救了，只是腿摔断了。四周黑黢黢的，舅舅的脑子里迅速闪过隧道塌陷的一幕，他绝望地闭上眼睛。不知过了多久，一束光照了过来，接着听到窸窸窣窣的脚步声，是民兵连长带着舅妈来找舅舅了，那天舅妈早早地做好了饭，等着舅舅回家，左等右等不回来，出门一打听，才知道出事了。

包括连长在内的十几个人都死了。舅舅在床上躺了一个星期，不吃不喝。舅妈一直陪着舅舅，眼看着舅舅瘦得躺在那里像一块薄薄的瓦片。她包了槐花鲅鱼饺子端到床边，舅舅连看都不看一眼，把头扭了过去。舅妈急了，冲着舅舅吼了起来："就算你饿死了能替他们偿命吗？窝囊废！有本事你再去打隧道，把隧道打通！"

舅舅缓缓地睁开了眼睛，坐起身来，把饺子一整个一整个地塞进嘴里，直到两个腮帮子都鼓得把脸撑变了形。他无声地哭了起来，双肩剧烈地抖着，仿佛被人拽着晃动。舅妈把他揽进怀里。那一刻，舅舅感觉像是游进了一条温暖的河，也就是在那一刻，他开始深深地依恋上舅妈。

腿好了之后，舅舅开始拼命地干活，基本上一天都不说一句话，他再也没有穿过那件白衬衫，整天一身泥一身汗，抱着风钻没日没夜地打眼、填药、运石，常常抱着还在呼呼运转的风钻就打起了呼噜。日复一日，舅舅那白净的脸像破抹布一样灰暗灰暗的，和飞舞的粉尘一个颜色。

工农兵大学的标准是"手上长满老茧就是上大学的资格"，舅舅心想现在他可以上大学了，因为两只手上全磨出了厚厚的茧子。

舅舅爱极了军装，他不知从哪里弄来绿色的颜料，把衣服都倒进锅里煮，姥姥给他拿去的锅一次小米粥没有熬过，反倒用来煮衣服了，像煮一锅青菜，上衣、裤子、秋衣秋裤，甚至内裤、袜子都放进去煮了，一锅热气腾腾的碧绿，翻腾着四散开来，屋里散发出很奇怪的味道。那种衣服很容易就掉色了，他土黄色的皮肤被染上斑斑块块的绿，看上去像是剥落的墙漆。

舅舅的脸色越来越暗沉，那个时候他还不知道他那鲜红的肺叶已经沾满了灰黑的粉尘，粉尘越积越多，把他的肺堵了个严严实实。他也不再写诗，把那些诗稿都烧了，领着舅妈回聊城见了姥姥姥爷，姥姥姥爷都很吃惊为什么舅舅会找这样一个媳妇，但他们没有阻拦，在举行了简单的婚礼后，舅舅带着舅妈匆匆回了海岛。

舅舅越来越觉得自己就像是在海边上生活了几辈子，他习惯了上炕吃饭，习惯了一回家舅妈就已经在炕上摆好了咸鱼饼子和酒，习惯了每天喝二两。舅妈对舅舅极其好，自己个把月都吃不到一顿细粮，啃窝窝头咸菜疙瘩，但每天都给舅舅炖一条鱼。舅舅经常会把自己灌醉，醉了就躲在舅妈怀里，眼泪啪嗒啪嗒往下落，舅妈就像哄婴儿一样轻轻抚摸着舅舅的头发，他觉得舅妈的怀抱就像子宫那样温暖，一个好妻子是带着母性特质的。

女儿魏来的出生让舅舅如获珍宝，这个小生命仿佛是对他的赏赐。那时舅舅的病情已经加重，生活日益困难，舅妈要靠每天卖鱼补贴家用，忙不过来，姥姥就要魏来去她身边生活。在岛上，通常情况下都是男人一大早出海捕鱼，中午回来，然后女人去卖鱼，而舅妈只能贩了别人的鱼再去卖，赚的就少了很多。在魏来八岁那年，舅舅撒手人寰。舅舅死的时候依然躺在舅妈怀里，直到人们把舅妈的手扒开，把舅舅抬走，舅妈还那样坐着，手一直环抱在胸前，像一个温暖的鸟巢，只是鸟巢里的鸟儿永远地飞走了。

舅妈把魏来接回海岛，在舅妈看来，魏来就是舅舅生命的延续。舅舅看不见也摸不着，但他不分昼夜地看着她们，守着她们，他的气息充斥在房间的每一个角落里，像血液一样流动在她们的身体里。有时候在清晨或者黄昏的光线里，舅妈猛一抬头就与挂在墙上的舅舅四目相对了，他的眼睛里透着一种宗教式的肃穆和凝重，当舅妈很疲惫的时候，一看到舅舅的照片，心里就会生出一种很奇异的温暖，仿佛被一束圣光罩住了一样，那光束穿透了她的骨骼，把她照得通体透亮。她一直都不认为自己是个寡妇就矮人一截，而是活得趾高气扬。每当有小孩子欺负魏来，舅妈肯定是要带着她骂到人家门上去的，连祖宗八辈都不放过，骂出的每一句话都不带重样的。她告诉魏来，你那些同学的父亲母亲不过是渔民，他们祖宗八代也还是个捕鱼的，你父亲当年穿着白衬衫，戴着不锈钢壳的手表，你爷爷是国营棉纺厂的厂长，你的血统比他们高贵多了。舅妈就是靠着这一股气撑着走过了几十年，每向墙上的舅舅看一眼，就会凭空生出一点力量，她就像一株进行着光合作用的植物，吸收着养分，然后再喂养魏来，魏来像吃了催长剂一样迅速地长大了。

当魏来告诉舅妈她也要当兵时，舅妈高兴地在舅舅遗像前摆了满满一大桌子贡品，打开酒，与舅舅对酌起来，说着感谢的话。她觉得魏来能这么有出息，不是她一个人的功劳，而应该归功于舅舅。

舅妈非常想知道魏来在部队上到底怎么样，这种想法在她脑子里产生了，越来越强烈，最后让她坐立不安，发展到连卖鱼的心思都没有了。头天下午早早收了摊，在隔壁王五嫂开的服装店里花了一百三十块钱买了件对襟的新棉袄，又专门到澡堂去洗了个澡，第二天一大早就直奔火车站。

魏来从见面就连个"妈"都没叫，一直哭，哭得歇斯底里，舅妈从来没有见女儿这样过，也不知道该怎么办好了。魏来从小就不爱哭，除了舅舅去世时她哭得死去活来，恨不能跟着舅舅一起去了，舅妈几乎没有见女儿掉过眼泪。

她说："哭啥哩，俺就是想来看看你咋样，你不愿让俺来，俺以后不来就是了。"说着，从布兜里拿出十包五香花生米放在她床上，魏来一看就知道是和她妈一起摆摊的陈胖子家的花生米，她很喜欢吃这个，每次放假回家，陈胖子都会往她手里塞上几包。宁果蕾进来了，以为魏来是因为想家所以看到家长来了很激动，没想到她却一个劲地说："指导员，我给连队抹黑了，我不知道我妈来，我真没让她来啊。"

宁果蕾这才明白，笑了起来："你要理解家长的心情。"

"别的没争上第一，倒成了第一个有家长来探视的了，影响多不好。"

"哦，原来你担心这个啊，很正常，人之常情嘛。"

舅妈一看女儿的长头发剪成了茶壶盖，手冻得跟萝卜似的，心里也打起了鼓。临近中午，舅妈跟着我们在食堂吃了个饭，看到伙食好得很，她注意到炊事班怕饭凉了，每个桌上都放了酒精炉子，饭菜用瓦罐盛着，在酒精炉上咕嘟咕嘟冒着热气，就明白女儿在这儿没受罪。吃完午饭就心满意足地走了，临走还学着别的家长一样嘱咐了几句："在部队上好好干，让首长放心。"

十二

　　每个人都成了上足发条的钟表，熄灯、起床、列队、口令、站岗……每一个姿势、每一个动作，都按照战争的要求，被分解和量化。没有了时间，没有了空闲，有的就是累。

　　如果说站军姿只是训练开始的前奏，三公里可以说是训练大餐中的硬菜了。每天早晨一个三公里，下午一个三公里，一到这两个时间，我真的就有一种上战场的感觉，仿佛前面有一把利剑直逼着自己，后面是万丈悬崖，你不得不硬着头皮上。

　　大学生士兵里，总是人才济济，各路英才齐聚军营。这不就有这么一个奇才，让我对他感激不尽。一个男兵，体育教育专业的大学生，在第一次出早操后就找新训班长"扯皮"，说早上空腹跑步不符合运动科学，不利于身体健康，最佳锻炼时间是下午四点钟到六点钟，建议长跑由早上改到下午。由于他的据理力争和言之凿凿，加上所有女兵的鼎力支持，这个意见最终被领导采纳了，但每天下午的三公里是逃不过的。

　　第一次跑三公里时，我刚跑完两圈，就已经跑不动了。班长王白和魏来跟过来，一左一右硬拽着我往前跑，别看魏来那么胖，她竟然跑得很快，跑起来时满身肥肉在身上左突右撞，汗水如泉眼一般汩汩地往外冒，让我觉得她身体里真的有一个小宇宙，所有的脂肪都一起燃烧，发力，推着她所向披靡。

　　王白冲我吼："你要是停下来，就不要留在我们三班！"

　　我听到这话，又掉下眼泪来，风吹过我眼睛，凉凉的，这个时候我可以肆意哭，只要不出声就可以，我已经练就了默默无语两眼泪的本领，我怕别人看到我哭，那样他们会觉得我很软弱，现在汗水泪水混合在一起，谁都看不出我在哭，而且边跑边哭有一种酣畅淋漓的感觉。那天，我跑完了三公里，跑得踉踉跄跄，但跑下来了，连我自己都不敢相信。

除此之外，每天下午还要来一个全速跑，冲下山坡再跑上来，累得心都要炸开了，王白在路口守着，会突然指着前面一个大上坡喊："各班注意，散开队列，冲刺！"我们只得跌跌撞撞地往上跑，而她已如离了弦的箭一般冲了出去，并回头甩一句："谁跟不上我，回去做青蛙跳和俯卧撑！"

我的心马上就要跳出来了，与其做那折磨死人的俯卧撑、青蛙跳，还不如现在咬咬牙跟上她。可她是什么人？省短跑冠军，跑得就像一辆开足马力的摩托车。我们在她后面气喘吁吁，每一步都像踩在强力胶上，好在大家有一种惺惺相惜的感觉，都很团结，连拉带拽地齐心协力往前跑，但拼尽全力仍跟不上那个短跑冠军，还是要被罚俯卧撑和青蛙跳。有人已经被折腾得哭了起来，王白才不管谁哭不哭，她带过好几次新兵，早就见怪不怪了，横眉冷对："趴下，俯卧撑准备！"

军区来了工作组，调研大学生士兵入伍后的情况，三天后工作组要离开，有个女干部点名让我陪他们吃个饭。不知道为什么我给她留下了很深的印象，我骄傲地想也许是因为我的漂亮吧，虽然大家都留着像从流水线上复制出来的锅盖头。电话打到连部，宁果蕾把我喊下来，告诉我有个突击性的任务，一定要完成好，说白了就是去喝酒，我懵懵懂懂地答应了，回到宿舍，女兵们都围了过来问："指导员找你什么事啊？"

因为我也不知道到底是什么情况，就大致说了一下，女兵们的脸上都表现出或冷漠或关怀的表情，嘱咐我不要喝酒，但我知道每个人心里都酸溜溜的，她们都在想为什么不让别人去，而让我去。

在我转身出门的时候，听到了这样的话："漂亮，不就是长得漂亮吗，就因为那张美得不能再美的脸。可谁比谁差，别的方面，咱也不比苏红果差，谁让咱没有苏红果沉鱼落雁、闭月羞花的美貌，上帝就是这么不公平，人一出生就注定是不平等的，漂亮女孩到哪里都受到优待。"

即使我们现在形影不离，但我还是感到了强烈的不平衡带给她们的失落感。

那天的晚餐丰富得让我恨不得一下子扑到桌上，东坡肉闪着晶莹的琥珀般的光泽，褶子细密的小笼包像一朵朵盛开的菊花，白斩鸡宛如刚出浴的盛唐仕女。但他们不厌其烦地推杯换盏，说着客套的话，我坐在女干部旁边，还要寻找适合的时机给她夹菜，等给她夹了菜，放到盘子里，轮到自己时已经转桌了。整整一顿饭我干巴巴地坐在那里，真不知道他们叫我来做什么。

我饥肠辘辘地回了连队，营区里有个军人服务社，我想去买个面包，但摸了摸口袋，一分钱都没有。一低头看到自己还没有挂军衔的作训服，也怕万一碰到纠察说都说不清楚，就老老实实地回去了。我猜想当天的晚饭应该是肉包子，每个星期三的晚上都是包子。苏泽里的公司每个星期三的工作餐也是包子，这是他订的规矩。因为他当年在连队，每周三改善伙食，就是吃包子。苏泽里做包子的技术堪称一流，部队里有个说法，一个好的炊事员顶得上一个指导员。苏泽里当年为了让战友们吃上更可口的饭，也是变着法的研究食谱，他包的包子，饺子都很受欢迎，当白胖胖、热腾腾的包子往案板上一放，立刻就勾起兵们的食欲，连吃惯了米饭的南方兵都觉得很可口。炊事班长看在眼里，乐在心上，打心眼里喜欢这个眼里有活、手脚勤快的新兵，每次班务会上，都要表扬他几句。

果不其然，当天她们吃的就是包子。魏来打着饱嗝告诉我今天的包子多么好吃，边说边伸出五个手指头，我明白她的意思，吃了五个。以往舅妈做的胶东大包，她一口气就能吃下五个，还要再喝上两碗粥"补补缝"。

熄灯号快吹响的时候，我们都去洗漱，所有人的目光像是树叶一样飘落在我身上，我装作不经意的样子，又把她们的目光抖落在地上。我平静地端着脸盆，走过去，把她们的目光踩得吱吱嘎嘎响，到水龙头旁拧开了水管。大家抬头看看我，并未发现我有什么异常，但她们脸上的表情一目了然，我知道她们是想问问当天晚餐的情况。

"他们都没有让我喝酒，说新兵喝酒是违反纪律的，把我叫过去，只是作为一个新兵代表，趁这次吃饭的机会再深入挖掘一下我们大学生士兵入伍后的思想情况。"我自顾自地说着，我也不知道为什么要解释，要是搁在以前上学的时候，我会任凭东南西北风，现在我做不到，也许我应该给她们留下遐想的空间，但我更不想被她们孤立出来，站在对立面。我需要和她们打成一片，我需要和她们形影不离。

"哦。"没有人说话，仿佛都没有听见，我的解释成了自言自语的表演，只有魏来发出了一声回应，就这一声"哦"，像一块坚硬的盾牌，把我的尴尬"砰"的一下全挡了回去。我看了看她，她在对着镜子仔细打量自己，圆乎乎的大饼脸，双下巴，每个细胞都充盈着丰沛的蛋白质和脂肪，她又发狠似的捏了一下肚子上的赘肉，那神情恨不得一下子瘦成杨柳细腰。

"红果，我瘦下来之后的样子应该不比你难看，我底子还是蛮好的。"魏来的这句话凌空冒了出来，就像玉米拨开一层层皮，露出了芯子。

原来，她和她们是一样的想法。

魏来就这样把嫉妒和羡慕交织在一起的感觉转化为减肥的动力，跑步的时候总是跑外圈，俯卧撑和仰卧起坐从来不偷懒，吃饭时只吃两根青菜叶子，仿佛攒着一股劲。宁果蕾看到这个胖女兵表现如此出色，还在班务会上表扬了她好几次。

就这样过了两个星期，有天晚上临睡前，大家都在水房洗脸，只听宿舍一声尖叫，都扔下脸盆跑了进去，以为发生了什么事情，只见魏来拿着镜子，脸上抑制不住的激动："我瘦了，我的双下巴没了，没了，没了！"

女兵们手里拿着的毛巾、牙刷，一起扔向她。魏来被砸得东倒西歪。她倒满不在乎，继续拿着镜子端详，我走过去，摸了摸她的腰，拽了拽她的迷彩服："确实瘦了。"

圣诞节来了，虽然说是西方的传统节日，但在学校的时候这可比元旦热闹多了，通常是男生向女生表达爱恋的好时机，或者三五成群地去KTV吼上一夜，玩个痛快。军营里的圣诞夜静悄悄，和往常一样没有什么特别，谁也没有想到王白悄悄制作了圣诞贺卡，准备在二十四号站完夜哨后贴在寝室的门上，让我们一觉醒来就有个惊喜。

贴完了贺卡，当王白掀开被子准备睡觉的时候，却发现被窝里面堆满了巧克力、威化饼和小卡片，看看周围，大家都躺在床上，仿佛已经入睡了。

"装吧，装吧，继续装。"王白忍住不让自己笑出来。

不知谁第一个发出笑声："Merry Christmas！"掀开被子坐了起来，随后第二个，第三个第四个第五个都从床上跳起来。

"班长，咱们庆祝一下吧。"

不知谁提前买好了零食，拎出来哗啦一下子扔在地上，几个人抢起来，王白嘴嚅动了一下，看样子是想阻止我们，又不忍心，干脆和我们席地而坐，借着一抹月光吃了起来。

我们大口大口地嚼着薯片，谁也不让谁，像老鼠般发出"咔嚓咔嚓"的声音，我提议一个人唱一首歌，但不能唱革命歌曲，只能唱情歌。

竟有人唱起了 RUB，惹来大家一阵疯笑。

这时外面响起了沉重的敲门声，一声压得很低的夹杂着怒气的吼声："干什么呢？"

"有刺客！"

"刺客"成了查铺干部的代名词。我们以迅雷不及掩耳之势，全一跃而起，卧倒在床上。门外重新恢复了平静，这时王白探出头，说："大家都不许动，睡觉，我来清理战场，三分钟之内没有人睡者，拖出去打二十大板。"

"是！"

她起来把食品袋扔到水房里去，又蹑手蹑脚地走回来，万幸走廊里没有人。

我没事的时候就打听人家衣服的型号，看看有没有人愿意跟我换，发下来的冬季作训服还能再套下一个我，使劲勒紧腰线也无济于事，还是不能显示出我曼妙的身材。苏泽里当年发新军装的时候也是撑不起来，但他很快就长胖了，他还说新兵连都会长胖十几斤，这是普遍规律。我不信，运动强度那么大，怎么会胖呢。功夫不负有心人，终于找到一个愿意和我换的女兵，她喜欢穿肥大的衣服，说那样跑起来步子迈得大，我兴高采烈地把衣服和她换了过来。一点点小事都能让我高兴上半天，快乐变成了一件无比简单的事情。

短短二十天，我已经和刚来的时候不一样了，优雅和斯文被撕得粉碎。原来吃饭总是细嚼慢咽，如今却要狼吞虎咽，就像往肚子里面倒。以前每天早晚都要万般呵护娇嫩的皮肤，现在所有护肤品一律没收，那些大大小小的瓶瓶罐罐根本就没地方放。洗漱从脸到脚总共只有三分钟，洗澡十分钟，收拾衣服三十秒钟，化妆就别想了……所有的事情都有时间规定，真的就像在打仗。甚至连上厕所、进宿舍都要打报告，声音要振聋发聩，要气势如虹，要有吓破敌胆的气势。我开始不喜欢这样的生活，太单调、太枯燥、太死板、太幼稚。我觉得身上的女人味开始一点点消逝，我不再柔软，有一种刚硬的东西扎入我的灵魂中，敲一下便能听到硬邦邦的回声，我好像明白为什么母亲的性格里会有一种坚硬的质地。有时很怕这种刚硬会把我的温雅绵柔都泯灭了，不过既来之则安之，苏泽里曾说过我最大的特点就是能很快融入并适应新环境。我有时就觉得自己是水做的，倒入什么样的容器中，就会变成什么样子。但我还是有很多疑问，干吗要每天恨不得打扫五十遍卫生，地面上连一根头发都不放过，干吗非要把被子叠得四四方方还要洒水捏出边边角角，每个周末还要假模假样地交换思想，这些就叫忠诚吗？或者应该叫愚昧吧。

我最怕喊口号，我有一副好嗓子，怕把自己的声带喊坏了。王白看着我在队列里只张嘴不发声，把我拉了出来："选择当兵就是选择付出，如果连这关都过不去，还能称为合格兵吗？口号体现的是一支军队的精气神，如果都像你一样怕这怕那，这兵不就白当了？"

我一脸惊异，老兵就是老兵啊，连我不发声都能看得出来，今儿是碰上火眼金睛的孙猴子了。我明白了一个道理，在这群老兵眼皮子底下，甭想玩花样，还是老老实实、踏踏实实为好。

我站在队伍里，用尽所有力气把口号吼出来，感觉所有的血都涌到了头上，青筋都要爆开了。王白不禁有些得意，她像诗人一样，把对我们的修理诗意化了："你们就像一棵棵小树，要直立着生长，就必须砍掉旁枝斜出的枝枝丫丫，而砍掉这些枝丫，必然伴随着疼痛，经历过这种成长的疼痛，你们才会更加挺拔。"

我心想："是这样吗？"

一月十号是我的生日，以前我都会把自己的生日过得很隆重，因为觉得这是唯一一个属于自己的节日。到了那天，母亲会准备好一大桌子菜，苏泽里再忙也会抽出时间陪我，送我一个价值不菲的礼物。只有这一天，我才感觉到自己对周围的人来说是存在的，是很重要的，到了新兵连之后的第一个生日，我却忘了。日子连着日子，疯长乱了，像是一片芜杂的草，一眼望不到尽头，每一天长着相同的脸，在这里没有日期，没有月份，像一条宽广的河，裹挟着时间往前走，分界线就是太阳月亮，太阳出来了就是白天，月亮替班了就是晚上。回到宿舍，王白给我端来一碗方便面，说："这是连队给你煮的长寿面，祝你生日快乐！"

我呆住了，纳闷班长怎么会记得我的生日，排里的战友好长一段时间都没吃过零食，应该让她们一起解解馋，方便面虽说没有多少营养，可大家都爱吃，我邀请大家一起吃。这碗方便面在女兵们手中传递，原来在宿舍谁要是用了我的水杯，我都会刷上半天，现在却一下子接受了一个碗，一双筷子，同吃一碗面。我是新兵连第一个过生日的人，大家都很激动，一边唱歌，一边想家，一边落泪，生日过得很简单，但却让我很难忘。晚上躺在床上，我辗转反侧，难以入睡。想想自己的历程，就像搭乘火车一样，本来打算到一个地方去，中途却临时起意在另一个地方下了车。总之，就这样改变了预定的行程，然后经历了一场充满惊奇的意外旅行。参军让自己体会了一次生命旅程的冒险。回想起来，生命中许多时候不也如此？心无旁骛地直奔唯一的目的，却因为意外离开预设的轨道，从而有了机会发现更别致的风景。

凛冽的寒风和冬天的紫外线似乎并没有给女兵的皮肤带来多大伤害。每个人都有秘密武器——防晒霜，就装在口袋里，每次快集合前，就听到女兵们"哗啦哗啦"拿个小瓶子晃啊晃，训练前先抹上厚厚的一层。宁果蕾看到了都要嘟囔几句，说自己在新疆当兵的时候，手上生的冻疮连自己都不忍心看，两个脸蛋冻得像烂掉的茄子一般，哪里还顾得上涂脂抹粉，所以她每天念叨的反复就那几句话："我们要既爱武装又爱红妆，但我们的美不是浓妆艳抹，是刚毅的美、俊秀的美，是一种军人特有的美。"

我终于相信了苏泽里的话，新兵连是要长胖的。

训练强度越来越大，除了正课时间，每天下午一个三公里，一个"全速冲"，另外还有三个"一百"，一百个俯卧撑，一百个仰卧起坐，一百个深蹲起立。饥饿感时时围绕着我，吃饭的时候我再也不会细嚼慢咽地做淑女状，常常会端着空盘子去打饭的窗口喊："再来点菜！"然后再从旁边放馒头的竹筐里插上两个馒头，我很惊讶我竟能吃得下去这么多东西。一顿饭能吃下以前三顿饭的量，食量大如牛，包子我也能吃四五个了，走的时候还往兜里塞两个，不能出去买零食，包子就成了点心。

魏来是抱着必瘦的决心来的，她立誓要脱茧成蝶，要让所有人都看到她惊人的蜕变。她总争着当小值日，就为了少给自己盛一点饭，盛的米饭可以用粒数出来，比猫吃的还少。她还知道厨房里有个秤，吃完饭就往厨房跑，去称体重看看有什么变化，后来大家吃完饭都集体往厨房里跑，徐诺跟过去一看才知道她们是去称体重，无奈地摇摇头："哎，女孩子啊，整天跟体重较劲，累不累啊？"

女兵们越来越胖，确切地说是越来越结实，每个人的体重都呼呼地往上涨，我也不例外。只有魏来瘦了，她还嫌瘦得慢，每次给战友盛好米饭后，先给自己盛一碗汤，吃饭的时候把菜放里面涮着吃，把上面的油涮掉，每顿饭都有红烧肉，可魏来连看都不看一眼。

我每次吃红烧肉的时候，只吃瘦肉和肉皮，把肥肉吐到桌子上，其实每次宁果蕾都检查我们的饭桌，她已发现我坐过的地方总剩一堆肥肉。这次她早早地吃完饭，守株待兔，我刚想离开，就听见幽幽的一声："苏红果。"

惊得我出了一身冷汗，回头一看宁果蕾阴沉着脸站在身后："挺会吃啊，瘦的吃掉，肥的吐出来。要是人人都像你这个吃法，那猪是不是还得每天跟着我们一起跑跑三公里，锻炼一下肌肉减减肥啊？是不是啊苏红果？"

"三班长！"她把王白叫了过来。

"该怎么处理？"

王白没有说话，转身跑去碗柜拿了个碗，盛了一勺米饭，然后把桌上的肥肉用筷子一拨拉，全拨进碗里吃了。所有的人都愣在那里，包括宁果蕾，等我们回过神来，王白已经吃完了。

这是一个让我没有想到的意外，大脑一片空白，仿佛王白打了我一巴掌，又好像打了宁果蕾一巴掌，她把我们全打败了。也许宁果蕾也没想到会这样，她只是想教训一下我，如果这个时候她再多说什么，那她就是一个十足的恶人，宁果蕾觉得她应该保持沉默，所以她转身走了。

我呆呆地望着王白："班长。"

王白端起桌上盛汤的盆子，咕咚咕咚喝了两大口，抹抹嘴，轻描淡写地说了一句："不要剩饭。"

这天中午，我坐卧难安，这种不安像水草一般，纤细却紧紧地缠绕着我，想挣脱都挣脱不了。王白是一期士官，比我还要小，高中毕业就来当兵了，年龄上本来就倒挂了，"小兵"带着"大兵"，却像姐姐一样照顾着我，在她面前，我迅速矮了下去。

高强度的训练让我们的精气神如五月的稻田，甚至自己都能听见拔节长高的声音。女兵的心思都跟针一样细，敏感得不得了，连队干部一个眼神、一个动作都有可能伤到我们的自尊心，一句表扬、一句鼓励都能让我们的心情飞上天。不光是魏来，大家都在用全部的力量去努力做好每一件事，甚至都在暗暗较劲，生怕被甩在后面。

魏来每天都把食量控制在最小，仿佛铆足了劲一般，挑战着自己的极限。她从来没有如此狠心对待过自己，终于病倒了，高烧不退。

她病了倒给我带来偷懒的机会，我天天下午陪着她去打点滴，而不用再去跑三公里。

我以前总觉得魏来很懒散，但入伍后她表现比任何一个人都积极。每当我们听到号音起床时，她早已扎好外腰带在楼门口站着了。只要门打开，她准是第一个冲出去。现在，她发着烧，仍然坚持起来跑操。跑到一半的时候，她像个面布袋一样"哐哧"就倒了下去。我们七手八脚地把她抬到屋里。我更是吓得不得了，如果她再出点什么问题，舅妈可怎么办。徐诺和宁果蕾都站在她床前一直到她醒来，徐诺说你不舒服请假就可以了，不能硬撑着，接着又把她的班长批评了一顿，自己的兵发烧怎么能让她去跑操呢？又有一位班长继王白之后挨了批评，魏来本来不想给班里拖后腿，却连累了别人，心里愧疚得不得了。她像一只飞蛾，看到火光就情不自禁地往上撞，没有人逼她这么做，她也完全可以不这么做，但是，她愿意。

当连长徐诺宣布下周开始射击训练课程时，兵们的眼睛里顿时一亮。枪对于军人来说，就是生命。它在和平年代为战争而沉默着，在战争年代为和平而警醒着，军人的理想是要靠枪延伸的。

第二天一早，我们排着队去了兵器室。一柄柄九五式自动步枪静静地躺在那里，泛着冰冷而坚硬的光泽。我伸手拿起它的时候，却被闪了一下，没有想到，一杆枪会这么重。瞬间，金属的坚硬质地在手中蔓延开来，它完全和我融为一体了。激动与兴奋穿透我的神经，全部精力都倾注于手中紧握的枪上。但几周的射击课上下来，练习瞄靶的不同射姿却是那么的枯燥无味，卧姿、跪姿、立姿，根本找不到想象中的英姿飒爽，也找不到战场上子弹在飞的快感，新鲜劲儿已经荡然无存，以至于后来教员再讲什么，已经听不进去了。

大家全副武装，穿上子弹袋，在寒风中趴上一天，晚上回去腿脚都不听使唤了。早晨队列训练的时候，一个个活像偏瘫的病人，走起路来一瘸一拐。王白在前面喊口号的时候，总是想笑，这个家伙，丝毫没有同情心。射击课上，教员让我们趴在地上练瞄准，不一会儿，我就觉得水泥地面硌得胳膊肘痛，我偷偷拿起一个沙袋垫在胳膊底下，后来大家都效仿了，教员走到我身边，用脚尖一点点把我胳膊底下的沙袋踢开，轻蔑地看了我一眼说："不愧是大学生啊，真是绝顶聪明。"大家见状，都赶紧把沙袋抽出来。

　　教员示范拆枪，然后叫我们练习，说一会儿每个班抽一名士兵上来，搞一个小比武。王白就点了陈菊妹，听这名字，别以为她是娇弱纤柔似水，行若杨柳扶风的林妹妹，那可就大错特错了，这个四川姑娘性格跟名字截然相反。一双丹凤眼透着泼辣，个子不高但身材凹凸有致，平时说话尖刻凌厉，带着一股浓烈的火药味，听到王白点到她的名字，一脸的不情愿，坐在地上就是不肯起来，说："我还没有练习好呢，班里那么多人为啥单点我呢？"

　　教员喊道："陈菊妹，出列！给你的战友们演示一下。"陈菊妹半天才站起来，慢悠悠地走到队伍前面。比赛开始，陈菊妹磨磨蹭蹭地怎么也组装不了，刚才教员示范的时候明显没认真听讲，倒数第一名。她狠狠地剜了王白一眼，说："班长我恨你啊。"

　　教员听到这句话当时并没说什么，在点评的时候，教员说："通过这几天的授课，我发现你们吃苦意识和锻炼意识很强，我也能切身感受到你们一点点在成长，在进步，来到新兵连后表现都很好。但有一点我想告诉大家，你们现在是军人了，要树立服从意识，军人以服从命令为天职，比如刚才班长点名，点到谁，谁就要出列，这也是服从命令的最直接体现。"

　　陈菊妹一脸无所谓的样子。一会儿，教员要教大家持枪卧倒，为了不遮挡视线女兵蹲在前面，男兵站在后面，此时已经是下午三点多了，但阳光依然很刺眼，陈菊妹冬天也怕晒黑，就往旁边挪了挪，男兵站成一条阴影，正好把陈菊妹遮住。这时另一名教员走过来，蹲在陈菊妹旁边轻声说："你真聪明，怪不得班长点你的名呢。"

十三

　　我从第一眼见到陈菊妹就觉得这个女孩打不得交道，因为她身上带着一种近乎跛扈的颓废，嘴角始终往下耷着，就像一轮枯瘦的残月，天天拉着一张扑克脸，破罐子破摔的样子。大学也是上的三流大学，毕业后一直在家里，也没有找到工作，每个女兵来了之后都很努力，只有这个陈菊妹整天满腹牢骚，指导员找她谈话，她哈欠连天："指导员啊，你们剪了我的头发，缴了我的手机，这也就罢了，连游戏机也没收了。你说你们把我困在这里有什么意思？不过您放心，我不当逃兵，不给您惹麻烦，您就别老盯着我了，把花费在我身上的心思都转移到她们身上去吧，别浪费您的感情。只要新兵下连的时候，别把我分到那些整天玩命的部队去就行，让我去喂猪都成。"

　　宁果蕾气得直翻白眼，怎么还有这样的兵呢。想起陈菊妹刚来的时候，头发染得金黄，齐耳长的短发，不伦不类的打扮，还背着一把电吉他，据她说在学校的时候组建了一个乐队，她是吉他手。为这把电吉他，指导员和连长还专门开了个会，讨论应该没收还是留在班里，最后还是觉得应该以人为本，就留在了班里，钉了个钉子挂在墙上，可陈菊妹只要回宿舍就抱着吉他猛弹，搅得整个楼上鸡犬不宁，无奈之下宁果蕾只好先替她保管起来，锁到仓库里去了。

　　新兵集训快一个月了，陈菊妹那身未授衔的军装一次也没有换洗过，裤子放那儿都能自己站着了。看着挺干净利落的一个姑娘，却这么不讲卫生。周日，所有的女兵都去洗澡了，回来后在水房里洗衣服，唯有陈菊妹在宿舍里看美容杂志，宁果蕾把她叫到水房："陈菊妹，你的作训服都快成了钢盔了，这要是上战场，还真能挡子弹呢，快换下来洗。"

她磨蹭了半天不肯动弹。宁果蕾说："你在大学里不洗衣服吗？"

"我们学校有洗衣房啊，一桶才三块钱，能洗好多衣服，哪用得着我亲自动手。"陈菊妹连眼皮都不抬一下。

宁果蕾彻底愤怒了："这不是你的大学，这是军营，我命令你去洗衣服！"

陈菊妹半天才说："好吧，你出去吧，我要换衣服了。"

宁果蕾快气炸了，但强忍着没有发作，转身出去了。一会儿，陈菊妹又来找她："报告，我要去小卖部。"

"干什么去？"

"你不是让我洗衣服吗？买桶。"陈菊妹理直气壮。

"洗衣服都用盆洗，哪有用桶的？"

"用桶洗得干净。"

宁果蕾手挥了挥，表示同意。

陈菊妹到了小卖部，三下五除二买了一大堆零食，薯片，方便面、瓜子，统统装到桶里。付账的时候，拿出张卡来，小卖部的服务员说这里不能刷卡。

她倒来劲了："什么破商店，连卡都不能刷，东西还死贵，我没带现金，只能赊着了，下次给你们送来。"

服务员支支吾吾不知道赊还是不赊好，正好老板在旁边，寻思了半天问："姑娘，你哪个连队的？"

"就一个女兵连，还用问吗，总共这点钱，又不是不给你，你咋这么抠呢？"

一句话把老板逗乐了："好，你拿着吧，回头把钱送过来就行。"老板对兵们从来就没有过不信任。

陈菊妹拎着桶往回走，看到宁果蕾站在门口，她想坏了，让指导员发现买了零食可就糟糕了，干脆把桶抱在胸前，低着头往宿舍里钻。这哪里逃得过宁果蕾的眼睛，她把陈菊妹叫住，拿开她的手一看，好家伙，一桶全是吃的。宁果蕾说："你买的零食只能到规定时间才能吃。"

陈菊妹阴阳怪气地回答："是。"

过了一会儿，宁果蕾到水房里一看，陈菊妹前面摆着个桶，一手拿着袋洗衣粉，"哗"，倒进去一大半，把所有的衣服都扔进去，拎着军装的一角在桶里左转一下右转一下，宁果蕾说："你这是干吗呢？"

陈菊妹说:"洗衣机不都这样洗吗?左转一圈,右转一圈。"

宁果蕾差点没背过气去,她把王白叫过来,让她教陈菊妹怎么洗衣服。王白跑过来一看又是陈菊妹这个活宝,立刻一副痛苦万分的表情,对着墙一阵猛捶,她觉得陈菊妹就像一只藏在琥珀里的虫子,刀枪不入。

正好这时宣传股股长提着一大包东西来连队,找陈菊妹,说是陈菊妹老家寄来的。宁果蕾很好奇地问:"寄给陈菊妹的东西怎么寄你那儿去了?"

股长说:"这是我老婆的表姐夫的侄女,还算一个八竿子打不着的亲戚呢。"

王白叫陈菊妹下来取包裹,正好被陈菊妹在门外听了个正着,她进来一把扯住股长的胳膊,大大方方地喊了个:"叔!"一屋子的人都怔住了,股长更是手足无措,突然多了这么一个侄女,不知是喜还是忧。

宁果蕾转过身去偷偷笑了个够,然后正色道:"陈菊妹,在公共场合你要叫首长。"

"是,首长。"陈菊妹看着股长,"哗!"来了一个立正,敬了个礼,露出欣喜的表情,仿佛找到救星一般。

从此陈菊妹更趾高气扬了,动不动就嚷嚷我叔叔怎么怎么着,仿佛股长是他亲叔一样。一传十,十传百,弄得股长哭笑不得,只是送了个包裹就送出这么多事来,真是跳进黄河也洗不清。

关于陈菊妹的笑话数不胜数。有一次楼上的男兵偷偷吸烟,顺手把一个烟头弹得很远,光点划过夜空,只听二楼陈菊妹的惊叫声清晰地传了过来:"看,流星,快许愿!"

楼上的男兵笑作一团,他们迅速跑到二楼看见陈菊妹真在那儿闭着眼睛许愿呢,一脸很虔诚的表情。

从连长到指导员,再到排长,对陈菊妹没有一个不头疼的。她从来都是吊儿郎当,说话咋咋呼呼,碰到个蟑螂能把房顶叫破,虽然都要求剪成了短发,但每天她都拿个小卡子别在头发上。宁果蕾觉得纳闷,仔细一看,原来最下面还留了一撮头发,编成了小辫子,像个猪尾巴一样那么细,怕被人发现,就用卡子别住塞到头发里藏起来。人倒是很爱干净,一天换一双袜子,但从来没见她洗过,因为上次穿了花袜子,被宁果蕾看到了,让她把袜子换过来,为此她还闹了半天情绪,后来宁果蕾查了她的行李包,一看不要紧,满满一提包全是袜子。

宁果蕾没收了她的袜子，规定她换成制式袜子，她以掉颜色、袜口紧为由，磨叽了半天，最后看到宁果蕾的脸色像日全食一样一点点暗了下去，她才住口，不情愿地把袜子换了下来。

这天晚上晚点名，陈菊妹失踪了，到了晚上八点还没有找到，宁果蕾也慌了，莫非让她换袜子闹情绪躲了起来？全连迅速集合，以班为单位分头去找，半个小时后集合，营区里呼唤陈菊妹的声音此起彼伏，像夏日不绝于耳的蝉鸣声，可她像是人间蒸发了一样，连个影子都看不到。徐诺说："会不会去了隔壁的林场？"

这倒提醒了宁果蕾，她说："两个人一组，去林场找一下。熄灯之前必须返回。"

宁果蕾这个时候腿都开始发软了，万一把这活宝丢了，可就惹了大祸了，如果上报到团里，按逃兵处理，后果更是不堪想象。她带着我来到林场里，喊着陈菊妹的名字。林场里黑咕隆咚，隔一段距离有个石凳，常常是谈恋爱的小青年幽会的场所。我们焦灼的叫声像一枚投进江心的石子，打破了林场的宁静，把树林里好多男女都叫了出来，纷纷对我们投来不满的目光。显然我们的叫声打扰了他们温馨的甜蜜时刻。

这一下子勾起了我的回忆，大学时候，路边的小树林里常有下了晚自习幽会的恋人，我们就喜欢搞恶作剧，晃着手电筒就进去了，故意把脚步踏得很重，拿着手电筒照来照去，先是听到窸窸窣窣的声响，然后看到小路旁的石凳上两个故意装作很镇定的男生女生并排坐着，连手都没有牵在一起，我们若无其事地走过去，就听到身后长长的吐气声，女孩说："干什么的，妈呀，吓死我了。"我们实在憋不住了，跑出小树林，狂笑不止，还把这种行动美其名曰"淌鸳鸯"。

依然没有陈菊妹的身影，我们甚至都想去拨开路边的草丛，看看她有没有躲在里面。我们开始往回走，唯一的祈望就是回去的时候陈菊妹已经归队了。

这时后面猛地跳出一个人，一下子蹿到我背上，差点没把我的魂儿吓飞，回头一看是陈菊妹。她脸上挂着惊喜的表情："指导员，红果，还是你俩最好。"

"怎么回事？"我一头雾水。

"我是故意躲起来的，看看大家心里有没有我，结果你俩来了，还是你们最好，最关心我。"

宁果蕾吼了起来，像一头暴怒的狮子："你知不知道全连都出动了，这是新

75

兵连，不是你的大学！回去写检查！"

陈菊妹愣在那里一动不动。回去之后，除了在全连战士面前做检查，整整三天，她都被罚面壁思过。每天中午吃完饭，我们都休息了，她就在墙根底下站着，像只秋虫安静地趴在草丛里，一直到下午操课开始。三天后，她又替我们站了一个星期的哨。

十四

　　为了让新兵们得到更好的锻炼，连队决定让每个兵轮流当一次值班员，从女兵开始，马上就轮到我了，当值班员还是第一次，不免有点紧张。

　　前一天我就让王白把口令写好，第二天早晨五点半集合，一个小时前我就起了床，跑到晾衣房悄悄练习口令。但站在队伍前面，我还是紧张，把口令喊错了，"实到九十四人"说成了"实到九四四"人，队列里没有人笑，自己倒窘得不得了。上午是九五式班用轻气枪实弹射击，下午是自动步枪考核，我拿着小红旗指挥了一天，精疲力竭。宁果蕾告诉我，营长在跟课时表扬我了，说我值班员当得不错。不过第二天营长却对我说我的口令没有杀气，软绵绵的，军人就是战场上的职业杀手，首先要用气势压倒人。我只好把声音提高了八度，几乎是扯着嗓子喊了，真是不知道昨天宁果蕾说的话是不是真的。

　　已经是冬天了，外面天寒地冻，也许是没有了羽绒服，我觉得今年的冬天格外冷。上午依然是射击课，连续十几天的野外作业，大家都略显得有些疲惫了。中间休息时都歪坐在草地上，等值班员吹哨集合时，才都懒洋洋、慢悠悠地站起来，有的还在那里说说笑笑。教员看到大家对哨音这么不敏感，很生气地跟徐诺说了这个情况。

　　徐诺回去好好把我们教育了一番："作风贵在养成，重在坚持。我们在外面，一言一行都代表了连队的整体形象。当我听到教员在说我们作风不好时，我感到很难受，哨音就是命令，听到吹哨后大家都要迅速起立，面向值班员立正站好，希望以后不要让别人对我们指指点点。要记住我们是一个整体，我们代表的是整个连队的荣誉。"

中午大家吃饭时都很沉默，以后训练场的作风改善了很多。晚上组织看电影，旁边几个连队有吹口哨的，有乱鼓掌的。也许是因为上午徐诺训话的缘故，大家都很安静地坐在那里，现场纪律保持得很好。带队回去的时候，徐诺很高兴地表扬了我们。

每个星期天早晨都要组织女兵三公里，男兵五公里考核，长跑是很能锻炼人的意志和耐力的一项运动。也可能这几天当值班员太劳累，我的腿像灌了铅一样，就是跑不快，每一步都仿佛踩在棉花上一样，只是机械地往前迈着腿。这次魏来和我跑得一样快，她"呼哧呼哧"喘着气，像是一架小型轰炸机在我身边盘旋，我赶她，让她先跑。

终于咬紧牙关坚持跑完了最后一圈，我一下子瘫坐在草坪上，脑子里突然闪现出家乡的那片湖。那一片翠绿的湖，细雨拂过湖面，一层轻雾氤氲在湖面上，我就在清澈碧绿的湖边长大，小时候，只要苏泽里有时间，总带着我去游泳，他水性极好。家乡的那片湖水始终萦绕在我的心头，是挥之不去的牵挂，想着想着，我的视线模糊了，魏来和陈菊妹跑过来拍拍我，问我眼睛怎么这么红，我说："可能睡不够吧，一直打哈欠。"

思绪飘回离家的那一天，我隔着车窗，和站台上的母亲道别，母亲站在那里，平时的严厉早就被一脸的不舍取代。苏泽里也站在旁边，我看着站台上他们的身影越来越远，苏泽里把身子背了过去，我知道他哭了，我的眼泪随即无声地流了下来。

记不清离家之后有过多少次这样的感伤了，现在我突然很想回家看看他们，虽然原来在一起的时间也不多，但亲情是什么也替代不了的。

就像龙应台在《目送》中写的那样："我慢慢地、慢慢地了解到，所谓父女母子一场，只不过意味着，你和他的缘分就是今生今世不断地目送他的背影渐行渐远。你站立在小路的这一端，看着他逐渐消失在小路转弯的地方，而且，他用背影默默告诉你：不必追。"

其实和父母在一起的时间只不过十几年，当一个人走出家门的时候，可能今生就没有一块完整的时间交与他们了，忙着谈恋爱，忙着找工作，忙着成立自己的小家，父母站在时光的这头成了越来越远的过往。

总以为他们的眼睛永远到不了我所想到达的远方，他们的脚步永远无法丈量我的梦想，其实在我去远方追逐梦想的时候，他们还一直守候在梦开启的地方。

每个人在长大以后都把父母遗落在身后，时光绵浅，岁月深重，渐渐地，时光不知疲倦地加注于父母一个苍老的身体和一颗孤独的心。总听到毕业后又回到父母身边的同学抱怨，耳边总是充斥着没完没了的唠叨，其实他们不知道能和父母在一起有多幸福。

一声激扬的哨音划过曙色苍茫的黎明，天渐渐亮了起来，该集合了，我收回飘荡的思绪，从草坪上爬起来。

回营房的路上，我看到太阳从雾霭后面喷薄而出。以前上学时，倒是月亮经常越过窗棂悄悄地爬进来陪伴，太阳升起的时候，我还蜷缩在被子里蒙头大睡，阳光照耀不到身体，也照耀不到灵魂。现在只要是晴天，都可以看到旭日东升，太阳经过一整个黑夜的孕育，然后诞生，饱含着青春的汁液升跃起来，这是大自然最得意的一幅力作。我感到心情愉悦，沐浴着阳光，好像完成了一次精神的洗礼，一次心灵的照耀，赋予生命以新的启示，日出的过程仿佛是一幅在为自己举行升旗仪式的优美剪影。

阳光昭示着一种生存姿态——热爱生活的姿态。

在射击开课后，我无比怀念上军史课的日子，起码可以坐在教室里；战术基础开课后，我又无比怀念上射击课的日子，虽然胳膊肘磨破了，起码可以趴在草地上不用动，也不用在水洼里趴着，练低姿匍匐；在军体开课后，我又无比怀念战术基础课的日子，起码不用扛着木头拼着自己的极限跑。日子似乎越来越难过，新兵连的训练强度就像垒长城，一层层加大。

军体课开始了，我们列队在操场上站着，仿佛一枚枚等待出手的棋子。远远地看见一个穿迷彩服的教员骑着自行车过来，女兵们喷射出的目光足以达到可以燃烧的温度，队伍里一阵混乱。从进了新兵连到现在，还没有见过这么帅的教员呢，魁梧的身材、挺直的鼻梁、严峻的表情，两只眼睛像利剑一样扫视着大家。

教员把自行车停到路旁，走到队列前面，没有说话，先把外衣脱了，露出一身健壮的肌肉。女兵异口同声地叫了起来，我却不屑一顾地撇了撇嘴，认为他这是哗众取宠。

值班员低声喊道："严肃！"

她们迅速闭上了嘴巴，教员微微一笑。他当然知道大家是为什么尖叫，笑眯眯地扫视了一圈，故意问道："怎么了？"

一口广东普通话，但大家都不敢笑了，使劲忍着，他开始自我介绍："大家好，我叫武劲松，是解放军体育大学毕业的，从现在开始就由我来带大家上军体课，军体课一共是二十四个课时，一直上到新兵连结束。"

底下一片安静，但我知道他们心里都在暗暗叫苦，上到新兵连结束，没好日子过了。

教员仿佛看透了我们的心思，含在口里的小哨一吹："先去跑两圈热身。"

这教员和我年龄差不多大，但铁面无私。变着花样练体能，第一堂课就来了个火爆的，以班为单位扛着圆木围着营区跑一圈，说要锻炼大家的协作意识和团结精神，更重要的是领会什么是战友情。我们就像蚂蚁搬家，一根圆木在肩上扛一会儿，放下来抱一会儿，一圈下来，我像从水里捞出来的一样。

因为今天下午的军体课让每个人都像是被水洗了一般，吃过晚饭后宁果蕾就组织我们去洗澡了，洗澡算是对我们的犒劳和奖赏。进了浴室，脱完衣服，我尖叫起来："魏来，你瘦了好多，锁骨都出来了，和我们差不多了啊，没想到，你瘦了之后身材那么好，玲珑有致啊。"

魏来用手擦去镜子上的雾气，打量着镜中的自己，好像很陌生。镜中的女孩因为瘦了的缘故，眼睛显得格外大，身体的每一处骨骼都发育得恰到好处，散发着炙热的青春气息，精神状态和以往完全不一样了，不再是粗枝大叶的，而是多了一种灵秀和精致。我惊叹着一个人原来可以有这么大的变化，怪不得世界上每个女人都在嚷嚷着减肥。雾气中一块乌紫映入我的视线，吓了我一跳，定睛一看，她肩膀和胯骨全青了，再低头看我自己，也一样，用手碰一下，疼。

春节悄无声息地来了，团里举办春节晚会，要求每个连队往上报节目，接到通知我就跃跃欲试了。苏泽里为了培养我，还是花了不少银子的，从小我就被他送去参加各种培训班，钢琴、舞蹈、书法，但最后每样都是半拉子水平。以前在学校时我基本不参加任何活动，这次我想参加了。去年我看过"桃李杯"舞蹈大赛上有一个女子双人舞《青蛇和白蛇》，给我印象极为深刻，我准备跳这个舞，争取在春节晚会的时候大显身手。我找到魏来，和她说了一下自己的打算，想让她做我的搭档，魏来睁大眼睛，一副不信任的表情："我可以跳舞吗？"

"你当然可以。"我给了她一个坚定的眼神,虽然我也不知道她行不行,但是我总要有一个搭档。

魏来求之不得,欣然同意,由我来跳青蛇,魏来跳白蛇,确定下来之后我们就加班加点地排练起来。每天熄灯后,我们还在活动室里跳着。离节目选拔的时间只剩下两周了,为了保持身材,我们还不敢多吃,每顿饭就吃两勺米饭,看着别人狼吞虎咽,我俩只能可怜巴巴地抱着汤盆喝那漂着两根菜叶子的清汤,饥饿就像幽灵一般缠绕着我们,连跑步的力气都没有了。

在饭桌上,陈菊妹故意逗我,端着一碗面条,浇上排骨汤,再堆上红红绿绿的辣椒,往我鼻子跟前一放,用手扇一扇正冒着的热气:"俺吃的是陈师傅红烧排骨面。"说完"吸溜"就一口。我横下心来连眼皮都不抬一下,任阵阵香气蚕丝一样把我紧紧缠绕起来。

饿得撑不住的时候,我和魏来就开始"画饼充饥"了,用臆想法填补饥饿,一人说一个菜,魏来首先想到的是胶东锅贴饼子、咸鱼干,那咸香的味道,一直灌进胃里。

"那再吃一口海蛎子炖豆腐。"

"哎呀,大鱼大肉,生猛海鲜都吃腻了,吃点家常菜吧,番茄炒蛋,辣椒小炒肉,维生素A、B、C、D、E、F、G全了。"

"还有姥姥做的甜沫,味道好极了。"

"好了,好饱啊,丰盛的夜宵,睡觉吧。"

"好的,晚安,明天晚上我还请你。"

"不行,该我请了,有来有往嘛,想吃什么提前点菜。"我说着,眼皮子就开始打架了。

这天熄灯号响过之后,徐诺去会议室写东西,正好看我和魏来对着一面大镜子练习小旋转,他给我们做了一个胜利的手势,笑了笑离开了。

"妹,我们又不是专业演员,多两斤少两斤别人根本看不出来,还不知道我们的节目能不能上,别人会说我们哗众取宠的,再说我最近体重下降得太厉害,体力有点不支了。"我真的有些坚持不住了。

魏来抬起一张湿漉漉的脸,"坚持,已经快要到达顶峰了,再努力一把,追求完美是我们的目标,把自己想象成一朵花,在最美丽的时刻绽放。要跳,就要像专业演员那样跳,不能愧对战友们的眼球。"

　　整个营房静寂无声，想到能给战友们带来一丝享受和愉悦，能够在青春舞台留下一侧飘逸的投影，在葱茏岁月中留下一抹绚烂的朱红，就觉得一切都是值得的。

　　到了节目选拔的那天，宣传股的干事来连里，看了看新兵连准备的四个节目，一个是全体女兵的合唱《女兵谣》，一个是我和魏来的舞蹈，另外两个是男兵的小品《第一次队列训练》和相声《连队新变化》。我和魏来在优美的音乐中尽情舒展着腰肢，展现着两条蛇漫步在蒙蒙烟雨的妩媚与娇柔，一曲跳完，看着周围投来的赞许目光，不禁暗暗得意。谁知等所有节目表演完，干事却跟我们说："两个美丽的姑娘，你们的舞蹈很唯美，非常空灵飘逸，但不适合在部队跳，我们要突出的是部队的朝气蓬勃、昂扬向上、士气高涨，所以要更贴合这个主题，你们可以重新编排一个节目，如果时间太紧，没有时间再排练新的节目，我想，你们加入女兵合唱，也会很精彩的。"

　　干事说的话很委婉，我愣在那里，半天回不过神来，他的意思很明白，这个节目被毙了，也许以后永远没有机会再上台表演了，也意味着我们半个月的付出全都打了水漂。我用哀求的目光看着站在一旁的宁果蕾，她知道这半个月我们起早睡晚很辛苦，但她的眼睛里写满了无奈，那意思就是，我也帮不了你们。魏来拉了一下我的手，我也想明白了，现在已经不是在自由的大学校园中了，穿上这身军装，就要接受这种约束。

　　如果加入女兵合唱，我们就不用排练了，但全团那么多战士都是男兵，女兵是多么特殊的群体啊，万绿丛中一点红，如果只有一个干巴巴的合唱，都会失望的。

　　我绞尽脑汁想出一个绝妙的节目——模特表演，以前在电视上好像看到过，可以来一场模仿秀，道具呢，是用肩章做成的帽子，用背包带编制的背心，用皮带做成的百褶裙。

　　我们又开始加班加点地做道具，一根根背包带编起来，一个个肩章粘起来，一条条皮带穿起来，耗时又耗力。我们挑灯夜战，飞针走线，陈菊妹这次表现得倒很积极，打趣道："我们都成了为浴血奋战的前线将士赶制草鞋的革命老区妇女。"

　　连续几天的昼夜奋战，终于大功告成，离演出的日子只剩五天了，女兵每晚都要到大礼堂排练，节目比较往后，每次回连里都快到熄灯时间了。最后一次彩排，导演，也就是那个宣传股的干事不满意，前边的节目一次次重来，一直到吹熄灯号，还没有轮到我们，大礼堂四处透风，女兵们都冻得哆哆嗦嗦。不知道什么时候，徐诺已经悄悄地坐到我们身旁了，脚上竟然穿着棉拖鞋，我很惊喜地叫起来："连长，您怎么来了？"

徐诺说："我都洗漱完了，看你们还没回去，就来接你们。"那一刻，借着舞台的余光，我看到一向严厉的徐诺脸上的表情竟然那么柔和。回去的路上，徐诺打着手电筒为我们照亮，那微弱的光穿透凝固的空气，冬天的寒夜，竟温暖得似五月天。

大年二十九，礼堂里张灯结彩，灯火辉煌。战士们早就列队进入礼堂，满怀期待地等着节目开始。这个时候，我成了专职化妆师，二十个女兵全由我来化妆，把我忙活得够呛，不过也让我过了一把瘾，从入伍到现在，化妆包算是正式退休了，一直锁在仓库里，动都没动过。离演出还有一刻钟的时候，我才把所有人的妆都化完，刚坐下来想松口气，猛地意识到自己还是一张素颜呢，赶紧拿起化妆盒描眉画眼。老兵新兵齐上阵，把一台晚会办得热热闹闹。我导演的模特表演重磅亮相了，场内一片轰动，所有人的眼睛都亮了，他们没想到毫不起眼的背包带、腰带还能做成衣服，随着劲爆的音乐，台下的人都打起拍子来。

演出结束的时候，团长政委还有其他常委们都上台来，一一跟我们握手。我看到了坐在台下的徐诺，他给我做了一个胜利的手势，我的整个心都明亮起来。

第二天就是大年三十了，却跟往常没有什么区别，照例是一日操课正常进行，直到下午院子里挂起了大红灯笼，才有了些过年的喜庆气氛。

晚上大家围坐在一起包饺子，团长和政委把办公室的门都打开了，我们可以随便进去打电话，愿意打多久就打多久，他们却带着家属到连队里包起了饺子。

这晚宁果蕾和徐诺也不再约束大家了，我们可以歪在凳子上看电视，不必昂首挺胸，男兵女兵还可以混合坐，偶尔打闹一下，徐诺也不再用那双"铝合金"大眼瞪我们了。春节，终归还是有特殊意义的。

我先拨了姥姥家的电话，响了一分多钟，竟然没有人接，我觉得很奇怪。又赶紧拨了母亲的手机，响了一声她就接了起来，那边很嘈杂，不像是在家里，估计她又在医院:"妈妈,新年快乐啊!"我尽量用最明快的声调跟她说话。

"红果啊,新年快乐,怎么样,第一次在外面过年感觉如何?"

"挺好的,人多,不孤单。我姥姥呢?打给她电话没人接。"

"姥姥在我们家呢,我把她接过来了,我现在医院里,一会儿就回家陪她,放心,她很好。"

"哦,今天下午体能训练提前半小时结束了,我和战友们一起包饺子,看节目,很热闹。"

"哦,那就好,魏来还好吧?"

"她也很好,大变样了,瘦了好多。"

"你呢,你没瘦吧?"

"我没有,还胖了点。"

"那就好。"

接下来我们竟然不知道该说什么,想问苏泽里最近忙吗,想说我还想听他讲当兵的故事,这次是真的想听了,但终究没有说出来。

我看着办公室门外那些排队的战友,他们也和我一样,很迫切地想听到家里的声音,就跟母亲说了再见,匆匆挂了电话。

新兵连快结束的时候,每个新兵都要进行体能考核。考三公里这天,天公不作美,下起了大雪,我从一早就开始紧张,中午饭也没怎么吃,生怕吃多了跑不快。站在起跑线上,我的心"怦怦"地跳了起来,哨声一响拼命地跑。也可能一开始跑得太快了,再加上紧张,感觉心脏都快跳出喉咙了,脑子一片空白,两条腿机械地往前迈着。大学校园、画室、红色别克君威、姥姥、母亲、苏泽里,还有付星,一齐涌进脑海,像电影样一幕幕闪过。短短的三个月,改变却是如此迅速,过去的生活土崩瓦解,被另一种生活囫囵吞枣般猝不及防地咽进去了,甚至没有一点思虑的空间,一切都在改变。

男兵成群结队地从我身边跑过,我转过头去,看到好几个人用背包带拉着一个人跑,并一个劲地鼓励他:"快到了,再坚持一会儿。"

我也不觉加快了脚步,雪花落在脸上,接着就化了,想起小时候,只要雪下厚了,苏泽里都会领着我堆雪人,他隔一会儿就把我的手放在他怀里焐一会儿,搓几下。美妙的童年是幸福无忧的,尽管他不是我的亲生父亲,却承担了所有做父亲的责任和义务。

　　开始向终点冲刺的一刹那，我突然觉得一下子长大了，成长是一个艰苦的过程，或许需要一辈子，或许只需要一个下午的时间，甚至只需要一瞬间。

　　看看终点，竟无一人，我跑了女兵第一。

　　我的眼泪流了下来，我也说不清楚到底为什么哭。风吹过来，改变了眼泪本来的流向，像蜘蛛网一般在脸上纵横交错。回到宿舍，我向徐诺申请给母亲打了一个电话，母亲听到我的抽泣声，以为发生了什么事情，一个劲地问："怎么了孩子？"

　　"没事，只是很想给您打个电话，今天三公里考核，我跑了第一名。"

　　"真的？红果，你是好样的！"从小到大，母亲几乎没有夸过我一次。我就像她脸上的某一个器官，虽然是至关重要的，但她自己却看不见。我是多么渴望被她看见，一直都渴望，但我一直被遮蔽着。母亲这句表扬的话，让我从水底一下子浮上来，终于有了一个透气的缝隙。

　　但接下来的仰卧起坐考核我没及格，全班人仿佛一下子找到了我的软肋，她们终于知道看起来完美无瑕、无懈可击的苏红果还是有缺陷的，被人看到了短板，我颇有无地自容的感觉。后来想想其实也无所谓，人生无非就是笑笑人家，再被人家笑笑而已，谁也不可能十全十美。太阳出来了，雾渐渐稀薄起来，我使劲呼吸着清洌的空气，想把阳光也吸进去。抬头看看那包容了亿万年风霜雨雪的天空，一切都变得云淡风轻。

　　我懂得了军营不一定是最后的落脚点，但一定是最好的加油站。

十五

　　快要离开新兵连了，接下来的几天，内务出奇的好，好到一丝不苟，像是从流水线上下来的产品一样整齐。就连陈菊妹中午也不睡觉了，把被子搬二楼会议室的桌子上，拿着两块木板一遍又一遍地压。

　　这晚看完新闻，徐诺走上前来，说给大家讲一个笑话吧："在很久很久以前，地球上发大水了，于是上帝让所有的动物都到挪亚方舟上避难。可是动物太多了，挪亚方舟太小了，怎么办？于是上帝说，大家讲笑话吧，如果讲出来的笑话有动物没笑，那讲笑话的动物就只好被推下挪亚方舟了。恐龙第一个站出来讲了一个笑话，大家都笑了，只有猪没有笑，于是恐龙被推下去了，可怜的恐龙啊，接着，猩猩出来讲笑话，笑话还没讲完，突然，猪笑了，猪说，他妈的，恐龙刚才讲的笑话太搞笑了。"

　　底下哄堂大笑起来，徐诺也笑了，笑得很含蓄。然后是至极的安静，静得只能听到呼吸声，我们都明白了一向不苟言笑的连长为什么会讲笑话给大家听，他是想多看看我们的笑容，新兵连的生活马上要结束了，他舍不得我们走。

　　中午宁果蕾就让各班班长统计每个人爱吃的菜，要报到炊事班去，尽量满足大家的愿望。女兵们高兴坏了，一下子涌到班长面前，七嘴八舌地说着，仿佛一张嘴都不够用。

　　"玉米！"

　　"饺子，韭菜饺子！"

　　"鸭脖子！"

"水煮鱼！"

"烤鸡！"

一个个比跑堂的小二嗓门还大。

"平时吃的也不差啊，大鱼大肉的伺候着，干吗跟非洲难民一样，真是众口难调。"宁果蕾在旁边感叹着。

聚餐的那个晚上，向来安静的食堂陡然热闹起来。我从下午就想着今晚的聚餐，想着自己点的菜有没有出现在餐桌上，在新兵连，吃饭变成了一件充满乐趣的事情。

一进餐厅，大家的眼睛就向餐桌张望，自己想要吃的菜基本上都在桌上呈现了，团长和政委也都来了，政委进来就让我们先尝尝饺子好不好吃。大家纷纷夹起来吃了一口，都说好吃，政委这才说是他调的馅子，大家惊呼原来政委还有这一手，我心想是不是每个当过兵的人都会包饺子，就像苏泽里。

当男兵们看到那一摞摞的啤酒时，眼睛就开始放光了，平常看得顺眼的，看不顺眼的都要过去敬两杯，喝醉了都没有关系。女兵嘛，也要喝。

男兵以班为单位轮番敬酒，女兵成了主攻对象。有个男兵走过来拉着魏来的手就不放："按说我该喊你一声姐，我对你印象太深了，刚来的时候你那叫一个胖啊，姐我这么说你可别生气啊，一眨眼的工夫，跟变戏法儿似的，换了个人一样。女大十八变，越变越好看啊。"

他说话头上一句脚上一句的，驴唇不对马嘴，但魏来听着喜滋滋的。

还有偷偷过来要我手机号的，我婉转地说："手机都上交了，还要手机号干吗？"

"那我给你写信，你一定要回哦。"

"好的。"我漫不经心地回答着，这些男兵的小把戏我心知肚明。

徐诺还是瞪着他的"铝合金"大眼到处瞄，不到最后一刻，绝不放松一丝警惕，只要在这一分钟，就是他的兵，就得管，还要管到底。大家本来想放肆一点，一瞥见徐诺警惕的表情，还是收敛起来。越是到最后，越是能看出一个人的品性和本质，这是徐诺的原话，我听了感觉怪怪的，如果不能一如既往，是不是说明本质有问题了？

分别的时刻还是到了，那天中午的口号格外响亮，步伐格外整齐，当"一二三四"的口号从嘴里飞出去的时候，每个人眼睛里都噙满了泪花。我看到接兵的车已经静静地等候在营房门前了。

会议室里，我们不再排排坐，而是围成一个大圆圈，面对面作最后的告别。大家都默默地看着战友，宁果蕾说："都说点什么吧，想说什么就说什么。"

从这一刻起，在一起的时间只能用分钟来计算了，我的心情开始变得沉重起来，看他们的眼神，就知道都和我一样。十二月十号来这里的情景还依然历历在目，一转眼时间就飘过去了。当我下楼梯时不用开灯就知道迈多少步台阶，只听声音看背影就知道是哪个人时，我们却要分别了。虽说天下没有不散的筵席，但这分别对于我们来说似乎早了一点，在这里驻足的时光太匆忙，三个月短暂，却也丰沛。我们一路携手走来，留下了军营最初的记忆，在未来的岁月里，它将凝聚成一首低回轻旋的歌，时时拨弄着心弦，定格成永恒，闪耀在回眸的瞬间。

忘不了行走在山野发现目标时的欣喜，忘不了雨中卧倒匍匐的身影，忘不了三公里考核时把战友情紧紧系在一起的背包带，更忘不了参加春节联欢晚会排练时都熄灯了，我们还没有回去，徐诺又重新穿好衣服，去大礼堂接我们。我想在这个时候，每个人都读懂了徐诺严厉的目光背后深藏的呵护和关爱，读懂了宁果蕾的严格和唠叨，也读懂了王白的坚韧和苛刻，领悟了徐诺给我们讲的挪亚方舟的笑话，这是唯一一个让我想流泪的笑话，他哪里是给我们讲笑话啊，只不过是想再多和我们待一会儿，再听听我们的笑声。他舍不得我们走，我们同样留恋，是这些带兵人牵着我们的手迈出了军旅生涯的第一步，这第一步也许走得歪歪斜斜，也许脚印还显得很稚嫩，但我们已经从起点迈出，以后的路同样能走出精彩和绚烂，因为我相信，我们个个是好样的！

这时我从凳子上站了起来："当我们取得一点成绩，获得一点成就时，我提议别忘了给连长、给指导员打个电话，也许相隔千里看不到他们，但我相信他们的脸上一定挂着欣慰的笑容，一定会由衷地为我们感到高兴，感到自豪！请允许我再给所有人敬一个军礼，军礼无声，但包含了千言万语、至真至诚的祝福：'连长、指导员、班长，多珍重！战友们，继续加油！'"

只听见女兵嘤嘤的哭声，我们彼此紧紧拥抱着，难分难舍，这个纯净得不含一丝杂质的集体，没有纷争，没有倾轧，只是紧紧地拧成一股绳。

如今要离开这里，投向一个新的集体了。上车的时候，徐诺从衣兜里掏出一张照片递给我："来军营后的第一张照片，留个纪念吧。"

我接过照片，只见照片上的我一脸惊愕，歪戴着帽子，背包松散。我流下泪来，徐诺从兜里掏出纸巾，递给我："别哭啊，到了部队好好干。"

当那首"送战友，踏征程，默默无语两眼泪"的歌声萦绕在耳边时，空气里弥漫的全是悲伤，每个人的心也变得更加沉重。新兵连的生活要画上句号了，这是军旅生涯的第一站。铁打的营盘流水的兵，就像蒲公英，终究要带着希冀和理想飘向远方。我能够做的只是留恋与珍惜，珍惜与战友在一起的最后时光，整齐的行囊已收拾妥当，再重新摸一遍每天都爬上爬下的床，也许这里永远都不会再回来了，一切都将定格在记忆里。

相逢是首歌，离别是杯酒。我也可以自我安慰说今天的分离是为了明天更好的重逢，可是在这里，分离只是意味着分离，兵们都明白这次分离也许就是最后的相聚，所以都格外珍惜，珍惜这最后的分分秒秒，珍惜这些与自己共同生活了近百个日日夜夜已经熟悉了还想再进一步熟悉的战友，珍惜这世间最为珍贵的情谊。往常整天挂在脸上的那些快乐与无虑此时都已经不知去向，现在每个人脸上都写满了伤感与留恋。三个月在岁月长河里只是短暂的一瞬，但是在人生的旅程中却不是短暂的，付出的是汗水，回报的却不止一点点，何况才刚刚翻开"部队"这本深沉而凝重的书。

新兵分配完，魏来留在了这个通信团，让人惊异的是我却分到了她的老家——北塔山岛，舅舅长眠的地方。人生总是充满了偶然与巧合。

跟我一起分去的还有陈菊妹，她一百二十个不愿意，这姑娘其实聪明得很，看她平时吊儿郎当的，其实心里自有一套小九九。据说当她知道自己被分到海岛上后，跑到军务股大闹了一场，质问人家为什么偏偏把她分到那里。当然，她又把宣传股长是她叔的关系亮出来狐假虎威了一番，但最终还是没有改变去海岛的命运。

来接我们的是个女排长，娇小瘦削，我第一眼看到她就被她的脖子所吸引，很少有人会有那么长的脖子，像一株高高挺着的树，让我突然想到了"领若蝤蛴"这个词。因为瘦，她脸上的毛细血管都能看得到，走起路来非常轻盈，像只跳跃的羚羊。

宁果蕾还在拉着大家的手嘱咐着："到了新单位，一定要有礼貌，有眼色，要勤快，平常做事要眼观六路，耳听八方，机灵着点，到哪都喜欢机灵的战士……"

　　我上了车，和车外的人挥手，再见了，我的第一批可以称得上"战友"的兄弟姐妹们。我看到魏来追着我的车跑了起来，我探出头去看着她，她正在以奇怪的、弱化的方式渐渐变小，越来越小，越来越小，再见了，妹妹。

十六

　　车上的气氛很凝重，大家似乎还没有从分别的悲痛中回过神来。一路上陈菊妹像雕塑一样坐着，上身笔直，把双手放在两腿上，两个小时过去了，我回头看了一眼，她纹丝不动。陈菊妹今天特别守规矩，平常对一切都无所谓的样子，今天这是怎么了？

　　坐了汽车转火车，下了火车再转汽车，一路颠簸，陈菊妹始终像一个泥塑人一样，一招一式都规规矩矩。她后来跟我说，新兵连一共就三个月，三个月后，一拍即散，表现再好也没用，真正下部队了，可就关系到自己的前程了，前面疲疲沓沓是为了给后面攒力气。我听了连连惊叹，这个姑娘的心眼儿可真是够用。

　　汽车把我们载向码头，再次见到这片海已经隔了十三年，那一年我来的时候，是来奔丧，给舅舅奔丧。

　　如今我穿着没有领花，没有肩章的新军装站到海边，没有阳光，海是灰白灰白的，像一面巨大的用石灰刚刚砌好的墙，海面上很平静，只有海鸥在低空盘旋着。

　　经过了二十多个小时的颠簸，大家仿佛一株株被阳光炙烤的夜来香，蔫头巴脑。到了海边后，从来没有见过海的兵们开始复活了，在抖落了毒辣的阳光之后重新露出了花蕊。他们贪婪地呼吸着海水潮湿的气息，虽然他们现在看到的海是那么疲软，那么没有朝气。

　　我感到了一种不知从何而来的熟悉，虽然只是第二次来到这里，仿佛已经和它相知多年。它见证了舅舅的青春，现在它要再次见证我的青春，就像一棵树，虽然带着旧岁的枯黄，但从枯黄中还会吐出鲜绿的嫩芽。

我们在码头上吃了饭，就登上了开往北塔山岛的船，这是最后一次转乘了。一路上都很沉默的女排长终于开口说话了："首先非常高兴能和大家相聚在一起，我先自我介绍一下，我叫李立群，李就是木子李，立群就是鹤立鸡群的立群，是通信连的排长，以后我们就在一起了。"

我听了她这样解释自己的名字，有点想笑，她那细长的脖子还真有点鹤立鸡群的感觉。

"我们去的岛叫北塔山岛，位于黄、渤海交界处，面积只有三点七二平方公里，居民不到一千人，是个'弹丸'小岛，虽然地方小，但景色宜人，植被覆盖率高，是个天然氧吧。我们的师部就建在那里，通信连是师直属队，和师部仅有一墙之隔。大致情况就是这些，大概有四个小时的航程就可以到了。"

"到家？"我想，"以后通信连就是我们的家了，至少我要在那里度过两年的时光。"

李立群说："大家调整一下精神状态，唱支歌，谁来指挥？"

"报告，我来指挥！"陈菊妹"腾"一下子站了起来。

"好，你来指挥。"李立群忙点头，我心想：你一路上跟木刻的一样，赶紧活动一下吧，不然就僵了。

"当兵为什么，一起唱！"陈菊妹使劲挥舞着双臂，那样子不像是打拍子，而是在使劲打一个人的脸，我使劲忍住才没有笑出来。

所有的女兵都在尽最大力气唱，已经没有了音律，只是拼命地喊。船舱里的气氛一下子热闹起来，坐在第一排的一个穿军装的男干部正昏昏欲睡，被这号声震得睡意全无，上了船我才发现多了一个他。他回过头来在我们脸上挨个扫了一遍，然后跟李立群说："今年招的兵就是比往年好看，素质还高，往年那些兵啊，十个里面九个是关系兵，长得歪瓜裂枣不说，简直入不了眼，经常有人打趣我说，能把全国各地的丑女一下子集中起来，确实不简单。"

男干部不禁得意起来，两条腿不停地抖来抖去，我看到他这样，心想如果姥姥在，肯定要说他的。小时候，我坐下来也喜欢把两条腿抖来抖去，每次姥姥都在我腿上使劲一拍，说坐没坐相，站没站相，抖来抖去要把家抖穷了，长大了会去要饭的，后来硬是把我这个坏毛病改了过来。

姥姥，想到这儿我的心仿佛被扯了一下，不知道姥姥现在还好吗？

歌声飞出窗外，漂在海上，和着雾一起升腾起来。

"再来一首！"李立群说道。

"报告，我还想再指挥！"陈菊妹又举起了手。

海上的浪涌起来，船开始剧烈地颠簸，我的胃也随着海浪一起翻江倒海，酸水直往上翻，最后我十分不情愿地张开嘴，把在码头吃的饭一股脑吐了出来。

接二连三的人开始呕吐，舱里的垃圾桶快要吐满了，李立群一趟趟来回走着，去给我们清扫，她还是那么精神。

晕船药发下来，我赶紧吃了下去，但紧接着，连药片也一起吐了出来。陈菊妹也不再像雕塑一样坐着了，她吐得更厉害，有气无力地发出断断续续的呻吟声，然后四仰八叉地躺在座位上，她的脸色像一张放了很多年的宣纸，我看不到自己的脸，估计和她差不多。

黄绿色的胆汁涌了出来，胃里已经没有东西可以吐了。

我们再也不能唱歌了，像一只只染了瘟疫的鸡，我也试着像陈菊妹一样躺下来，可是一闭眼更晕。我又坐起来，两只眼睛盯着外面的海，白茫茫一片，我想去外面的甲板上站一会儿，李立群批准了。

我一出舱就打了个冷战，温度骤然低了好多，海面上连海鸥也看不到了，海水是浑浊不清的，远处的岛被云雾包裹着，若隐若现。那些云影流动很快，一会儿就变幻一个形状，风一吹就碎了，抖落在海面上，然后又瞬间集合起来，粘接在一起，就这样反反复复。

沉闷的汽笛声再次响起，船要靠岸了，一靠码头，就意味着我们到达目的地了。临下船前，李立群也没有再组织我们唱歌，如果再唱，估计连蚊子哼哼的声音都不如了。

天黑了下来，我们面对的是一口黑锅，零星地亮着几点灯光，这是到了什么地方？神秘的城堡吗？夜幕如同厚厚的帷帐落了下来，帷幕后面似乎隐藏着一个更加神秘的世界。

只有码头上的灯把岸边照得亮如白昼，一辆大巴车停在那里。

"立正，向右看齐，向前看，报数！"

这些口令才是真正的止晕药，我们昏昏沉沉的神经立刻清醒过来。

大巴车里走下来两名干部，一男一女，对跟我们一起来的那个男干部说：

"辛苦了！李参谋。"

"不辛苦，今年的小女兵比往年的都漂亮，你看！"男干部说。

"这得归功于您，李参谋挑来的兵都是好的，去我们连里吃饭吧。"女干部寒暄道。

李参谋抬手看看表，说："不了，饭点早过了，回去给新兵们煮面条吧，吐了一路。"

女兵都很自觉地站成一排，登了车。上山下山地又颠簸了一阵，终于来到了营院里。我看到一栋三层高的楼，门前挂了一条横幅：带好知识兵，用知识带兵。这不是指我们这些学生兵嘛。

李立群说："都进去吧，宿舍都安排好了，就在一楼，每个床铺上都有名字，对号入座就行了。"

"是！"女兵们响亮地答道。

进去之后，只要看到两年兵就喊："老兵好！"看到士官就喊："班长好！"这是宁果蕾教我们的。

"班长好！""老兵好！"仿佛夏天的蝉鸣声，此起彼伏。

进了排房，看到一排排的上下铺，高低铁床像一个个连体婴儿。

我们把铺盖卷打开，准备铺床，这次也不能选床位了，上面都贴好了名字。

李立群进来了，所有的女兵都不铺床了，直起腰来站好。"排长好！"陈菊妹的声音比谁都响亮，在新兵连时我几乎没见到她如此精神过。她在下船后迅速恢复了元气。

"先别收拾了，下去集合，去饭堂吃饭。"李立群下了一个让大家很振奋的命令。

"是！"

热腾腾的鸡蛋面条端上来了，这是山东人的习俗，我们聊城老家也有这个规矩——启程饺子落脚面。走的时候要吃饺子，迎客的时候要吃面条。

热乎乎的面条吃下去，舟车劳顿立刻减少了大半，一大锅面条不一会儿就见底了。我们没有再集合，去接我们的一男一女两名干部就趁我们吃饭的时候介绍了一下自己，说大家都很累了，就不再召集到一起开会了。男的叫冯云伟，是连长，女的叫林晓璐，是指导员。

回宿舍继续铺床，然后端着脸盆去洗漱，我看到陈菊妹正在跟李立群抢着晾衣竿："排长，我来！"

"不用，你不知道哪一件，你去忙吧。"李立群面无表情地拒绝了她。

陈菊妹还是把晾衣竿抢了过来，就在李立群已经把一件红色外套挑下来的那一瞬间，衣服飘飘摇摇地落到了地上，地面上全是水，陈菊妹赶紧把衣服捡起来，已经有黑色的印渍了。

李立群有点恼火，又不便发作，就说："我自己洗，你去忙吧。"

陈菊妹又抢过来说："排长，衣服是我掉地上的，我来洗。"

"不用！"李立群的语气里带着坚硬的拒绝，拿着衣服出去了。只剩下陈菊妹呆呆地站在水房里，不知所措，看到我站在门口，脸上写满了沮丧。

"完了，刚来第一天就把排长给得罪了，以后的日子可不好过喽。"她叹了口气。

陈菊妹就睡在我的上铺，那一夜，我睡得特别踏实，除了中间有几次她翻身时，我恍惚间以为还在大海上漂之外，一直睡到哨音把我唤醒。

五点半，我们都站到了操场上，和夜晚一样，黑咕隆咚，什么都看不到，风飕飕地往衣服里钻，已经是初春了，但岛上比陆地上的冬天还要冷。

出操之后，我们就回宿舍打扫卫生了，还没有到早饭时间，就听到外面一阵叫嚷声："新兵呢？我们要带走。"

我看到门口站着三个漂亮的盛气凌人的女兵。

李立群抬头看了她们一眼，嘴里轻轻吐出来三个字："不——可——能。"

这三个字是一个一个从她牙缝里狠狠地挤出来的，每一个字都隔着很长的空间地带，这空间地带是凛冽的，决绝的，带着搏斗的架势的。

"什么人！走，回去找队长，让他来要人！"三个人气势汹汹地走了，李立群望着她们的背影，无奈地摇了摇头。

冯云伟迈着不紧不慢的步子走了过来："又来抢人？"

"是啊，每年都这样，本来人就少，一共才来这么几个女兵，她们再一抢，又没人了。"李立群埋怨道。

后来我才知道她们是演出队的，因为演出队没有编制，演员们都占着通信连的编制，所以和通信连的矛盾历来很尖锐。尤其是新兵下连的时候，几个女兵都成了香饽饽，抢过来抢过去，最后长得稍微漂亮一点的都被抢到了演出队。

毕竟师里就分来几个女兵，不能被通信站全占了，多少要分几个给演出队，否则他们绝不会善罢甘休，还会再来抢人的。

晚上李立群开了会，征求了新兵的意见，问我们谁愿意去演出队。演出队都是漂亮女孩，我喜欢和漂亮女孩在一起，可我没有举手。这个时候，谁举手谁就是傻子，谁举手谁就意味着对通信连的背叛，李立群看到我们没有一个人举手，露出了不为人所察觉的一抹笑，那是胜利的笑、欣慰的笑。

我对新的生活充满了好奇与期待，不知道真正的部队生活到底是什么样子，就像一个门槛，以前只是远远地观望着，现在终于要跨进去了，却像梦一样不真实。

当肩章和领花都挂在军装上的时候，这套衣服就有了生命，师里为新兵举行了隆重的授衔仪式，我们成了庞大的军队系统中的一员，或者说一个数字，一个符号。

授衔仪式之后，立刻召开了班务会。听说班里要选一个负责内务卫生的副班长时，陈菊妹踌躇满志地提出了自己的想法："班长，我想推荐自己当副班长！"

陈菊妹满以为凭自己学历高，而且在大学时还担任过班干部的"优越条件"，当个副班长还不是板上钉钉的事，再看大家，一脸不屑的样子，纷纷抛来白眼。

女孩子们都比较含蓄，没有当面给她难堪，但大家似乎并不拥护她，都默不作声，大概都觉得她在显摆自己。

"好，陈菊妹同志敢于毛遂自荐，各方面都很积极，我觉得有能力担当副班长这个职务，大家有不同意见吗？"班长说。

底下照例是一片静默。

十七

　　没想到刚来到通信连，就碰了一鼻子灰，这让我有点措手不及。连里前些天来了五个实习学员，就把我暂时安排在了学员班，她们都是从地方大学特招入伍的，很散漫，受不了严格的纪律约束，心存不满，怨声载道，尤其是对李立群，更是一肚子牢骚。李立群向来说话气势如虹，目光如炬，薄削的嘴唇带着一股凌厉。

　　营房前宣传栏的光荣榜里就有李立群的名字，我看过她的简介，多次荣获三等功，很有冲劲的姑娘。但我评判女孩的标准非常苛刻，漂亮是最耀眼的光环，我认为如果一个女孩长得不好，那就是最大的悲哀，无论在其他方面多么出色。

　　一到学员班，那几个学员就围过来，七嘴八舌地说着连队纪律如何严格，李立群如何刁钻刻薄。我听了只是微微一笑，不置可否，刚来这里，一无所知，也不便妄加评论。

　　那天到了开饭的时间，李立群让我和几个学员一桌，一张桌子正好坐六个人，桌子是和椅子连一起的那种快餐桌。不巧的是有一个椅子坏了，只能坐五个人，我就和别的班的战士挤在一个桌子上凑合了一顿。下午，我跟李立群说了这个情况，李立群说："那你以后在连部的桌上吃吧。"

　　连部那一桌通常是由文书负责打饭，那天下午有两个学员请假外出，学员桌上又有了空位子，于是我又在学员桌上吃了晚饭。到了晚上，我觉得头晕胸闷，总想吐，就早早地上床，休息，可越来越难受。我问一个老兵这里有没有卫生队，她给我指了指，说要走很远，我一抬头就天旋地转，哪还有力气走到卫生队。老兵见我不舒服，就把一名军医大学毕业的学员找来，给我测了一下脉搏，说没有大问题，应该是感冒了，吃点感冒药吧，我一向极少生病，一粒药都没带。她又去找了两粒"快克"胶囊，让我吃下去。不一会儿，就觉得胃里翻江倒海，便从床上下来，跌跌撞撞往卫生间跑，还没来得及跑出门就吐了，似乎连五脏六腑都要吐出来，军装上也溅了秽物。一些陌生的面孔都关切地跑过来问我："怎么了，需要帮忙吗？"

看着她们脸上关切和担心的表情，我心里流过一股暖流，连说没事。过了一会儿，渐渐觉得好一些了，就喝了些热水，把衣服洗了，找了一套便装换上。以前生病，只要苏泽里在家就会寸步不离地陪在我身边，端茶倒水，好像我是陶瓷做的，稍一碰就碎了。苏泽里对我有着很奇怪的教育方式，虽然在其他方面很严，但不要求我做家务活，他说人一旦家务活干多了，就会变得很琐碎，很平庸，他的这个定论很奇怪，但正合我心意。

我暗暗埋怨自己："刚到连队第二天，在这节骨眼上生病，真是关键时刻掉链子。"

我下楼找到李立群，好像做错了什么似的，说："排长，我很抱歉刚来就生病了，明天如果我没事了，一定出操，如果还不好，就向您请假。"

李立群很和气地说："可能水土不服吧，如果明天还不舒服一定要去医院。"

我谢过李立群，转身上楼去了，此时胃里全吐空了，整个身子轻飘飘的。海风穿过走廊，穿过我的发梢，带着刀劈斧削般的凛冽。惆怅的情绪溢满了我的心。

第二天，我感觉好多了，就起床出操。出完操好不容易熬到早饭时间，已是饥肠辘辘，就迫不及待地奔向食堂。来到学员桌上，一看没有自己的饭，就问负责打饭的学员："我的饭呢？"

她说："排长不是说让你在连部的桌上吃吗？炊事班只给了我五份饭。"

我又跑到连部的桌子上一看，文书早走了，桌子上只有她吃剩下的半块馒头。我想自己去打饭，餐车早已撤了，连打饭的餐盘也没有了，委屈一下子涌上了心头，没想到来这里连吃饭的座位都没有，我又气又恼。想起昨天文书把盘子往我面前一扔，说："你自己去打饭吧。"泪水在眼眶里直打转。

我不知道该怎样给自己定位，当学生时的彬彬有礼、谦和互让好像到了部队并不适用，我怀疑自己是不是太宽容，以至于连文书都欺负我。以为自己初来乍到，应该谦虚谨慎，没想到这么受气，她们这般怠慢我。

我跑到连部，直接闯了进去，文书正在打扫卫生，我劈头盖脸地问她："你为什么不给我打饭？"

李立群正巧也在连部，一听见我质问文书，立刻火冒三丈："你进门为何不喊报告？谁规定让文书给你打饭的？既然到了通信连，就得遵守通信连的规矩！"

李立群的大嗓门如同竹筒倒豆子似的，震得我耳膜嗡嗡作响。我的眼泪如开了闸的洪水倾泻而出："我昨天就专门向你报告过，你亲口说的，让我在连部的桌子上吃饭！"

"我是让你在连部的桌子上吃饭，可没说让文书给你打饭，既然已经把你安排在学员班，就应该由学员班的小值日给你打饭，然后端到这边来吃！"李立群咄咄逼人。

"我还病着，也不想搞特殊，坚持自己来餐厅吃饭，可学员班的桌子上没有我的饭，到了连部的桌子上也只有残羹冷炙，你让我吃什么？"我越说越激动，声音抬高了好几倍。

"你是来当兵的，不是来享受的，到了这里就要遵守这里的规矩，进门连报告都不喊，冲着文书大吼大叫，懂不懂得尊重别人？还亏你是大学生，你给我记住，兵就是兵，干部才是干部！"

我一脸愕然，她的话如此直白，直白到没有一点迂回和婉转，像一根长矛直直地刺进我心里。话已经说得很明白了，她是干部，我是兵，我们的地位是不一样的。

我的喉咙像是塞了一团棉花，堵得说不出话来："我没有把自己当什么特殊的人，既然来当兵，就把自己看做一名普通战士了，我也不想让人伺候我，可你总得给我安排个吃饭的地儿吧！你不觉得你也有责任吗？"

"我没有任何责任，你有问题应该主动向连部汇报，难道还要我亲自去问你在这儿住得舒服吗？吃得满意吗？"李立群也是说一不二的人，或许没有人顶撞过她，气得脸都变形了。

接着她又喊道："文书，你去把学员班班长毛羽叫过来。"

一会儿，毛羽来了，李立群问道："苏红果算不算你们学员班的人？"

毛羽低声说道："算。"

"既然算你们学员班的人，为什么不给她打饭？"

毛羽在学员班算是最和气的一个了，此刻也觉得理亏，说话跟蚊子哼哼似的："炊事班就给了我五份饭。"

"那你不会跟炊事班说明吗？你们班有六个人。"李立群咄咄逼人。

毛羽不再说话了，我看着毛羽为了自己的事情挨训，有些不好意思，便又冲李立群嚷："是你没有把事情安排妥当，你有责任就不应该逃避！"

李立群急于发作，她的脖子显得更长了，仿佛一截弹簧蓄势待发。指导员林晓璐走了进来，看到李立群扭曲的表情，再看我满脸的泪水，惊讶地问道："怎么了这是？"

李立群没说话，我哽咽着把事情的来龙去脉说了一遍，林晓璐倒是个很和蔼的人，说："这件事情是大家没有沟通好，双方都产生了一些误会，吃饭本来是件小事，协调好了就什么都解决了。"

所有人炽热的怒火一下子被浇熄了，李立群这时也渐渐平静下来，说："文书，去食堂订一份病号饭端回来。"

我突然觉得自己把问题搞得有些极端，想说一些缓和的话，但碍于面子又说不出口，就愣愣地站在那里。李立群像是自言自语地说了一句："学员班的人接到单位命令，今天下午要走了。"

这句话就像旷野里长出来的一棵树，突兀地立在那里，前不着村后不着店，我知道她只是想把尴尬的气氛缓解一下。

我扭头出去了，回到宿舍，看到桌上摆着一碗热气腾腾的鸡蛋面，旁边还放了两个馒头，毛羽立在桌旁，用愧疚的眼神看着我，欲言又止的样子。我看着桌上的病号饭，心里说不出是什么滋味，今天的事情是自己错了还是她们错了？繁乱的思绪伴着面条的热气氤氲开来，肚子又一次咕咕作响，我不再想那么多，挑起面条吃了一口，齁咸。

这个时候哪还顾得了味道，我风卷残云般把一大碗面条全吃了下去。文书进来了，说排长把我重新分到一班。

这之后再见到李立群，虽然彼此言语上都客气了很多，但我总觉得浑身不自在。李立群也有意无意地避开我的目光，我想对她说点什么，但又无从说起。

后来，我发现她每天都要在厕所里待很久，每次出来都挂着一张扑克脸，她白嫩光滑的脸上开始长满了痘痘，如同失去了水分的橙子一样枯黄萎缩。我明白在各种因素的干扰之下，她患了严重的便秘。

姥姥给我的药这时派上了用场。姥姥虽然是京剧演员，但也算得上半个中医了，我便秘的时候，姥姥拿出褐色粉末用鸡蛋清调了，敷到肚脐上，第二天就会畅通无阻。我问她配方，她总是神秘地笑笑，我见过她去邮局取过一大包东西，还去药店买过什么，然后回来用粉碎机磨成细粉，用一个个小袋子装起来，我到处翻她的配方，却一无所获，气得我只能跺着脚干着急。姥姥肯定知道我找过她的药方，但她从来都装作不知道的样子，脸上依然保持着很矜持、很优雅的微笑。我很佩服她，她确实不简单，有非同一般的从容和淡定，或者从某种意义上来说，她根本就没把我放在眼里，当我明白过来的那一刻，大大地被伤了自尊心。

这天晚上，我去了李立群的宿舍。她背对着门口，正趴在桌子上奋笔疾书。我喊了一声："报告。"

李立群头也没抬应了一声："进来。"

我走了进去，直到走到她桌子跟前，李立群还在埋头苦干："什么事？"

"排长，前些天的事情很抱歉。"我一向很倔强，但那一刻，道歉的话顺着嘴边就溜了出来。

"没事没事，不说了，是我工作做得不够细，没有考虑周到，也没有照顾好你。"李立群一时间也软得像个柿子。

一听李立群说没有照顾好我，就更觉得愧疚了，想想为了顿饭跟人家吵，确实不应该。

"得了，不提了，就当没发生。"李立群说。

"嗯，你是我见到的一个很特别的女孩。"我依然称她为女孩，可能很少有人这样称呼她，她听到的也许更多的是"女干部""女同志"，不知道李立群有没有觉得别扭。

"我看到门外光荣榜上关于你的介绍了，你很优秀。"

"优秀谈不上，只是在尽力做好每一件事。一件事，用八分力气、九分力气和十分力气结果绝对是迥然不同的，用八分力气只能说你基本完成了任务，用九分力气说明你较好地完成了任务，用十分力气则说明你圆满地完成了任务。"

我望着这个和我同龄的女孩那坚毅的眼神，心里油然生出一种钦佩之情，或许我该向她学习点什么，比如她的坚强和吃苦精神。突然觉得女孩子也可以有另一种美，以前总担心部队的严整会把我的女人味全部磨削掉，像我的母亲一样变成"铁娘子"。我认为女孩就应该巧笑倩兮，美目盼兮，但现在却渴望血液里能够灌注一种新的气质，那就是军中绿花的风采。李立群是我下部队后接触的第一位女干部，虽然我和她的成长经历截然不同，但她却教会了我很多，不知道未来的路上还要经受多少磨炼，但我已经做好了迎接考验的准备。

我把药粉送给李立群时，她再跟我说话的口气就柔和了很多，像是里面的刚硬筋条都抽掉了，软绵绵的。

不久，我对未来抱有的期待在波澜不惊的日子里粉碎了一地。在新兵连的时候，我还盼望着下连后能换一个新的环境，虽然那种盼望带着对未来不可知的恐惧和焦虑，现在我觉得我成了一株植物，一株从城堡里长出来的植物，不管枝叶长到哪里，根始终囚禁在这里，动弹不得。连队里的每一天都一样，像是从流水线上下来的复制品，连时间的纹理都泛着相同的光泽。这里看不到过去，望不到未来，没有星期，也无所谓节假日，只有时间像条大河一样鲁莽地向前奔涌着，每一个日子都闪着刀剑的腥光气息。

营院三面都是山，正对着的就是一望无际的大海。北塔山岛上没有红绿灯，没有商场，没有饭店，让我觉得像是穿越到了另外一个时空。严格的管理，艰苦的条件，直线加方块的生活让我很快失去新鲜感，甚至觉得窒息。立功受奖按比例，提干考学是少数，选取士官受限制，当这些现实一一摆在我面前的时候，才明白部队不是避风港，更不是安乐窝，这块蛋糕只有这么大，不可能每个人都能分到一块，这里的竞争也许比外面更残酷，虽说来当兵确实可以提升自己，但成长进步的资源有限。我渐渐觉得鼓励大学生入伍的宏观政策与具体规定有着很大的落差，出台的政策大都很笼统，在具体操作层面上还不够完善，比如"同等条件下，高校毕业生士兵在选取士官、考军校、安排到技术岗位等方面优先"，但怎么优先，优先到什么程度都没有具体的规定，这些政策像"镜中花""水中月"，看上去很美，实际上却是幻境。我渐渐觉得原来生活的圈子有五百米的半径，现在的圈子只剩下只有半米，我担心被困在这个孤岛上时间久了，连半米的空间我都会觉得很辽阔。

青骏骏的灯光射下来，便有许多双呆滞的眼睛呆呆地望着前方，这是教育课上一贯出现的场景。我从来都觉得教育课很无聊，因为不喜欢听那些大道理，理论很虚无，生活却很实际。每天总是听连长指导员们讲使命啊，忠诚啊，责任啊，听得我耳朵都起了茧，"使命"这两个字太重，我瘦弱的肩膀负荷不了。他们的肩上都扛着星星，我的肩上只有可怜巴巴的一拐。提干的标准越来越苛刻，我也没什么信心了，开始打退堂鼓，甚至有点后悔，不知道自己为什么要来当兵。就在大家都埋头记笔记的时候，我给坐在台上的连长冯云伟画了张漫画，好久都没有画画了，上一次画漫画还是在入伍面试的时候。

所有新兵都像被打败的残兵游勇，冯云伟仿佛看透了我们的心思，他说："一个军人，对部队的感情由爱到恨，再由恨到爱，那么他基本上就算一个合格的老兵了。这句话你们也许暂时不懂，慢慢就会懂的。"

时间像大海一样无边无际，我感觉自己像漂在上面的一叶小舟，这种无边无际的空旷就那么强悍地、霸道地蚕食着我的青春、我的生命，让我连返航的机会都没有。

新兵是不允许用手机的，我们的手机都装进了信封，用订书机封口上交了，和外界的联系又回到了最原始的方式——书信。每次发信时，兵们脸上的表情都像动物园等待分食物的猴子，那么焦急，那么迫切，直到最后一封信发出去了，还巴巴地盼望着。这些信是我们和外界联系的一根管道，向我们输送着营养，虽然几经辗转，到传送我们手中时，里面的内容已经不再那么新鲜了，但却像风干过的腊肉，更有嚼头。信上的字被拆开了一个一个的细细地读，嚼碎了，咽进肚子里，没事的时候再像反刍动物一样，认认真真地回味。每封信都仿佛一个炙热的暖手炉，当余温渐渐散尽的时候，下一封信又会寄来了。如果没有这些书信，真担心我们会被这漫无边际的时间给风化掉。我也期待回信，姥姥的回信，自从春节打电话没打通，我就一直很挂念她，一到岛上，我就迫不及待地给她写了信寄出去，光地址就检查了好几遍，确保没有写错，才投进了信箱。

终于有一天文书叫我的名字，说有我的信。陈菊妹还打趣我说是男朋友寄来的吧，我没有理她，径直跑下楼去，一定是姥姥回信了。我小心翼翼地拿上来，仿佛捧着一件精美的瓷器，又去洗手间洗净了手，把信在桌沿上磕了磕，用小刀轻轻地划开，展现在我眼前的字很陌生，不是姥姥写来的。

　　红果：

　　见信悦！

　　在部队一切还习惯吧，我想，现在的你，应该有了脱胎换骨的变化。

　　你也许想不到，我已经离开聊城回到了家乡，聊城给我带来太多的记忆，难以说清楚到底是恨还是爱，但是又包罗了很多。青春是一股能量，对每个年轻的生命来说，总是那么意味深长。毕业后，我穿起了中规中矩的衣服，按部就班地工作，突然觉得自己的心在一瞬间就很老很老了。

　　我的心"怦怦"地跳了起来，把信纸翻到最后一页，落款是那个带给我很多伤痛的名字：付星。

　　我不知道付星怎么知道我的地址的，我并不惊讶他知道了我的地址，而是惊讶他怎么会突然给我写信。

　　上面的字迹丝丝溶化了，幻化出一张脸，那张脸曾无数次出现在我梦中，但又好像离开了很久很久。

　　我继续读下去：

　　还有一个你可能永远都不愿意听到的名字——刘小Ａ，不知道该怎么样去讲述这一段感情，它很快转瞬即逝了，这是它的宿命，从一开始我就应该明白，这只是源于对诱惑的不可抗拒。刘小Ａ永远不甘于在一个男人身上浪费太多时间，也许我只是她寻找自己心灵倒影的一面镜子，而我渐渐厌倦了这种终日惶惶惑惑的动荡，渴望回归平静。

　　我看到过这样的话："很希望两个相爱的人是上眼皮和下眼皮，即使分开，一天也会有八个小时在一起依偎，暖暖的感觉。"突然很向往能拥有这种温馨的生活。

　　我现在回了家乡，在市建设院里做设计，每天都很忙碌，但闲暇的时候会经常想起你，想起我们一起度过的日子。你的可爱，你的善良，你的直率都给我留下了难以磨灭的记忆。每次加完班，我都步行回家，经过中心广场，总在那里驻足一会儿，那里的广阔能给我拥挤的心一个短暂的释放。它和你一样，留给我一个独有的时空，在那里，还保留着我的纯真记忆。

　　啰啰唆唆说了这么多，也许你都烦了，希望你一切都好。

　　那个校园，那条将食堂、宿舍楼、教学楼串起来的主干道，路两侧枝条缠绕的法国梧桐，残旧的水泥路面，那个满头大汗背着我飞跑的男孩，像电影一样一幕幕掠过。岁月刀劈斧削地砍过来，把过去和现在的时光一分为二，就像王母娘娘当年拆散牛郎织女时划开的一条天堑，我们再也回不去了。

　　给付星回信的时候，我什么都没有说，只抄了一首徐志摩的诗：

　　　　偶然
　　　　我是天空里的一片云，
　　　　偶尔投影在你的波心——
　　　　你不必讶异，
　　　　更无须欢喜——
　　　　在转瞬间消灭了踪影。

　　　　你我相逢在黑夜的海上，
　　　　你有你的，我有我的，方向；
　　　　你记得也好，
　　　　最好你忘掉，
　　　　在这交汇时互放的光亮！

　　人常常因为思虑过多，把人生复杂化了，明明是活在现在，却总是念念不忘着过去，又忧心忡忡着未来。携带着过去，只能负重而行，与其拖泥带水，不如放下包袱，保持单纯，单纯地活在当下。不必思虑那么多，无须念念不忘，也不必忧心忡忡，就让该过去的过去，该到来的到来。

十八

　　一年一度的拉练开始了，拉练中要对我们进行军事地形学的考核。参谋先在营区内设了几个目标，让我们利用方位角找到指定地点。我觉得这很有趣，比新兵连时上射击课整天在地上一动不动地趴着好。后来才发现拉练远没有我想象得那么简单。我们要边行军边寻找目标，他们可真会难为人，把目标点写在村庄里的牛棚上，或者刻在树上再用泥巴糊起来，或者写一张纸放在石头上，然后用一堆土块埋上，更高明的是目标点定在一座桥上，标记却不在桥身上，而是用一块牌子挂到桥墩的水面下，明明觉得目标就在这里，却怎么找也找不到，所以每次当大家找到目标时都像在漆黑的夜里突然看到远方闪烁的灯塔一样惊声尖叫，欣喜若狂。

　　晚上七点先进行了一个五公里的短程行军。走到荒郊野外，远处灯火如豆，天空清亮幽蓝，月华如练。我们走了大半夜才走回来，远远地看见营区大门旁的路灯，悬着的心终于放了下来。我索性关了手电筒，好久都没有感受到这样的月光了，它从来不属于城市，天地间涌动着一种宁静的慈悲和深宏的博大。今晚，这轮月亮不再是李白的月亮、张九龄的月亮、张若虚的月亮，而是只属于我们，它不再是月光缱绻，素影依依，而是滤去了迷惘和惆怅，带着别样的清明与澄澈，坦荡与奔放。田野的风穿过夜色，发出空旷的回音。时光流转，月亮寄托了多少人的思念和牵挂，所以才会带着如此浓重的油画般的质感。

　　后来我们要徒步行军二十二公里，上午我们在西山梅岭一带定点，中午就在一个农家院内的晒谷场上铺了几块木板，蹲在地上吃饭，不一会儿早晨带来的馒头和包子就一扫而光。然后换乘了康明斯，第一次坐这种敞篷车，我觉得很过瘾，大家并排坐在车里，汽车穿过明媚的阳光，在乡间的公路上穿梭着，尘土和歌声一起飞扬。"你呼唤我，我呼唤你，歌声把我们凝结在一起，无论是官还是兵，队列里都是一二一……"

"当祖国召唤的时候，挺起胸膛站排头，我就是董存瑞，我就是黄继光，为民争当突击手……"

我们开心地唱着，崎岖的山路时不时把我们从车上抛起来，然后摔下去，像多米诺骨牌一样，一排人都倒了，找到了小时候坐过山车的感觉。我们的笑声飘得很远很远，路旁的乡亲们仿佛也被感染了，看着我们笑起来。阳光埋进脸上的褶皱里，他们继而弯下腰来，好像更长了许多力气似的，使劲抡起了锄头。

车在田埂旁停了下来，我们开始徒步行军。下车走在午后的田野里，踩碎了树影下斑驳的阳光。已经是春天了，这里还残存着冬天的影子，是一个非常宁静的季节，大片大片的苍黄演绎着一种安详，绵延着天地间的坦荡和辽阔。

我们这一组六个人，都分好了工，有用指北针标定方向的，有测定公里数的。一路上冯云伟跟着我们，在钢筋混凝土的城市中长大的我对农村很陌生，甚至五谷不分，第一次走在乡间的小道上，抑制不住地兴奋。

这时一个村民牵着一头牛走过来，这头牛全身都是深黄色，唯独脸上的毛全是黑色，很特别。我跟冯云伟说："连长，我们平时涂防晒霜，你还不让涂，看这牛脸这么黑，估计就是没涂防晒霜，所以晒成这模样了。"

冯云伟张了张嘴，半天没说出一句话来。身边的人一阵狂笑，在外面不像在连队里，空间开阔了，条条框框的规矩就抛开了，和连长说话也随意了许多，就这样说说笑笑地走着，倒减轻了劳累和困顿。

冯云伟心情也不错，不由自主地唱了起来：

我们走在大路上
意气风发斗志昂扬
毛主席领导革命队伍
披荆斩棘奔向前方
向前进！向前进！

朝着胜利的方向

五星红旗迎风飘扬

六亿人民奋发图强

勤恳建设锦绣河山

誓把祖国变成天堂

向前进！向前进！……

　　起先只是冯云伟一个人低声哼唱着，后来我们一起唱了起来，越唱越带劲。有激情，歌声就有了飞翔的翅膀。

　　我们又进了一个村子，小路旁有三五成群的农妇聚在一起聊着家常，看到我们走过，就停止了聊天，目不转睛地盯着我们看。几乎每家门口都有一洼污水，冻结在那里，太阳一照，发着黑黝黝的光。我突然觉得其实任何事物都有对立面，比如城市里车水马龙，繁华喧嚣，但空气污浊，像一个巨大的压力锅，人人都生活在高压之下。农村风景如画，空气新鲜，但比较城市而言，却贫瘠荒凉。这就是为什么大家都向往城市，再苦再累也要向城市进军的原因，等他们走进了都市的生活，再回头看看曾经养育过他们的土地，已经物是人非，再也融入不进去了，就像苏泽里……

　　八十年代初的中国正处于充满希望与激情的年代，也是个温情而知足的年代。在远离边陲硝烟的内地，改革的春风早已化作细雨，聊城也开始呈现出坚冰融化、大地复苏的景象，一切都百废待兴，鲁西平原上那个求温饱不易，求富裕更难的小村庄，也开始显现出破土萌芽般的生机。

　　从军营里走出来的苏泽里又回到魂牵梦绕的故乡，萧索的天空下，横着的还是那个村庄，住了十几年的土坯房还是那个土坯房，陈旧破败，老气横秋。

　　他站在老房子面前，思忖良久，农家军歌唱过之后，是一派虚无，农民军人到底是农民还是军人？生活给予他的答案：都不是。从他穿上军装的那天起，他就是军人了，可他脱下军装后，还能变回农民吗？就像一条从高山上流淌下来的河，再也回不去了。

　　东河村有传承了五百多年的制作牛筋腰带和葫芦的工艺，但是这些小本生意很难赚到大钱。苏泽里琢磨了很久，开始把目光投向建筑行业，这里建筑行业的历史可以追溯到解放之初或"文革"之前，在"三自一包"、"四大自由"的刘邓路线下蓬勃兴起，又在"割资本主义尾巴"的时代里"车马归队，劳力归田"，偃旗息鼓，之后又在改革开放的春风中东山再起。

齐鲁大地非常重视春节这个最盛大最隆重的节日，特别在农村，庄户人从年头忙到年尾，过年就意味着可以喘口气歇歇了。大年初一这一天不能拿干活的家什，如果初一还干活，就有一年都忙不完的说法。而苏泽里带着这群年轻人从初三晚上就开始打点行装了，这是找忙呢。有人讽刺他："还真学大寨呢，'干到腊月二十九，吃完饺子就下手'。"

曙色熹微，天空闪着釉质的青光，灰蒙蒙的天空下零星响起鞭炮声，像是为他们送行。餐桌上照例是一算饺子，苏泽里想起当兵走的那个早晨，同样吃的是饺子，心境已经大不相同了。妹妹那含泪的眼神依稀在他面前晃动，时间如白驹过隙，如今十年过去了，妹妹已经从不谙世事的小女孩出落成水灵灵的大姑娘了。如果说当兵时离家还带着对前方不可知的茫然和困惑，这次离家苏泽里则带着满腔的豪情壮志。

苏泽里踏上了最初的创业之路，靠着睿智和果敢，他统领着一支衣衫褴褛的队伍拿着铁锹瓦刀，从乡下直接杀进了城里，迅速成立了一支建筑队，挂靠在镇建筑公司的名下。他做什么事情都尽心尽力，连这样一支十几个人的建筑队，他也分工明确瓦工班、木工班、钢筋班、炊事班……并制定了详细的章则章程，管理得井井有条。他崇拜王进喜的那句话："干，才是马列主义。不干，半点马列主义也没有。"

苏泽里一干就是三年多，整天忙得不亦乐乎，既要与甲方交涉，又要安排施工，还要随时检查工程质量，白天忙得团团转，晚上别人都睡下了，他还要在工棚里微弱的烛光下看图纸、计算工程量、处理账目，经常一熬就是一个通宵。往往东方泛白，工友们都起床了，他才歪在被子上闭眼躺几分钟。更别说星期天和节假日了，东河村离市区就三十里地，但他半年都不回去一趟，每天跟钢筋水泥打交道，晴天一身汗，雨天一身泥，住的是工棚，睡的是地铺，吃的是冷馒头，喝的是凉水。这些苦对于当过四年兵的苏泽里来说都算不了什么，让他忍受不了的是城里人那鄙夷和不屑的眼光，看到他们都绕得远远的，生怕那身上的汗味会通过空气粘到他们身上。从一个眼神、一句话语中，细腻敏感的苏泽里就能感受到城里人对农民工的鄙夷。工友们调侃说："干建筑就是用人肉来换猪肉，出牛的力，挣一只虱子的钱。"

苏泽里听到后觉得很心寒，还写了首打油诗：

> 苦不苦，累不累。
> 高中生，建筑队。
> 一天到头活受罪。

但苏泽里没有别的选择，只能用自己的汗水换取辛苦钱，创业之初对于苏泽里来说是磨炼，也是积累，在与各种人打交道，处理关系的过程中，他积累了丰富的经验。

又到春节了，苏泽里和工友们回到了村里，带回大包小包的年货，虽然不能算衣锦还乡，但让全村人都羡慕不已。苏泽里却没有因为这点小成绩而沾沾自喜，这仅仅是一个梦想起航的开始，他不会满足于这个小建筑队，脚手架的高度到达不了他理想的高度。虽然他的梦想还有些模糊，但他一直在努力着、规划着、畅想着，从某种意义上来说，苏泽里是个雄心勃勃的家伙。

只有启程，没有终点，只有远途，没有退路。东河村，自从他穿上军装走出来，就再也回不去了。

"一九九二年，那是一个春天，有一位老人在中国的南海边画了一个圈……"当这首歌响彻大江南北时，苏泽里的建筑公司也迈上了一个新的台阶，但他又把目光投向了更远的地方……

那时中国正处于一个城市化进程迅速加快的时期，建筑公司越来越多，竞争也越来越激烈，苏泽里却想回老家开垦那个小村庄。东河村就在聊城市郊，风景秀丽，有大片大片的果园，如果发展成农家乐，岂不是可以有更大商机？想到就要做到的苏泽里立刻找了村支书和几个脑袋瓜比较活泛的年轻人，商量开发生态园的事。

那天晴空万里，太阳照在裸露着的麦田里，看上去清冽、清爽又清心。村里人看着支书和苏泽里带着一群年轻人开会，都心惶惶的，带着好奇、不解和疑虑。老祖宗说得好，雕龙画虎不如地里弄土，这片黄河水浸润着的肥沃土地，无论旱涝，只要撒下种子，到秋天都能有收成。现在放着好好的田不种，非要去建什么生态园，城里人会稀罕吗，耽误了种庄稼，那才叫赔了夫人又折兵呢。

村支书是苏泽里的本家叔叔，他一直都觉得苏泽里有头脑、有眼光，非常支持他，当他听了苏泽里的计划后，一直积极帮助协调。很快镇政府的审批程序就下来了。

被征用了土地的农民心里更是五味杂陈，头一年刚施足了肥料，小麦才刚刚返青，还指望着有个好收成呢。虽然征用土地给了补偿，但农民就是土里刨食的，光补了钱没有粮食顶什么用，粮囤里空空的就觉得心里不踏实。但是，不等他们多想，推土机、拖拉机、打夯机轰轰隆隆就开了进来，田园梦破，喧哗与骚动唤醒了沉睡的土地……

村民们感到不解、愤怒，家园被掠夺的怨气、怒气汇集在一起，填满了他们的胸腔，于是他们绑架了我，也就是在我十一岁那年……

家被砸了，工地停工了，苏泽里带着母亲住到了旅馆里，有家不能回的悲凉感填满了他的心。他出神地望着窗外，灯火已黄昏，脑海里却浮现出南国的那片海、那片椰林，还有落霞纷飞的黄昏、炙热的阳光，和那汗水浸透的军装……每一次快坚持不下去的时候，四年的军旅生活总会浮现出脑海，是军营锻造了他钢铁般的意志和不肯服输的劲头。他对自己说：当过兵的人，走出军营还是兵。

生态园还是势不可挡地重新开工了，支持开发的人们都兢兢业业地奋战在岗位一线，这支队伍里年龄最长的，也是干活最急的人，就是我姥爷。这个曾经的国营棉纺厂厂长，拿出了"拼命三郎"的干劲，当天的事情干不完，他是绝对不会回家的。他坐着大头车马不停蹄、日夜兼程地到处学习，看人家的生态园怎么建设的，再把这些信息及时反馈回来。有一天当他风尘仆仆地赶到上海时，已经是暮色苍茫了，他正要从驾驶室里下来，却怎么也动弹不了了，开车的是个有经验的老司机，他看到姥爷因痛苦而扭曲的脸，就意识到坏事了，说："您千万别动。"赶紧调转车头，直奔医院。

医院诊断姥爷得了脑血栓，他平时血压就高，连日的奔波加上着急上火，这位不惧怕任何困难的创业元老被累倒了，苏泽里连夜赶到了上海。

推开病房的门，苏泽里看到躺在病榻上的姥爷那么憔悴，脸色是秋叶般的枯黄，他后悔不该让年逾古稀的老岳父再奔波操劳，忍不住掩面而泣。

姥爷是坐着轮椅回的聊城，当姥姥看到姥爷时，转身甩了苏泽里一巴掌，她觉得都是因为苏泽里，姥爷才会变成这个样子，她越来越讨厌这个土里土气的女婿。身体渐渐康复的姥爷喜欢搬个马扎去工地上坐一会儿，推土机的轰鸣声在他耳朵里打着转，这时姥爷就会紧紧地闭上眼，那声音像一个个马蜂飞进他的耳朵，蜇着他的神经。

苏泽里心怀愧疚，女婿、丈夫、父亲这几个角色，他觉得一个都没有做好，本应该让老人颐养天年，为妻子遮风挡雨，对孩子关心呵护，但他几乎把整个家都抛弃了。他的事业每向前迈进一步，都浸着姥爷的汗水，每每濒临绝境，都是姥爷为他撑起一片天，让他峰回路转，化险为夷。

就这样，靠着苏泽里矢志不移的理想和埋头苦干的拼劲，生态园终于建成了。在风雷激荡、波谲云诡的时代浪潮中，苏泽里成功地走在了前面，无论霜刀雪剑，无论暴雨狂风……

就在他准备好好庆祝一番的时候，噩耗随之传来，姥爷去世了！所有的喜悦瞬间被巨大的悲伤覆盖，苏泽里把一杯杯白酒倒进口中，庆功酒变成了苦酒，眼前又浮现出姥爷奔波的身影。姥爷一直把他当儿子看待，对他寄予厚望，即使是在他一无所有的时候，姥爷都乐呵呵地鼓励他。苏泽里的身份在不停地改变，从农民到军人再到企业家，但在姥爷眼里，他还是那个苏泽里，有着军人作风的苏泽里，天不怕地不怕的苏泽里，他的女婿苏泽里。

姥姥认为是苏泽里夺走了姥爷的命，所以对他始终充满怨恨，无论苏泽里后来取得多么大的成就，无论他怎样尽其所能去讨好她，她始终对这个女婿不冷不热。

"穷则独善其身，达则兼济天下。"是这片土地养育了苏泽里，如今他有能力去反哺了，就慷慨地资助镇上的敬老院、周边村里的学校和幼儿园。每年他都会给镇上七十岁以上的老人发放生活补贴费，给家庭困难的寒门学子送去学费。

这些都是苏泽里一点点讲给我的，他从来不在家里跟我讲这些。每次都是西装革履地坐在宽大的红木办公桌前，让秘书沏好茶再讲，茶叶葳葳蕤蕤，像是从茶杯里自然长出来的一样。苏泽里点上一支烟，在袅袅的烟雾中，他的眼睛望着窗外，开始了忆苦思甜，像举行一场庄重的仪式，起初我总是装模作样地表现出十二分的耐心，恨不能拿个小本记下来，这让苏泽里很惊喜，所以只要有空闲，他都会打电话把我叫到他办公室里，像传经布道一样，讲述那一段我根本触摸不到的过去……

羊群像一团云飘进我的视线，把我的思绪拉了回来。夕阳西下，天色渐渐暗了下去。我们走到荒无人烟的郊外，只有一条羊肠小道向前延伸着，这时走过来一个八九岁的小女孩，穿着一件红色棉袄，两个小牛角辫上扎着红头绳，这是走出村庄好几公里后碰到的第一个人。陈菊妹上去逗那个小孩说："你是何方妖怪，报上名来。"

众人大笑，小姑娘怯怯地跟着我们，并不说话，只是忽闪着大眼睛，好奇地摸一摸我们身上背的榴弹袋，直到进了一个村口，才目送我们远去。经过一下午的跋涉，我们这个小组是行军速度最快的。天色完全暗了下来，大家都饥肠辘辘了，路边就有大棚，我们进去看了看，草莓长得一片鲜红，伸手就可以摘下来。但冯云伟阻止了我们，说"三大纪律八项注意"里规定，不准拿老百姓的一针一线，我们心里都有些沮丧。在一块比较平坦的地上，他命令我们坐下来，用随身带的饼干和面包充饥，美其名曰"野餐"。正当我们准备吃的时候，远远地听见一阵急促的脚步声，原来四班的人赶了上来。冯云伟把面包一口塞进嘴里，冲我们打了个手势："赶紧清理战场，撤！"

我们放轻脚步，往前跑着，人生处在无时无刻地竞争中，稍一松懈，就会被追赶上来，停滞有时是另一种意义上的倒退。

陈菊妹有气无力地说："哎呀，我说你们那么较真干吗啊，早晚能回去就行了，事事都要争啊抢啊的，累不累啊？"

冯云伟走在最前面，只是静静地听着，并不发话。

晚上十一点，我们终于到了驻地，营长和教导员早已经在门口迎接我们了。他们本打算让女兵少走几公里，但女兵们都说："男兵走多少公里我们就走多少，坚决不搞特殊。"

第二天是城市行进，在市区寻找方位。我们坐船出了岛，一下子感觉视野开阔起来，就我们船靠岸之后在海边驻扎下来。

晚上开饭的时候，我们照例去吃大锅饭，喊口号都比平时响亮很多，带着抑制不住的兴奋。值班员一喊："坐下，开饭！"不到两分钟，全跑光了，只剩下寥寥几个人在饭桌上慢条斯理地吃着，我知道他们早就计划好了，留着肚子要去肯德基、火锅店大快朵颐一番。

一上大巴车，大伙开始又唱又笑，我静静地坐在靠窗户旁的位子上，贪婪地欣赏着城市的夜景。在海岛上待了这么久，重回到城区，竟有点不适应，其实窗外的景色也没什么好欣赏的，现在还不到旅游旺季，夜晚路上很少见到行人。到了下车点，冯云伟布置了任务，说提前完成的，集合前可自由活动，大家便急匆匆地分头散去，走出他的视线，就获得了短暂的自由。

我和陈菊妹分在一个组，我们排成一列迈着整齐的步伐走在路上，回头率非常高，还有个喝醉的小青年跟在我们身后唱起了"咱当兵的人……"弄得我们哭笑不得。我不该那么听话的，冯云伟说可以穿皮鞋，我就穿了，当然我也付出了代价，脚上磨了四个泡。她们都比较聪明，还是穿着胶鞋，只有我傻乎乎地换了高跟鞋，一开始还觉得趾高气扬，走了不一会儿，脚就开始疼了，等走回中心广场的时候，脚都快断了。

到了目的地，冯云伟早就坐在路边的花坛上等着我们了，我一看表，还有四十多分钟呢，就兴高采烈地冲进了旁边的购物广场。好久没有逛过商场了，北塔山岛上连个超市都没有，只有几个小卖部还像八十年代的国营商店一般，货架上盖着一层厚厚的尘土，凌乱得摆放着杂货。五颜六色的泡泡糖堆在玻璃罐子里，像是一条条打捞上来很久的鱼，一大袋子米花糖松散地横在最显眼的位置，两毛钱一块，在岛外两毛钱除了能买一只购物袋，其余的什么都买不了。墙角处两只大缸挺着沉重的肚子，里面分别盛着酱油和醋，缸沿上挂着一只木舀子，每次木舀子伸进缸里的时候，仿佛一头扎进幽暗的夜里，发出空幽的"咕咚"声。再看看这大型商场，就像穿越了时光隧道，跨越了一个世纪，商场内亮如白昼，广告牌上的女模特带着魅惑的眼神，琳琅满目的商品让眼球应接不暇。我们很快被熙攘的人群冲散了，听到陈菊妹叫我的名字，我下意识地用很高的分贝喊了一声："到！"周围的目光像手电筒般齐刷刷射过来。

这天晚上，男兵还是闯祸了，用部队上的专业用语讲就是冒泡了，而且是冒了大泡泡，解散后男兵们风驰电掣般跑进了火锅店，酣畅淋漓地喝起了啤酒。等到离集合时间还有十分钟的时候，他们才急匆匆往回跑。

在回驻地的路上，就听见车每颠簸一下，里面就咣咣当当响一阵，女兵们买了一大堆零食，恨不得把超市搬回来。冯云伟看着我们脸上那种自足的表情就开始摇头，他很不理解为什么饭堂里那么可口的蘑菇炖小鸡不吃，偏偏要吃肯德基炸鸡块，黄澄澄的小米粥不喝，非要喝勾兑了香精和色素的奶茶。

车驶出市区的时候，冯云伟说注意作风养成，坐车要安静，不能交头接耳。

但大家的兴奋劲儿还没过去，就窃窃私语着，刚才时间太紧，只是把所用的东西都囫囵吞枣般收进眼球里，现在要像反刍动物一般再倒出来仔细回味一下。冯云伟几次回头瞪我们，可安静不了一会儿又开始交头接耳。男兵们坐不住了，频频站起来要求停车，原来是啤酒喝多了，急着上厕所，看着他们滑稽的表情，女兵们哄堂大笑起来。冯云伟忍无可忍，"腾"一下子站了起来："说够了没有？拉练就等于上课，只要还没下车，就是正课时间，别管在哪里，就要遵守纪律，我看谁还再说话，敲掉他的小白牙！"

大家在黑暗中看不清冯云伟的脸，但能感觉到他暴怒的情绪排山倒海般袭来，顿时车内鸦雀无声。刚才逛街购物吃火锅的好心情一扫而光，我觉得他总喜欢拆台。

车开到驻地，我们大包小包地下了车，排好队，但没有一个人交头接耳了。

有男兵喊着"报告"跑出了队列，用哀求的眼光看着冯云伟："连长，憋不住了。"

冯云伟铁青着脸，没说话，摆了摆手，示意他们先去解决内急。他们像被特赦了一般，还不敢大步向前跑，捂着肚子一点点迈着小碎步。女兵们开始忍不住笑出声来，值班员生怕冯云伟听见了再大动肝火，赶紧喊："一、二、三、四！"

到了帐篷前面，冯云伟沉默了足足五分钟，眼睛扫来扫去，我们一动不动地站着。我心里嘀咕，不知道他又要怎么整人了。

果然不出所料，他的情绪像火山一般爆发了："今晚丢了连队的人，丢了我们的人！你看看你们的样子，像什么？小混混？二流子？今晚是考核，你们却当成了旅游，谁让你们喝酒的？想喝酒是吗？今晚找我单挑！"

冯云伟一张一合的嘴巴仿佛变成了机关枪，每个字都像出膛的子弹，带着炙热的火焰扫射着我们，烧得皮肤嗞嗞作响，三个小时之前的兴奋、激动荡然无存，只剩下沮丧、沮丧、沮丧。

北风像切割机一样，在帐篷前的空地上打着旋地呼啸，血凝固了，心凝固了："把你们买的东西都给我提着，跑！跑五公里！"

队伍里开始骚动起来，但马上被更愤怒的吼声制止了："嘟囔什么？谁有意见？有意见的出列！"

马上恢复了死一般的安静，值班员带着我们向海边跑去，疲软无力的脚步声发出空旷的回音。

当我们跑回来时，冯云伟还在原地站着，像具雕塑一般，良久，他说话了："出汗是缓解压力的好办法，我缓解压力的办法就是让别人出汗。回去之后，每个人写检查，不得少于一千五百字，明天早饭之前交给我。"

那晚，每个兵都拿着小手电筒，或坐在小凳子上，或趴在被窝里写检查，直到十二点多了，散散点点的亮光才陆续熄灭，所有的帐篷恢复了安宁，进入夜的梦境。

刚刚睡下，一声悠扬而带有十足挑衅意味的哨声骤然响起："夜间紧急集合！"

帐篷里顿时忙作一团，没有任何光亮，水壶、脸盆、挎包慌乱地撞击在一起，我正在梦里畅游，猛然被惊醒，还没明白过来怎么回事，吓得心脏"扑通扑通"地跳，睁开眼一看，帐篷里没人了，急急忙忙打背包往外跑。

急行军！就只听见咣咣当当地响，鞋子、脸盆、雨衣掉得满地都是。冯云伟跟在后面捡回来摆成一排，谁发现东西少了就去他那里，在失物面前做二十个俯卧撑再领回去。回到帐篷刚躺下，就听号声再次响起……

我的背包带缠在一起了，解都解不开，那一晚紧急集合了好几次，到最后一次，我几乎是抱着被子往外跑了。天亮的时候，每个人的脸上都呈现出秋风扫落叶般的灰黄色，两只眼睛因睡眠不足而发出呆滞的光。我不知道冯云伟为什么要这样整我们，仅仅因为我们的行为让他看不惯吗？为什么不试着理解我们呢？他像一只蚌，用坚硬的壳拒绝了我们，现在他又带着报复的快感和倔强的固执铆足了劲儿朝我们砸下去、砸下去，把我们砸到深不见底的地方去。

十九

　　拉练终于结束了，我们回到了岛上，这次回来觉得小海岛是那么亲切，躺在自己的床上，感到从来没有过的幸福。其实幸福就是一种主观感受，是的，幸福是一件主动的事，只要你觉得自己是幸福的，那就一定是幸福的。

　　比如周六就是幸福的，因为是集体洗澡的时间。洗完澡还可以去小卖部买零食，我向来洗澡飞快，三两下就洗完了，跑到小卖部，刚进去就见一个三期士官风风火火地闯了进来，进门就喊："给我一包红塔山！快！"

　　我回头一看是司务长，但我还不知道他叫什么名字。指导员林晓璐下了个不成文的规定，不准抽烟，整个通信连的人都把烟戒了，唯独他没戒。没有烟抽的时候，他哈欠连天，跟丢了魂一样，晚上熄灯后，逮着机会就往厕所里钻，急急地吸两口，再跑回去睡觉。这个秘密冯云伟早就看在眼里了，只不过没有揭穿他罢了，为此还把从老家带来的茶叶给他喝，说让他提神，其实是想让他把爱好从烟转移到茶上来，可是人家对茶根本不感兴趣。冯云伟知道烟不能一下子戒掉，那样对身体也不好，就索性睁一只眼闭一只眼。

　　我绕到他身后，猛地一拍他肩膀，他吓得一哆嗦，回头一看是我，嗔怒道："干什么你，我以为指导员跟过来了呢。"

　　"指导员在不在都一个样，我回去就告诉她。"

　　"你敢。"

　　"我怎么不敢？"

　　"嘿嘿，我请你喝可乐。"

"这还差不多。"

其他人还没出来，我们就站在小卖部门口，东一句西一句地聊了起来。他告诉我他叫焦玉明，家是河南的，从当兵就在这里，已经是十一年的老兵，明年就要退伍了。洗完澡的人陆陆续续出来了，这时两个女孩走了过来，都长得眉清目秀，长发飘飘，女孩谈笑风生，时不时发出清脆的笑声，对旁边行了半天注目礼的傻兵熟视无睹，瞄都不瞄一眼。这让他们很不满，焦玉明吹了一声响亮的口哨，女孩意识到这是对她们吹的，还是没有看他们，而是低头走了过去。

"邪门，我就不信了。"焦玉明愤愤不平起来，他又吹起了口哨，哨声打着弯在天空中飞扬起来，带着明显的挑逗意味。

两个女孩听出了其中的意味，越加慌乱起来，脸都红了，但仍然没有抬头，而是把头压得更低了。飞扬的口哨声没有得到姑娘们的青睐，倒把连长冯云伟给招了过来。

冯云伟刚相亲回来，正一肚子火没处发，听说他相亲快相了一个连了，没有一个看对眼的。冯云伟一米八二的个头，身材挺拔，五官拆开来看都还可以，高高的鼻梁，薄厚适中的嘴唇，唯独那双眼睛，就像没包严实的一块布窄窄的露着一条缝，这是他长相中唯一的败笔。冯云伟以前开玩笑说他一定要找一个大眼睛的姑娘，以后生的孩子至少有一半概率是大眼睛，这样就可以改变他家小眼睛的基因，这是他辉煌的梦想。可不知道是老天故意和他作对还是怎样，见了不计其数的姑娘，无一例外全是小眼睛，今天他坐了四个小时的船去市里相亲，见的女孩还是一如既往的小眼睛。让冯云伟有种绝望的感觉，他觉得他这辈子是逃脱不了小眼睛家族了。

和他相亲的姑娘是师通信科长家嫂子介绍的，岛里找对象难，几乎所有干部的家属都是外地的，过着牛郎织女的生活。因为冯云伟和科长是老乡，所以科长家嫂子对他格外上心，冯云伟相亲的对象中有一半是她介绍的，几乎成了他的专职红娘，怪不得钱锺书老先生在《围城》中一语中的：女人的两大天性，一是做母亲，二是做媒人。科长家嫂子仿佛跟冯云伟较上劲了，非要把红娘做到底，在这件事情上表现出前所未有的热情和耐心。有好几次，冯云伟都偃旗息鼓了，但碍于科长的威严和嫂子的盛情，他还是发扬了百折不挠的精神，勇往直前地去了，结果都是以失败告终。

冯云伟刚垂头丧气地回来，正好碰到焦玉明吹口哨，走近了还听到他神侃："男人是用来靠的，所以要可靠；女人是用来爱的，所以要可爱。男人越老越值钱，女人却并非如此，女人老了就是剩女了，就好像一个停车场，好车位早就被抢先占光了，剩下的边边角角，倒个车都是麻烦事，还得看你技术好不好，弄不好就伺候不下来。"

这个老兵，懂得倒挺多，一副爱情专家的气派，自己的个人问题还没解决呢，就在这纸上谈兵。冯云伟本来就窝了一肚子火，一听这更是火上浇油，他厉声把焦玉明叫到身边："你在干什么？"

"没干啥。"

"没干啥，你瞎叫什么，还冲人家吹口哨。"

"男人看见女人，就像鸟儿看到了春天，咋能不叫呢？"

"还鸟儿看到了春天，比喻得很恰当嘛！"

"假如你是一只鸟，春天来了，你叫不叫呢？"

"你对爱情研究得挺透彻啊，可以当爱情专家了。"

"专家谈不上，顶多算一爱情爱好者。"他嬉皮笑脸地调侃着，以为冯云伟在和他开玩笑。

"我看你不是鸟，是鸟人！去，跑五公里！在旁边围观的，和他一样。"

周围人一听，纷纷大眼瞪小眼，就因为欣赏了一下美女，就得跑五公里，太不划算了。几个人想争辩一下，一看冯云伟那张脸，算了，跑吧。焦玉明倒是一脸无所谓的样子，转身上了跑道。跑到后来，他越跑越带劲，五公里跑完了，还不停下来，冯云伟把他叫到跟前说："怎么回事？"

他把衣服一脱："我犯了错误，要加大处罚力度，再跑五公里。"

冯云伟气得直翻白眼。

二十

星期五例行上教育课，这天林晓璐说："咱们连队来了这么多大学生，各个专业的都有，我看不如每周举行一次小讲座，就算是连队里的'百家讲坛'，主讲人就是你们，每个人都当一回教授，大家看这个提议好不好？"

"好！"大家异口同声地答道。

我立刻有了跃跃欲试的冲动，积极准备起来，虽然我是美术系毕业的，却钟情于诗歌，这一点不知道是不是遗传了舅舅的基因。我想给大家讲讲诗歌的发展，虽然这是一个诗歌式微的年代，但我认为诗歌最能表达人类的情感。

第一周，小讲座开始了，李立群带头上了一课，她倒挺谦虚，说自己先抛砖引玉，给大家讲入党申请书的写法，底下的人听得味同嚼蜡，可能时间比较仓促，她照着书念了一通，磕磕绊绊总算念完了，下面想起稀稀落落的掌声。林晓璐未置可否，这是第一堂小讲座，估计她怕提出批评会影响大家的积极性，就说："讲得不错，如果能再准备充分一点，也许会取得更好的效果。"

以后的小讲座就越来越精彩了，大家的热情也越来越高涨，似乎小讲座成了生活的调味料，枯燥无味的教育课变得有了水分，鲜活起来，从此大家都盼着星期五下午的到来。

这天化工学院毕业的一个兵给大家讲了食品添加剂的品种以及对人体的危害，还专门讲了黑作坊怎么生产鸡爪，豆腐干是用苏丹红上色的，吃了这些东西会引起病变。他这一讲竟然产生了震慑性，从那以后去小卖部买零食的居然少了很多。

　　林晓璐仿佛有了意外收获一样，没想到小讲座能取得这样的效果，以前怎么劝都不听，规定星期六星期天可以吃零食，一到周末，食堂的饭就剩一大半，都回去泡方便面，吃豆腐干，她总说这些"八〇后""九〇后"的兵，让人匪夷所思。

　　这天在小讲座课堂上，还闹了一个大笑话。有个来自特困县的新兵，初中毕业就辍学了，在外面打了两年工又来当兵的。他对什么都是一脸无畏的样子，倒对我们这些学生兵十分崇拜。这天小讲座的主讲人想创新，要搞一个互动式的课堂，她来提问，底下的人来回答，讲历史的时候，她问："有谁知道文成公主嫁给谁了？"

　　手臂像丛林一样立了起来，特困县战士一看大家都举手了，也把手举了起来，主讲人明明知道他不会，偏要提问他："你来说！"

　　特困县战士这下子蒙了，文成公主，没听说过啊，这时坐在他后面的兵开始发扬救援精神了，用极小的声音提示着："松赞干布！"

　　谁知他听成了"宋朝干部"，于是他像恍然大悟一般："报告！文成公主嫁给了宋朝干部！"

　　大家纷纷从小凳子上"落马"。

　　从此特困县战士有了一个响当当的外号——"宋朝干部"，而他的本名除了连长指导员，很少有人再叫了。一有空大家就打趣他："行啊'宋朝干部'，刚一下连就成干部了，有前途！"

　　他不急也不恼，反而自得其乐，对"宋朝干部"这个称谓，他倒觉得很受用。像这样的笑话他可出了不止一个，成了大家的"开心果"。谁要不开心，找他聊聊天，一会儿准心情开朗。他没有多少文化，却有着一种简单、乐观的生活态度，他没有我们这些学生兵的"小九九"，也不会像我们一样憋足了劲儿想提干，他知道即使有名额的话也争不上，他给自己定的目标就是不冒泡，不拖后，两年后顺利退伍，所以他每天都有自足的快乐。

　　这天又到了星期五，小讲座一如既往地进行着，冯云伟进来了，他从来没听过小讲座，听了一会儿就出去了，在他看来，小讲座很没意思，既然林晓璐搞起来了，那就继续搞吧。

　　我知道冯云伟很困惑，他从十七岁就入伍了，因为表现出色提了干，骨子里早就浸透了军人的气质，我们这群刚入军营的学生兵和他格格不入，一个比一个有个性，他捉摸不透。

这天晚上我躲在会议室看书，正看得津津有味，一只手伸过来，冷不丁把书抽走了，我抬头一看，是冯云伟。他看了一下封面，用一种很诧异的目光盯着我，盯得我心里直往外冒凉气，然后他把书往胳肢窝一夹就走了，弄得我丈二和尚摸不着头脑，后来我恍然大悟，我看的是莫言的《丰乳肥臀》，他一定以为我在看黄色小说。后来冯云伟没有再提起过这事儿，也没有把书还回来，事情就这样不了了之了。

终于有一天，冯云伟再次和我们发生了正面冲突，那天中午我们吃完饭回来，焦玉明正趴在桌子上奋笔疾书，冯云伟准备过去逗逗他："焦玉明，写检查吗？"

焦玉明抬头一看是冯云伟，忙站起来："连长，我好像最近没犯什么错误吧？"

"哦，没犯什么错误就算了吧。"冯云伟调侃道。低头一看，纸上写着"小讲座——禅宗的发展与由来"。焦玉明平时就神神道道的，长得也很奇怪，圆圆溜溜的脑袋，扣上帽子，很像个道士，又很老相，看上去像四十岁，他经常拿自己开玩笑："我妈说我生下来就六岁半了。"

焦玉明长得老是公认的事实，说到这儿还有一个经典的故事在连里广为流传。初中毕业那年，他跟着本村的一个远房亲戚去县城打工，想买辆自行车，周末回家也方便，到了卖车子的地方，老板正在给别人组装车子，抬头扫了他一眼，边干活边搭讪："大哥，给孩子买自行车吗？"

焦玉明愣了一下，干脆顺着他说："是啊，看看。"

"孩子多大了，上初中了吧？"老板继续忙活着。

"对啊，初一了。"焦玉明觉得有意思。

"那就买这样的，小孩骑很好，又方便，也不贵，丢了也不可惜。"老板干完活直起身来，径直走到一款二十四型号的车子前边，向他推荐。那时的焦玉明都一米八了，骑这个车子就好比大象骑驴，他说："我孩子早熟，长得和我差不多高了，有大一点的吗？"

"哦，这么大了，那就这个，这个大。"老板又指着另外一款二十六型号的车子。

焦玉明试了试车，讲好价钱，把车子买走了，回到家跟父母一讲，他们笑过之后倒觉得没什么，男孩子壮实就好，长得啥样无所谓。

话扯远了，焦玉明对佛学和道教都很有一套研究，每天早晨他都要拿扑克牌算上一卦，算算今天适合干什么，不适合干什么。每天谁要是做了梦都会找他去解梦，别管解得对不对，大家都很信奉他说的话。时间久了，大家给他起了个外号叫"半仙"。

冯云伟早就听说过焦玉明会算卦，本来就很排斥，今天一看他都准备拿到"小讲座"上去传经布道了，就急了，认为这是很严重的思想问题，要进行批判。

尖锐的哨声划过寂静的午后："全连集合！"

我正靠在暖气片上打盹，听到哨音打了个冷战，扣上帽子就往楼下跑，大家伙就在风里站着。冯云伟像是被刮掉了鳞片的鱼，脸色铁青，我以为发生了什么事情。过了许久，冯云伟终于说话了："你们是什么？"

一句话把大家都问愣了，我们是什么？

"人！"不知谁冷不丁在队伍里来了一句，大伙一阵哄笑。

"对，你们是人，我再问一句，你们是什么人？"

"军人！"

"很好！军人就要讲科学，可有人把封建迷信那一套带到部队里来了，这是军营，整天神神道道的干什么，小讲座，小讲座，我还以为讲什么呢，闹了半天宣扬封建思想，你们讲点有意义的也行啊，比如如何加强思想政治教育啊。"话还没说完，底下就唏嘘一片，大家都觉得连长有点小题大做了。

冯云伟的脸色一下子变得紫红紫红的，像一个被点爆的四〇火箭筒："难道我说得不对吗？文书！"

"到！"

"告诉指导员，小讲座暂时停办了，什么时候思想改造好了，什么时候再办！"

"是！"文书回答得有气无力，仿佛被抢走了糖果的孩子，大家沮丧得不得了，又不敢吭声。

"解散！"冯云伟一挥手，气哼哼地走了。

人群无声无息地往宿舍里走，没有一个人说话，只有踩在楼梯上的脚步声。大家没有愤怒，只有沮丧，整个中午都阒静无声，偶尔传来小鸟飞过的"扑棱"声，我想不明白这里为什么会有那么多的不允许。

没有一个睡觉的，都睁着眼睛躺在床上，怎么也不明白连长的思想怎么如此僵化，不就是个小讲座吗，至于这样兴师动众地去批判吗？打倒在地再踏上两只脚，恨不能让我们永世不得翻身。当然我更沮丧，都精心准备了那么长时间，下个星期就轮到我了现在却停办了，我不是白忙活了吗。

这时听到楼底下传来冯云伟和林晓璐说话的声音："指导员，我有个事情要跟你谈一下，今天我看到焦玉明准备小讲座，就过去看了看，一看竟是什么禅宗，你说在部队里讲这玩意儿干啥，就说让他们讲点别的，可这帮孩子，愣是不乐意，我就把小讲座停办了，等他们反省好了再讲。"

好一阵静默，之后传来林晓璐的声音，听起来很平静："其实小讲座就是丰富一下枯燥的思想教育课，让大家多学点知识，既然你说停，就先停了吧，过一段时间师里考核，估计他们也没有这么多的精力去准备了。"

不过后来冯云伟对我们倒比原来客气许多，脸上还会时不时挤出点笑容，虽然看起来只是皮笑肉不笑。我估计他肯定反思过自己是不是过火了，本来就对我们严格，而林晓璐那么和气，这样一来，他就是那个唱黑脸的，林晓璐就是那个唱红脸的，得罪人的事岂不是全让他干了吗？时间久了就没有人跟他亲了。

我觉得林晓璐也和我有一样的想法：真是秀才遇到兵，有理说不清，既然说不清，那也只好作罢。这个连长要说军事素质，那没说的，但明明就是一介武夫。

一波未息一波又起。"小讲座"事件刚刚平息了两天，又起波澜。星期天，林晓璐找到冯云伟说："周末可以让大家在电视房开一个小型的 Party，团里配备的新音响一次还没用过呢，再说他们来了之后一直紧绷着弦，娱乐娱乐，就算放松一下心情。"

冯云伟很痛快地同意了。

一听说可以唱歌，楼上沸腾起来，大家一窝蜂拥到了电视房，焦玉明早就把麦克风抢到手里，清了清嗓子说："感谢指导员为我们创造了一个狂欢的机会，下面由我为大家演唱一首歌。"

女兵们把话筒抢了过去："真没风度，女士优先！"

她们哼哼唧唧地唱了几首温情绵绵的歌，还没唱完，就听一阵欢呼，原来冯云伟进来了，大家一拥而上，把冯云伟架到电视机旁，非让他唱首歌，他抓耳挠腮，一副很为难的样子，平常除了唱军歌，就没唱过流行歌曲，他瞪着眼睛看了半天地面，才说："《毛主席的战士最听党的话》！""

大家都在他身后挤眉弄眼，几个女兵做晕倒状，陈菊妹附在我耳旁说："连长这辈子也就这样了，他的生活除了军营、军装、军歌还有什么，连首流行歌都不会唱，没劲。"

冯云伟扯着嗓子吼了一通，大家想附和一下，可都不会唱，只好跟着节奏打拍子，一首歌唱完他就赶紧逃了，估计再让他唱可真想不出唱什么了。

林晓璐也来了，她把两个音箱分别放到最远的距离，张开双臂说："这才叫环绕立体声。"大家都笑了起来。

林晓璐唱起歌来毫不逊色，大家跟着一起唱起来。唱完后，她怕大家放不开，就掏出手机装作要接电话的样子出去了。连长指导员都走了，正式的狂欢就拉开了序幕，我们轮番抢话筒，劲爆的音乐把情绪都调动起来了，大家开始找手头上能敲的东西，脸盆饭缸筷子齐上阵，唱着跳着，忘乎所以。这时门外闪进来一个影子，悄悄地站在大家身后，一言不发。

陈菊妹正揪着焦玉明的耳朵打转转，把水泼到他身上。焦玉明追着她打，一抬头看到冯云伟凶神恶煞地站在门口，顿时像被点了穴一样不动了，随即所有人都看到了冯云伟，一切戛然而止。只有电视里那个长发披肩的男歌星还在闭着眼睛声嘶力竭地吼着，冯云伟抬了抬下巴，陈菊妹赶紧走过去把电视关了。

屋里只剩下寂静，连仅剩下的呼吸声里都带着一丝紧张，过了许久，冯云伟才说话："我当了十几年的兵，从没见过军营里有人这样唱歌，让你们放松一下，娱乐一下，你们就肆无忌惮了？"

林晓璐本来在房间里看书，听到外面突然安静下来，就觉得有些蹊跷，来到电视房外，就听见冯云伟吼："谁都别想唱了，以后也别想搞什么派对，给我收拾干净了，站在原地面壁思过！"

冯云伟气哼哼地往外走，差点没撞林晓璐身上，他又不好意思走开，就在门口和林晓璐并肩站着："像什么样子，我就说了，不能惯着他们，蹬鼻子上脸，给点阳光就灿烂，给点月光就浪漫，给点洪水就泛滥。"

林晓璐笑了起来："该让你当指导员，讲起来还一套套的。连长，你太操之过急了，他们从地方来到部队，总得有个适应和改变的过程，他们亲身经历过了、体验过了，就知道怎么做了，这样吧，让他们坐在那里看会儿电影吧。"

冯云伟的怒火也平息了下来："好吧，不能太饿着他们，刚才正在兴头上，我一盆冷水泼下去，心里肯定不好受，再说也没犯什么原则性的错误，只是过头了。过是什么，过就是走在了分寸的前面，以后他们知道把握分寸就是了。"

林晓璐进了电视房，看到我们都垂头丧气地扫地，心里产生了一丝怜悯，走过来一一拍了拍大家的肩膀。我转过身去，从上衣口袋里掏出自己入伍前的照片，照片上的我穿着破洞牛仔裤、蝙蝠衫，戴着两只大大的耳环，一脸落寞地站在操场的围墙边，那时并没有什么真正的苦恼，无非就是感情失恋了、考试落单了，虽是少年，却爱上层楼，为赋新词强说愁，如今初尝到了愁滋味，却只能欲说还休。时光就那样静默无声地流去了，捎带着我的青春，现在回想起来校园时光竟如水一样清淡。上大学那会儿，早晨没课的时候睡到十一点，中午吃完饭，买瓶可乐回宿舍往那一坐，就在网上神游起来，大学校门永远没有站岗的哨兵拦着你，向你要请假条，想去哪就去哪，没有人检查你的被子叠得像不像豆腐块，没有人检查地板有没有拖。现在，只要地上有一根头发丝，小黑板上都会被通报，每天上午我们出去以后，连长和指导员就开始轮流检查卫生了。中午回来，第一件事情就是冲向小黑板，看看内务检查的结果，通常大毛病没有，小毛病不断，比如牙膏牙刷没有摆放在一条线上，桌子上的水杯忘记收起来，地上有头发丝等等，大家一看到这些就捶胸顿足："哎呀，怎么这么大意呢？"

现在，必须接受这单调、重复和沉闷，因为身上穿的不再是牛仔裤、T恤衫，而是庄严的军装，这绿色神圣、纯粹，却又包含着复杂的内涵，其中滋味只能慢慢去体会了。

从莘莘学子到钢铁战士，从大学校园到绿色军营，从安坐于课堂到驰骋于训练场，我们的转身，漂亮也艰难。

林晓璐专门选了喜剧片让我们看，不一会情绪就扭转回来了，不愉快的事情转眼间就能抛到九霄云外去，像电视机换频道一样迅速，时不时迸发出笑声。我心里却是五味杂陈，说不上来什么感觉，在这前不着村后不着店的孤岛上一待就好几个月，任外面的世界多么喧嚣浮杂，都跟我们没有关系了，我们都成了绝缘体。

夜，褪去了白日的喧嚣，如同一幅黑白的写意水墨，袒露着最真切的本色，海也已经沉寂，远处的山影影绰绰，诉说着夜的纯粹。我在学习室看杂志，看到这样一篇文章，说一个人最合理的生存状态应该是脚踏大地、仰望星空。不禁觉得豁然开朗，简短几个字，好似树立在人生道路上的路标，闪烁着智性的光芒。脚踏大地、仰望星空，最精辟地诠释了现实和理想该怎样去对接，该怎样真实又清醒地行走在大地上，去弥补横亘在现实与理想之间的鸿沟，这也许是一种美妙重合吧。

我想生活总不是一马平川的，有春光烂漫也有雾雪弥天，有和风细雨也有霜刀雪剑，有静月荷塘也有急流险滩。纵然江湖险恶，也应该在心中留有一片星空，只有仰望星空才能摆脱狭隘的拘囿，抵达一种宽宏的境界。

二十一

　　岛外已经是春意盎然了，岛上依然天寒地冻，我的手生了冻疮，开始是鲜红色的斑点，后来就变成了紫色，冻疮密密麻麻地挤在手背和关节上，黄色的脓水不停地流出来，看上去像一只只紫色的眼睛。冻疮生多了，重叠在一起，关节就粗大起来，肿胀而透明，我的手以前是非常漂亮的，用纤纤玉指形容一点都不过分，十指修长，柔若无骨，现在却像是烂掉的茄子。

　　不知什么时候我手上的冻疮被焦玉明发现了。有一次我去洗碗时，他悄悄走到我身边，说他有好办法治冻疮，然后神秘地一笑走开了。我看他在院子里的空地上支了个箩筐，还撒了些小米，问他干什么，他说捕麻雀，小时候在老家，他奶奶就用麻雀脑浆给他治冻疮。

　　当他把稠糊糊的脑浆端到我面前时，我很坚决地拒绝了，一来觉得残忍，二来觉得毕竟是脑浆，涂到手上，太可怕了，焦玉明很无奈，我也为那几只做出无谓牺牲的麻雀感到惋惜。于是他又改另外一个偏方了，用杀鸡后给鸡脱毛的沸水烫手，他说这个方法也很管用。为此连队几乎所有的肉菜都换成了鸡肉，蘑菇炖鸡、辣椒炒鸡、麻辣烧鸡，以至于后来我们连的人一看到鸡肉就想吐。好在他们不知道焦玉明是因为我才把每天食谱中的猪肉、牛肉都换成了鸡肉，如果知道了，他们肯定会恨死我。这个方法最后也以失败而告终，因为我实在忍受不了热气中蒸腾的腥味，我宁愿两个手就这样烂掉。

　　就在我的手惨不忍睹的时候，却传来了让我惊讶的好消息，我被调到了师宣传科帮忙。一个刚刚下连的新兵被借调到宣传科，还是头一次，缘由就是我在《前卫报》上发了一首诗。

从军曲

滤去羌笛关山月
旭日东升
军歌嘹亮
与万道金光共畅
扬鞭奔驰共放歌

拂去碧光天如练
青山依旧
钢铁意志与如血丹心共铭志
浇注铮铮誓言
纵横三千里江河
壮志凌云与英豪长剑共出鞘
漫卷旌旗励志卫国戍边

待看风光自流转
未敢忘危
浩然正气与一寸赤心惟报国
铸就军魂气冲霄汉云天

不再对芳尊浅酌低唱
风光流转七彩梦中萃取出橄榄绿
钢铁营盘中回荡着军歌嘹亮
碧天如练青山依旧
不指南方不肯休的铮铮誓言
丹心如血映照斜阳无限

这首诗在宣传科长心里引起了轩然大波，他没有想到我能写出这么豪迈的诗来，连连惊叹我瘦弱的身体里竟然蕴藏了这么多激情。科长听说我是美术系毕业的大学生，在学校时还办过校园诗社，脸上的惊喜一层层荡漾开来，那神情好比伯乐终于发现了千里马，立刻让我去宣传科帮忙。他还用他的经历激励我，说自己当战士时经常写报道，就是因为在《解放军报》上发了个头条，一下子立了三等功，提了干，后来一步一步当了宣传科长。

我心里暗暗感叹："还是部队好啊，懂得用人。"我踌躇满志，干劲大增。科长让我参与写师长的讲话稿，这让我有一种英雄终于有了用武之地的感觉。我打着手电筒熬了三个通宵，在干巴巴的材料上注入鲜活的语言，连我自己都陶醉起来，是我让这材料枯木逢春，有了生气，有了色彩。第四天早晨，我瞪着兔子一样红肿的眼睛把讲话稿放在了科长面前。科长念了个开头，怎么也念不下去了，他抬头看着我，就像看外星人一般，把我看得毛骨悚然。他承认让一个从未写过材料的大学生写讲话稿，只是想检测一下我的能力，没想到我把他心存的一点幻想无情地浇灭了。从此科长不再提让我写材料的事了，而是让我去挖掘典型，我就认认真真地去采访，写了几篇报告文学，科长又说我事迹挖掘得不到位，写得太琐碎了。我反驳说基层典型说白了就是干零碎活，和平年代哪有什么英雄，英雄只存在于传说里。

再后来科长连典型也不让我挖了，只让我干些送文件、接电话之类的活儿。

我越想越生气，越有气就越不能专心，许多该用心去做的事情就在漫天飞舞的心烦意乱之中被漠视、被忽略了。我暗暗宽慰自己，在情绪上做文章，这是对自己的浪费。

但科长还是不甘心，他觉得我一定有特长，而且十分确定我的才华被埋没了，他非要充当伯乐的角色，像炼油一般把我的才能榨干才罢休。他再一次把我叫去，给我一个相机，说你不是学美术的吗，美术摄影本来就不分家，你负责拍照吧。

我扛着相机，像扛着机关枪一样，把从我面前经过的人都当成了靶子，猛拍一通，搞得所有人都没了脾气。但他们脸上都挂着讪笑的表情，我给师长写讲话稿被毙的事情被他们当成了笑话，我一时间成了名人，说起来就是："那个给师长写讲话稿的大学生。"他们甚至一看到我出门就取笑我："去写讲话稿吗？"

我觉得伤了自尊，一个人对我的歧视是伤害，一群人的歧视就是扭曲，所有人的歧视就是毁灭了。

我因为心情不好又顶撞了冯云伟，原因是我们成立了舞龙队，专门为了欢迎首长视察的。每天要扛着十几斤重的东西要来要去，只要首长一来，我们就像动物园的猴子一般被牵出来耍上一阵，站在码头上营造着锣鼓喧天人山人海的氛围。为了能表演得像模像样，每天下午的体能训练都换成了练杂耍，这是个毫无乐趣可言的训练，我们宁愿去跑三公里也不愿意练这个。

战士们怨声载道，但都敢怒不敢言，我提出了抗议。冯云伟还是强制我继续训练，我说要不你来替我，他的小眼睛猛然瞪大了很多："这是命令，不然的话，你就去跑三公里！"

"你惩罚我们的办法只有一个，就是跑步，你就呆板到连惩罚我们的花样都想不出来，我真不知道怎么还会有像你这么不懂得变通的干部！我们是来当兵的，又不是杂技团的，我们有抗议的自由！"

他沉默了，空气中有一种剑拔弩张的气氛，我随时准备应战，反正无所谓了。但这种紧张气氛一点点坍塌下来，像是一层厚厚的积雪无声地化开了。

"我知道你不喜欢受约束，不喜欢假大虚空的东西，你以为我喜欢吗？我不能阻止你的想法，但你只能想想而已，这里不需要你的个性，也不需要你的反叛，即使你把你的牙瓣下来，明知道消化不了，也得囫囵往肚子里咽，有些时候，你只能服从。"

孤独和迷茫像海上升腾的白雾一样紧紧地笼罩着我，我像是蜷缩在蚌壳里的软体动物，装作刀枪不入的样子。

焦玉明——这个入伍已经十一年的老兵，成了我的知己，我像抓住一根稻草一般紧紧地抓着他，在这样一个环境里，他成了我可以依靠的铜墙铁壁。

灯光下，他把当兵以来的经历讲给我听，在他声情并茂的近乎演说家的描述中，我就像看了一场励志电影。

我刚下连的时候，就派我去养猪，可能就是因为学历低的缘故吧，我是初中毕业。和我做伴的还有一个上等兵，我想养猪就养猪吧。那段时间总是下雨，猪身上开始长癣，上等兵领来治癣的药，我想挨个儿抹多麻烦，干脆搅拌到猪饲料里，内服比外用说不定更有效呢。我三下五除二就把药拌到猪饲料里，猪们一哄而抢，看着猪食槽里一干二净了，我就去睡觉了。

那一夜雷雨交加，屋里也进了水，我睡得比猪还死，毫无察觉。第二天，上等兵跑来把我推醒："猪们在游泳呢。"

我跑去一看，五头猪全死了，在水里漂着，我一下子蒙了，把上等兵拽过来，说："咱俩是好兄弟不？"

别看他比我早来一年，是个老实得有点木讷的人，我一说这话他就蒙了，只知道点头。

"是好兄弟就得保守秘密，给猪吃治癣药的事跟谁都不能说。"我又是威胁又是利诱。

他答应了，又说那领导追问起来咋交代？

我使劲挠了挠头，眼珠子一转，捡起掉落到猪圈里的一截树枝说："哎，有了，就说雷劈死的。"

这一上报不要紧，指导员气势汹汹地来兴师问罪了："焦玉明！猪咋死的？"

"报告指导员，我也不知道，我早晨起来一看，猪圈淹了，我还以为它们游泳呢，再定睛一看，漂了，敢情是被雷劈死的。"

"劈死的？猪干坏事了？天打五雷轰了？"指导员斜着眼睛狠狠白了我一眼。

我赶紧闭嘴，再解释下去就是掩耳盗铃，越抹越黑。

指导员再不敢让我养猪了，把我调进炊事班，以前从来没进过厨房，现在又掂起了饭勺。过了一个月，我天天择菜，打下手，看也看得差不多了。班长让我亲自掌勺，可把我乐坏了，炒出的芸豆碧绿碧绿的，看着就有食欲。

谁知你猜怎么着，没炒熟，整个连的人食物中毒，上吐下泻，好歹没有出人命，训练也搞不成了。我们团长正在军部开会，连夜"嗖嗖"地就赶了回来，我那个心里啊，沮丧极了，怎么一件事都干不好，反倒总是惹是生非。指导员拍着桌子要给我记大过，团长拦下了，他把我叫到办公室，说："不要有思想包袱，什么事情都是万事开头难，闯了祸，改正就好，无论做什么事情，一定要细心啊，你还回炊事班，还继续干你的工作，不过这次可不能马虎了啊。"

我当时差点就给团长磕俩头了，真没想到团长能原谅我，但其他人能原谅我吗？

出了办公楼，我溜着墙边往回走，一路上连头都不敢抬，回到炊事班，大家依然很热情地跟我打招呼，就像什么事情都没有发生过一样。中午做饭的时候，班长依然把锅铲递给了我，我不敢接。

"垃圾兵！犯了一次错误就吓成这熊样了？要是吃饭噎着了，你以后就不吃饭了？拿着，干！"班长的大嗓门震得我两个耳朵嗡嗡地响。

我接过锅铲，麻利利地干了起来，不一会儿四样菜就炒好了。开饭的时候，他亲自把一盘盘菜端到了饭桌上，吃完饭收拾餐桌时，我听到几个洗碗的战士议论，一个说这是我来了之后吃过的最好吃的一顿饭了，那酸菜鱼做的，地道。另一个说是啊，我也觉得好吃，而且颜色也好看，看着就有食欲。听到这里，我激动坏了，连忙去把班长拉过来，班长莫名其妙，说："你干什么？"我对那两个战士说你们说："你们接着说。"

两个战士都笑起来："你是让我们中毒的那个兵吧，我们都听说了，炒个菜都炒不熟。"我说："刚才你们还说今天中午的菜好吃呢，告诉你们，那是我做的。"

那俩兄弟眼珠子都快掉地上了，我找到自信了，决定不再吊儿郎当地混日子，就当个好厨师。我请假出去买了菜谱，潜心研究起川菜来，连里的四川兵多，要让他们在北方吃到正宗的川菜。有时候洗完碗，我还蹲在洗碗池旁看一会儿书。

我天天系着围裙围着锅台转，做了早餐做午饭，做了午饭做晚饭，以前从没正眼瞅过的青菜、萝卜，现在觉得个个都很可爱，看到它们静静地躺在那里，就想着把它们做成菜后会是什么样子，我还特别注意什么菜相生相克。三百六十行，行行出状元。会做饭的炊事员一大把，能把饭菜做得人人都说好的却不多，从那以后我的手艺得到了全连的认同。

对了，我还办了一件大好事呢，促成了一段好姻缘。炊事班原来有个叫李康的，人送外号"康师傅"，现在已经退伍了。他当时三十岁了，就跟我现在一样，应该属于大龄青年了，好不容易托人认识了一个老家的女朋友，在商场化妆品专柜当导购员的，两人情投意合。可是女孩她爸却有点犹豫，觉得在一个海岛上当兵，两地分着不说，一年到头想见个面都难，这下可急坏了我们连长，专门安排他休假。"康师傅"好几次登门，每次一去就系上围裙扎进厨房里，可一手好手艺却得不到老爷子的认可，而且连长专门批假让他回去解决个人问题，他压力更大了，万一黄了，还有脸回来吗。

我就跟他研究，先来个刨根问底，搞清楚他是哪里人。"康师傅"说贵州的，我就猜思他肯定喜欢吃辣椒，李康说太对了，他顿顿离不开辣椒，我就说这不就好办了，你给他做辣菜，保准他喜欢。可"康师傅"考虑问题总是"一根筋"，说她跟她妈都不吃辣椒，我说这更好办了，你做两个辣菜，其余的做成不辣的不就行了。"康师傅"不擅长做辣菜，还是我教了他两道菜，一开始"康师傅"还不信任我，半信半疑地跟我学了，结果回了老家，"康师傅"再一次主动下厨，老爷子尝过他做的菜，笑眯了眼，说他能把菜做到这个份儿上，准是个有心人，还说他的战友们有口福。就这样，"康师傅"靠自己的厨艺赢得准岳父的肯定，那天在老家他还给我发了个信息：兄弟，真有你的，事情搞定了。

其实我也没啥，总吹牛说有一套"葵花宝典"，其实就是先摸清底细，做病号饭有做病号饭的规矩：先问病号老家是哪的，再问得的什么病，还要给菜取一串响当当的名字，让人听了就爱吃。其实这本领也不是光吹就能吹出来的。我也下了苦功夫，刚当炊事员时，看到官兵因饭菜不对胃口浪费太多，就用了三个月的时间，"啃"下五本专业书，节假日总请假外出，见到大馆子就往里钻，不点菜不吃饭直奔操作间，没过多久，蒸煮煎炸炒各式手艺都学到了手。

跟我一起分到团里的一个战士整天训练没精打采，吃不下饭，睡不好觉，他们班长向指导员汇报时，正巧被我听到，我就说让我试试。我估计他想家了，出了门就拿着小刀房前屋后挖荠菜，不到半小时，一盘"焦师傅手工水饺"往他面前一放，配上两根菜地里刚采下来的嫩绿蒜薹，还有一小碗香油香醋拌蒜末，他吃下第一个饺子后，眼含热泪说跟他妈做的一模一样。

再看看周围，一双双和蒜薹一样绿的眼睛，我问有谁愿意晚饭吃水饺，齐刷刷地都举起了手。我答应他们再去挖野菜，晚饭一定让大家吃到水饺，连长拍着我肩膀说要不怎么说一个炊事员顶得上半个指导员呢，你小子有两下子。

焦玉明自顾自说了二十多分钟，我像听评书一样听得入了神，我想也许梦想中的舞台很大，但现在的舞台也许真的只要半米直径的圆圈就够了。我每天跟在阳光后面，就像一个被牵着线的风筝，为了选取角度，阳光洒到哪，我就跟到哪。阳光像是一个看不见的游魂，我像一个捉妖师，相机就是我的道具，我要捉住它的脚步，让它现出原形。

余晖在即将沉没的时候，海尽头涌出大片大片的酱红色，就像是从一个口子里猛然挤出来的一样，整个海岛像枚黑白印章一样被戳在酱红色的天空里。海岛上唯一一座妈祖庙在黑白色中显得萧索、干净、低沉。檐角上的麒麟高高的优雅地伸向了天空，整个海岛像是从烟雾中变幻出来的海市蜃楼，邈远、宁静、不真实。

最后一缕光线也消失了，暗下去了，像一艘船正向着深不见底的大海沉下去，整个岛又变回了一口大黑锅，我跪着、趴着、站着、蹲着，疯狂地按着快门，直到伸手不见五指才停下来。相机像刚刚打过子弹的机关枪，通体发热，我紧紧抱着它，把脸贴在上面，它就是我的武器，我要带着它，攻克那一双双蔑视的眼神，把它们都踩在地上。

焦玉明常常在做完饭后，晚点名前，抽空和我聊一会儿，当然是趁人都不在的时候，就像解放时期监狱里趁放风时刻偷偷交换情报的地下党一般，小心翼翼的。他的那些光辉历史虽然已经时过境迁，但他却自豪地、悲壮地、极其过瘾地露给我看。

我们的谈话就像乘着一条渔船安静地从海面上漂过，从班里聊到排里，从排里聊到连里，从连里聊到演出队，从演出队聊到师机关，肆无忌惮地议论着周围的人、周围的事。只有在这个时候，我心里才会升腾出一种指点江山的豪迈，我知道焦玉明已经对我动了心思，我却丝毫没有停船上岸的打算。我们只有在一起说话的时候才能达到一种平衡，才是水乳相融的。一旦风浪过去，当我重新起航的时候，他就会被远远地抛在后面。

也许焦玉明对于我，就像当年苏泽里对于母亲一样，只是一个驿站，一个累了暂时停靠的地方。他的脑袋经过长年累月的烟熏火燎已经开始谢顶，灯照在脑袋上反射回来的弱光已经足够温暖我。是的，我只要这一点点温暖就不会被冻僵。

焦玉明总是想尽办法接近我，每次轮到我当小值日的时候，他都在打饭的窗口站着，我的盘子里总是会多出来几块肉，在走廊里碰到了，他也会往我手里塞上一把花生米，或者一根黄瓜，当然我不是刻意为了那一把花生米或者黄瓜才接近他的，但现在我还舍不得把他推开。

　　这一天轮到我帮厨洗碗，我把头埋进一堆锅碗瓢盆里，那个洗碗用的大水槽取之不尽用之不竭，怎么也洗不完。我洗碗的时候走神了，想到去年的这个时候，我还无所事事地在街上四处漫游，像一只晒蔫的茄子。我从来不做家务也不洗碗，只有在姥姥无法忍受、面露不悦的时候，才会把被子整一下。

　　洗完碗我准备去倒泔水，焦玉明过来帮我。那天刚刚下过雪，海岛上就是这样，一年中有半年的时间会下雪，整个世界很清爽地冷下去，天地间有一种淡然的意蕴。我踩在雪地上，脚底下发出的吱吱嘎嘎的声音让一种莫名的快乐从心底升起，那声音听起来就像小孩子的笑声，纯洁无邪。我使劲跺着脚，想让这声音更大些，焦玉明歪着头看着我笑，就像一个大人看着一个小孩。我突然没有由来地问了一句："你为什么喜欢我？"这话问出以后，连我自己都吓了一跳，我看着自己口中呼出的白气在两人之间散开，散成一片水雾笼罩的苍茫。

　　"我心疼你。"他抬头看了看远处，说了这么一句。

　　顿时，我脸上的笑就在这寒冷中冻住了，这句话闪着粼粼的光，像照妖镜一般，剥掉了我所有的骄傲和自尊，一下子把我打回原形，我不甘心地问了一句："心疼我什么？"

　　"不知道，从我见到你的第一眼，我就觉得应该心疼你，应该有人对你好一点。"

　　他心疼我，倒不如更直白地说他可怜我。他看我就像看一个刚刚学会走路的小孩，那么幼稚、滑稽、可笑，他对我的好不过是一种怜悯、一种奖赏，他穿透了我层层包裹起来的壳，在我最柔软的地方狠狠地划了一刀。

　　这是我最后一次接受焦玉明的帮助，从那以后，他再来帮我的时候，我就一点缝隙都不给他留了。他的喜欢不是由衷的欣赏，而是长着牙齿的，会把我咬疼，我不要这种喜欢。

　　就在我抱着坚定的决心不再接受焦玉明的任何帮助时，我却拉肚子拉得都快要站不起来了，半小时里已经去了七八趟厕所。我去找冯云伟请假，本来以为冯云伟会关切地问一句的，结果听到我请假，他只是看着我，然后轻微地点了点头，这让我心虚起来，仿佛我不应该请假，请假是偷懒的表现。

　　焦玉明上楼来，端着病号饭的经典套餐——两个荷包蛋加一大碗面条，再点缀上两片青菜叶子。通常病号都吃不了多少，这碗面条一端上桌就被几双狼一般的眼睛直勾勾地盯着，像孩子想得到糖果而讨好地看着大人一样看着我，只等我发号施令，我说："大家一起吃吧。"

她们立刻从凳子上站起来，一哄而抢。我问焦玉明怎么知道我病了，他说连长告诉他的，并嘱咐他煮面条。我的心仿佛被什么东西紧紧地攫住了，也许冯云伟实际上是很在乎我的吧，但这种想法随即就被自己否定了，怎么想那么多，这只不过是一个主官对战士的关心罢了。

焦玉明没有觉察到我的变化，一直埋怨我说为什么生病了都不告诉他，那口气仿佛我就是他的女朋友，他完全有义务和责任来照顾我，而我没有让他发挥他应有的作用而忽视了他。

我突然很生气，为什么要在这么多人面前表现出对我的热情呢，故意让人知道我和他关系很亲密吗？我狠狠地瞪了他一眼，他应该明白我是不会看上他的。

我突然问了他一句："你觉得我应该找个什么样的男朋友？"

这句话突兀地从我嘴里冒了出来，像一把箭镞直直地射向焦玉明。他的脸变成了白色，又变成了红色，等一会儿又变回了白色，他想笑笑，但嘴角抽动了两下，怎么也伪装不出来，他像被人卸掉了盔甲，顿时间支离破碎。他不想再装下去了，他明白我说这句话的意思就是我根本看不上他，他知道自己做了一个不切实际的梦，甚至他连梦都不应该做。

晚上我感觉稍好了一点，就躺在床上听收音机，早就被淘汰的半导体此刻显得神通广大，像一个聚宝盆，打开之后就走进了大千世界。我听着听着就要睡着了，蒙眬中感觉狭小的床像一个巨大的花蕊轻轻托着我。

"女兵！"一声叫喊把我惊醒了，是冯云伟的声音。这时有人答应着跑出去，女兵宿舍是不能随便进的，门口有个铝合金的门，谁有事就会站在门口叫一声，哪个女兵听见了就会跑出去，一听那窸窸窣窣的脚步声就知道是陈菊妹。

陈菊妹好像对冯云伟格外感兴趣，只要一集合，她的眼睛就像雷达一样搜寻着冯云伟的身影，一旦找到了，目光就像一条带着黏液的舌头粘在他身上，再也不肯移开。

冯云伟轻声问陈菊妹我怎么样了，让她把药给我。紧接着就传来敲门声，陈菊妹进来了，递给我一盒药："连长都亲自给你送药了。"

我是听到这话才抬起头看她的，当我们四目相对的时候，我看到了一丝敌意在空气中划了一道凛冽的线，把我们隔开，但这敌意瞬间就随着她的脚步声飘走了。

二十二

昨天被今天吞噬，一种价值观念被另外一种价值观念代替。所有的气息混合成一种焦躁，蒸腾着，催赶着时间往前走。

中午的连队静悄悄的，我在连队门口的空地上撒上了花种，想象着它们开出小花的样子。这样就能看到其他的颜色了，待了这么久，看到绿色有点腻了，觉得自己也变成了一株绿色的植物，从里到外都渗着绿色的汁液。

津贴发下来了，岛上是个有钱也花不出去的地方，我干脆跑到小卖部给每个女兵买了一个卡子，各种颜色的都有，嫩黄、粉红、天蓝，唯独没有绿色的，我已经对绿色产生审美疲劳了，只想看看其他的颜色。我给每个战友夹到头发上，因为都是短头发，只能别到脑门上，大家说说笑笑地乱作一团，我照例举着相机左拍右拍。这时冯云伟进来了，没头没脑地扔下一句话："脑袋里装的东西越少，脑袋上的花样就越多。"

他转身出去了，我气得够呛，自个儿嘟囔："我招你惹你了，出门又没戴，在宿舍里戴一下怎么了，怪不得老大不小了还没人要，活该！"

刚好这天下午有个女孩来找冯云伟，听说是他正在处的对象，终于找到报仇的机会了。我愣冲冲地就进去了，直勾勾地瞪着女孩看，把人家都看毛了，满脸通红，以为出了什么事情，冯云伟一看这架势，知道我在报复他，说："有事吗？"

我脸上挂着很困惑的表情："连长，嫂子上午来过，你不在，她让我给你带了一盒茶叶。"

说着我把从会议室里拿的茶叶盒子放在桌上，转身出去了，只听后面传来女孩的吵闹声和冯云伟苦苦的哀求声："我真没有，这个混蛋孩子，纯粹瞎扯。"

我"嘻嘻"地笑着跑开了，看到女孩摔门而去，冯云伟失落地站在门口，一脸无奈地看着她的身影越跑越远。

我以为接下来就是冯云伟的一声怒吼，叫我的名字，然后罚我去跑三公里，然而他却转身回了房间，过了许久，一点动静都没有。这让我有点摸不着头脑，蹑手蹑脚地下了楼，看到房门敞着一条缝，冯云伟靠着床蹲在地上，把头埋在两腿之间，正狠狠地抽着烟，他一向不吸烟的。我的心突然像被刀割一般痛了起来，觉得这恶作剧搞得有点过分了。冯云伟今年三十多了，天天在连队里待着，本来和外界接触的机会就少，对象见了一个又一个，始终没有伊人在灯火阑珊处，现在刚刚有点苗头，又因为我的恶搞引起了误会。

我推门进去，小心翼翼地挪到冯云伟跟前，用胳膊肘碰了碰他："连长，对不起。"

我像一只从树上坠下来的小鸟，用惊恐的眼神望着这张因极度抑郁而扭曲的面孔，冯云伟像一尊雕塑般一动不动。我再次轻轻地推他："连长，我错了，我知道玩笑开大了。"

冯云伟仿佛被电击了一般，"呼"一下子站了起来，风似的旋出了屋门，看都没看我一眼。

这次轮到我难过了，觉得自己是一个刽子手，亲手扼杀了他尚在襁褓中的爱情。我很希望他能冲我大吼一顿，或者罚我跑三公里、五公里、十公里都行，只要能弥补自己的过错。可是他却用沉默惩罚我。

一个下午我都趴在床沿上画画，谁来我都捂住不让看，到了晚上点名后我偷偷去了冯云伟房间，把检讨书放在他桌上。正转身准备出去，却和他撞了个满怀，我窘得站在那儿，走也不是，不走也不是，他看到桌上放着一个信封，打开一看，上面画了一只挥泪如雨的猴子。他一下子笑了起来，笑得前仰后合："亏你能写出如此有创意的检查。"

我扭扭捏捏地用手搓着衣角，冯云伟猛喊了一声："立正！"

我一个激灵，赶紧立正站好，等候发落。

"把你的茶叶盒子拿回去吧，下次别忘了装上茶叶啊。"

冯云伟原谅了我，一场恶作剧就这样平息了下来，我抬起头看他的时候，发现他的眼睛亮晶晶的，有一种难以名状的东西。

二十三

　　大学生提干的名额分下来了，我们连有两个指标，男兵女兵加起来符合标准的有五个人，而女兵中只有我和陈菊妹，当冯云伟公布这个消息时，我们首先把目光瞄准了对方，四目相对的那一霎，像星星相撞，火花四溅，转眼间我们由盟友变成了对手。

　　我每天负责给李立群整理内务，这是不成文的规定，每一个干部的内务都是由战士整理的。我给她叠衣服，看到她军装肩章上的两颗星星时，羡慕从心底油然而生，如果有一天，我也和她一样成为干部该多好。

　　我久久地凝视着肩章上的两颗星，想起了苏泽里，当年他也曾怀揣着这样的梦想……

　　新兵连结束后，苏泽里分到了装备连。装备连负责警戒三亚一带的海面和天空，严防敌寇偷袭进犯，连队除了完成战备任务，进行导弹发射的军事演习，还要进行常规训练。四季炎热的海南，白天烈日当空，夜晚潮湿闷热，训练操场上光秃秃的，连棵遮阳的树都没有，水泥地面犹如一块滚烫的钢板，每次训练结束，人都像刚从水里捞出来一样，在太阳底下一晒，军装上都泛着白白的碱花。轻武器的训练课目更为苛刻，手枪、步枪、冲锋枪的立姿、跪姿、卧姿射击都要达标。尤其是夜间打靶，对每个战士来说都是一项高难度的考验，目标在黑暗处闪光三秒，必须在这三秒钟完成瞄准，然后持枪稳住，等目标再次骤然闪现时击发……

　　在严格的训练中，苏泽里格外刻苦，由于成绩优异，各方面表现出色，枪杆子笔杆子都过硬的他当了连队的文书。文书在部队上被称作"不是干部的干部"，是连长指导员的左膀右臂，苏泽里如鱼得水，终于有了展示自己的平台，两年后他又被调到营部任代理书记，无论是文书还是代理书记，苏泽里都干得有声有色。在文体活动方面，苏泽里更是活跃分子，一手漂亮的乒乓球打遍全营无敌手。

　　基地宣传部很中意这个军营才子，提干离他只有一步之遥了。然而机遇在向他招手的一刹那突然翻了牌，部队接到了精简命令，提干一律暂停，服役期满的军人按照"陆三海四空五年"的惯例复员。本来首批复员名单里面并没有他的名字，但他把指标让给了一名有着种种困难的战友。在那个年代，青春是有代价的，成长也是要付出艰辛的，遇上什么样的时代，什么样的环境，就能造就什么样的人，这是一种机缘的巧合，苦难锻造了苏泽里坚忍不拔的品格，也让他有了普世悲悯的情怀。

　　当军旅生涯告一段落时，意味着苏泽里再一次站在人生的十字路口，思考今后的道路该往哪个方向走，该怎样走，他该用青春去做什么。这些问题在临近退伍时始终盘亘在他的脑海里，思来想去还是觉得茫然。

　　背囊已经打好，肩章已经摘下，要离开这个生活了四年的海岛时，苏泽里没有想到自己会泪如雨下，在那个充满了分别伤感的冬季。总以为人心都会在成长中被磨砺得愈来愈坚硬，他想平静地与战友道别，心里却是抑制不住的痛，背过身去让泪水肆意地流，流成一泓欲说无语的慨叹与茫然。

　　那四年清晰地印在岁月的雾霭里，汇成一首清新的歌在人生的长河中绵延轻旋，他不止一次用深情的眼神回望那段日子。铁打的营盘流水的兵，新兵入伍、老兵退伍是军营必须完成的新陈代谢，迈出这座军营，苏泽里这个名字就只是一个符号或者一个统计数字。

　　他脱下军装，踏上了回家的路。

　　苏泽里把提干的名额让了出去，我呢，我不会让，这是一座独木桥，我只能迎头向前走，即使有一天我会跌落下来，但我不能退缩。如果我实现了苏泽里当年的梦想，不知道他该有多高兴。

　　李立群进来了，我赶紧收起散乱的思绪。她从后面看像一棵树，我也期望有一天能像她一样。她永远都那么骄傲，走路时脖子拔得高高的、直直的、挺挺的，像里面放了两根钢条撑着，她的头是向后仰着的，目光径直看着很远的地方，近距离的人和物根本都入不了她的视野。每次一见到她，我们就响亮地喊着："排长好！"她从来都是从鼻腔里发出轻微的"嗯"，或许她根本就不知道谁在和她打招呼。

关于李立群的故事，我来了之后就听到不少，也亲自领教过她的犀利和泼辣。李立群是地方大学生特招入伍的，关于她怎么来的，有很多传闻。有人说她有一个当将军的父亲，有人说她在学校里表现非常出色，正好部队去招人，就把她吸纳进了革命队伍，但说法不一，也无从追究。但一个事实是有目共睹的，那就是她的到来就像一颗璀璨耀眼的星星落在广袤的沙漠上，引起了不小的轰动。在这个本来就男多女少的群体中，除了指导员林晓璐这样的"已婚妇女"外，像她这样的单身女干部就像国宝一样珍贵。每天下午的体能训练都能看见李立群优美的身影来回穿梭在训练场上，像风一样荡漾着男人们的心田，训练的气势呼呼地往上涨。

指导员林晓璐正申请要一套房子。她丈夫在一家设计院工作，平时忙得焦头烂额，不能保证每个星期都坐四个小时的船来看她。连队里的女兵盼望"军姐夫"来的心情比林晓璐还要迫切，因为"军姐夫"每次来都会大包小包地拎上一大堆零食。女兵们围着"军姐夫"又是倒水，又是聊天，这可害苦了林晓璐。本来想关起门来说说悄悄话，亲热一下，这可好，一会儿进来一个，一会儿又进来一个，林晓璐只能望着一脸无奈的"军姐夫"苦笑。

每次"军姐夫"漂洋过海来一趟，总想带林晓璐出去吃个饭，但又觉得不叫上排长班长去打打牙祭不好意思，所以每次都是集体行动，没有单独相处的时间，晚上军姐夫还得孤零零地住招待所，或者去跟男兵们挤一下。林晓璐就想去营房科申请个宿舍，哪怕很小很小，只要有个独立的空间就好。

林晓璐自己去找营房科交涉了几次都未果，原因是房源紧张。现实状况确实是这样的，单位搞营建，旧楼拆了好几栋，机关干部都没有地方住了，营房科长也不是孙悟空，不能凭空变出房子来，他们也着实没有办法。林晓璐觉得自己是在给营房干部出难题，也不好意思去了，事情就这样搁置起来，林晓璐和"军姐夫"依然不得不在众目睽睽之下眉目传情、暗送秋波，仿佛两个高中生谈恋爱一般，羞涩地、淡雅地、清纯地用眼神传达着爱恋。

　　李立群真真切切感受到指导员的辛苦，但也爱莫能助，唯一能做的就是"军姐夫"一来，她就像赶鸭子一样把黏黏糊糊的小兵从指导员房间里拎出来，把房间门关紧，自己像个门卫一样守在门口。林晓璐看在眼里，不胜感激。

　　话说来也巧，有一天连里都在电视房看新闻，突然漆黑一片，停电了，终于可以不用看新闻了，除了少数几个，没人对新闻联播太感兴趣。

　　林晓璐赶紧给营房科打电话，那晚正好营房科长一个人在办公室加班，他说马上就到通信连来看看，李立群就在门口等着他。

　　营房科长急匆匆赶来，步子迈得很大，几乎是一闪就到了李立群面前，后面还跟着一个职工，李立群跑过去劈头盖脸就来了一句："你是管分房子的吗？"

　　那时李立群还没授衔，只挂着学员肩章，科长回头一看，一个小学员站在身后，脸上的表情很认真，不禁笑了："你刚毕业？"

　　"嗯，刚来的，我们指导员还没有房子，每次我们姐夫来都没地方住，你们总得想办法解决一下吧，要不然长期两地分居，夫妻感情出现裂缝，你们来负这个责任啊？"

　　好一个伶牙俐齿的小姑娘，这倒把科长逗乐了，来修电呢，先挨了一顿训。

　　这时林晓璐过来了："科长，您亲自过来了，不好意思，老给您添麻烦。"

　　"哪的话，为你们服务是应该的，怎么叫麻烦呢？"科长客套着。

　　"就是啊，为我们服务就要保障到位，把指导员的房子问题解决好。"旁边的李立群咄咄逼人。

　　"立群！"林晓璐喝住她，她才没有继续说下去。

　　科长走的时候连连说："你们这个小学员挺厉害啊。"

　　最后虽然林晓璐的房子问题没有解决，李立群却名声大噪，大家反而觉得李立群就是个任性的小孩子，很可爱。正因为这样，她就可以恃宠自傲，可以蛮不讲理，可以撒娇撒野，没有人会跟她计较。领导们经常把李立群叫到办公室，或者在路上碰到后，说的第一句话也是："小李，个人问题怎么样了？"

　　李立群总是含糊其词地把这个问题搪塞过去，她在大家眼中是那么高不可攀，她不属于这里，迟早都是要飞走的。

　　也有人像是推销员一样，向李立群推销着自己手中的"宝贝"。当然闪光点都不在"宝贝"身上，而是"宝贝"身后殷实的家境或者显赫的背景，一条条光明大道铺在了李立群的面前，生活向她展开无限的可能。也有心神荡漾的单身干部，纷纷向李立群发射出爱情的信号，但李立群像是戴望舒那首诗里写的："我是比天风更轻更轻的，是你永远追随不到的。"众人只能"望洋兴叹"，大眼瞪小眼地看着李立群终究会花落谁家。

我和她一样的年龄，她已经是中尉了，我还只是个兵，我和她之间的差距那么大，那么大。她都敢和师机关的人顶嘴，而我只能垂着双手立正站好，嘴里不停地说："是。"

努力吧，她就是我要努力的方向。

我把拍的照片寄到杂志社，参加各种摄影比赛，只要是和摄影有关的，我全部要参加，仿佛这是我自己的事情，一定要全力以赴，一定要义不容辞。寄出的照片绝大部分杳无音讯，终于有一天我收到了杂志，也收到了稿费。我自费去岛上唯一一家打印室复印了很多份，发给连里的每一个人，也拿给了宣传科长看，他高兴地拍着桌子喊："我就说你有才嘛，你看看，被我说中了吧。要培养，要好好培养！"

他的这句"要好好培养"给了我莫大的鼓励，我仿佛看到自己已经扛上了带着两颗星星的肩章，还有了姓名牌，上面写着"苏红果"三个字。那一天我的心情出奇的好，阳光大片大片地泼洒下来，我的脸上写满了灿烂，我觉得我就是那条在龙门下等待一跃而过的小鲤鱼，只待时机成熟。

二十四

　　陈菊妹比我更疯狂，自从被列入提干对象后，她雷打不动地五点起床，然后拿着那本《提干考试纲要》大声地读。发下书来的第一天，她就把我们所有人都吵了起来，大家以为发生了什么事情，李立群把她叫过去，说你学习我们不管，可你不能影响别人休息。她说这是她从小养成的习惯，只有大声地读出来，才能记到心里去，小时候背英语单词都是在山上喊，每一个单词喊出去，都能听到回音，仿佛有人跟她一起读一样。李立群说这里不是你家的山头，你不能占山为王，迫于无奈，她把读书的时间改成了出操后。在伴着她气势如虹的读书声度过了好几个清晨后，有人开始拿出迷你音响来，放歌压住她的声音，但她丝毫不受影响，每天在院子里的草坪上一只手拿着书，一只手还不停地来回摆动，仿佛要打着手势才能更好地理解书本上的东西。我看到她的嘴巴像干涸的池塘里的鱼似的，一张一合。

　　你如果以为美丽的姑娘都头脑简单，那就大错特错了，刚到通信连的第一次业务考核，陈菊妹就拔了尖。她对自己非常狠，睡觉时在被窝里背，课余时拿着"口袋书"背，从那以后，通信站的兵们对她都刮目相看，每次考核，她的成绩都遥遥领先。只有第一，没有第二，这是她的理念。她填写话单速度四秒，打字速度每分钟二百个，上线速度一秒，接转电话无一次差错，这个聪慧的姑娘还练就了独特的"听音知人"的硬功夫，令老兵啧啧称奇。我知道她不一般，心气高得很。

　　她在我眼里是个非常奇怪的姑娘，她的举动总是令我不解。她保持了记日记的习惯，在日记本里为所欲为地对我们评头论足。也许隐约有一种不安全感，她用了很多隐晦的词语，并分别根据我们的体型和肤色起了外号，茄子黄瓜西红柿鸭梨等，乍一看还以为到了菜园子。日记本摆脱不了被翻出来偷看的命运，我承认我也看过她的日记，但这总不是一件光彩的事情，所以我们看了也不会说，只是偷偷放回原处。但芥蒂却在心里种下了，经常会把这种情绪不自然地带出来，都觉得这个人怎么会有那么多稀奇古怪的想法，她竟然还会研究博尔赫斯的黑暗与鲁迅的黑暗有什么不同，会认为光明是短暂的，黑夜才是永恒的，真是不可理喻，而其他兵连博尔赫斯是谁都不知道。她似乎有着很崇高的信仰，会在日记本上记着："我仰望星空 / 它是那样壮丽而光辉 / 那样永恒的炽热 / 让我心中燃起希望的烈焰 / 响起春雷。""学会做人 / 学会思考 / 学会知识和技能 / 做一个关心世界和国家命运的人。"我觉得她的精神世界简直就是一盘大杂烩。

她的日记本成了我们的乐园，如果她从此不记日记了，我们一定会觉得百无聊赖。但是她在日记中塑造的我们的形象，又让我们觉得像穿了一件比身形瘦小很多的衣服，浑身紧巴巴地不舒服。

她对我的东西都十分好奇，甚至包括洗发水，我知道她经常趁我不在的时候偷偷翻看我的化妆包。我也是从她的日记里知道的，她这样描述我："苏红果的化妆品上全是英文字母，看都看不懂，她每天都会认认真真地洗脸，她用毛巾擦脸的样子就像在擦拭一件精美的瓷器，没有半点含糊，然后把那个乳白色的化妆包拿出来，一个小瓶一个小瓶地打开，像画油画一样一层层往脸上抹，前前后后要花去二十分钟，我给她计算过时间，她总要比别人早起一会儿，所以我认为她是个超级自恋的人。"

我自恋吗？我不这样认为。

有一天中午，陈菊妹走过来搭讪："红果，你皮肤这么好，都用什么化妆品啊？"

我把化妆包往陈菊妹面前一推："喏，就是这些，你自己看吧。"

陈菊妹接过化妆包仔细欣赏起来，然后她像猫被踩了尾巴一样叫了起来："天哪，一小瓶这东西就值五百六十块钱，顶我家种大半亩棉花哩，啧啧，有钱人就是不一样。"

她的眼睛瞪得像铜铃一般，我觉得她少见多怪。她看到一支胶棒，上面也都是英文字母，拧开放在鼻子底下闻了闻，膏体是白色的，有淡淡的橘子香味，她说这个味道她好喜欢，问我愿不愿意送给她，我说好啊，拿去吧。

过了没几天，她说我送她的唇膏就是好，她在夜市上买过一支，三块钱，打开就有浓烈的香味，不像这个味道，那么淡雅，带着一种高贵的气息。

我使劲想了想，说："我好像没送你唇膏啊？"

她从枕头下拿出来亮了亮，我一看，差点没晕过去："那是固体胶棒！"

陈菊妹经常把别人的洗发水灌进自己的瓶子，或者刷牙的时候挤别人的牙膏，她的肥皂似乎永远都用不完，这些细节谁都没有注意过。只是有一次，我的洗发水用完了，正好陈菊妹在旁边洗衣服，便跟她说借用一下洗发水，陈菊妹慢腾腾地拿出来递给我，我挤到手里，却发现白色和淡绿色的液体混在一起，一圈一圈得像年轮，这才想起那天陈菊妹蹲在水房小心翼翼地拿着瓶子往另一个瓶子里掺东西，原来是这样，怎么会这样？

陈菊妹是个非常有眼色的姑娘，她总结出一个窍门：越是干分外的事，越是能引起别人的好感，就像她父亲以前老实巴交地种稻子，总是吃不饱，后来把几亩田都种了核桃，这才腾出些钱给她和弟弟交学费。她只要一有空，手里拿的不是拖把就是扫帚，只要她在，别人是找不到扫帚的，都被她藏了起来，而且她不会藏到一个地方，经常转移阵地。除此之外，她还到处捡垃圾，人家扔掉的饮料瓶子、罐头盒子，她都扒翻出来，废品利用，把洗衣粉装进清一色的冰红茶瓶子里，摆成一线放在洗漱间的阳台上，这曾让林晓璐表扬了一番。

从宣布提干名额的第一天起，我们两个就开始了你追我赶的较量，这是一种马拉松式的长跑，耗神耗力。我一直在对自己进行着心理暗示，本能地奋起直追，拼命鼓励自己，在书的扉页上写下"相信自己"之类的话。其实我的信心一直是飘摇的、动荡的，当我看到陈菊妹的眼神后，就立刻溃不成军了，那眼神里总是带着挑衅，其实是一种敌视和羡慕还有嫉妒掺杂起来的混合体。遇到自己敌视的东西，她是绝对不会退缩的，反而会迎头撞上去，她很坦率地亮剑了，没有掩饰，已经把我看做对手，但她的目光却那么从容、那么平静。

陈菊妹几乎把时间利用到了极致，连吃饭都是狼吞虎咽的，每次饭桌上她都是第一个离开，而且在吃最后一口的时候已经站了起来，火急火燎地，然后绕到打饭的窗口前，伸手抓两个馒头，那是她的夜宵。晚上熄灯号响起后，她赶紧打开手电筒继续看起书来，就像提着一盏灯在荒野里匆匆赶路。我们聊天、说话，她都当我们不存在一样，那团光亮久久地、坚硬地包裹着她，像是铁甲钢盔，任凭什么东西都进不去。我敏感地捕捉着来自她床上的每一点动静，像伸出两只触角的动物，一直到十二点多的时候，她才会关掉手电筒，那束光像秋天的落叶一样无声地落了下去，她悄悄下床，倒一碗白开水，把两个馒头吃掉，我甚至能听见已经干了壳的馒头在她牙齿间发出的细细的摩擦声，她一口气把两个馒头吃完，然后咕咚咕咚地喝上一大杯水，像是灌溉稻田一样，然后心满意足地上床睡觉去了。炊事班蒸的实心馒头，一个足足有四两，我真不知道她那娇小的身体怎么会有如此强大的消化系统，轮到她值日打扫卫生的时候，她一手捧着书，一手拿着笤帚，呼呼啦啦地扫地，头发上、书上都落了一层厚厚的灰尘。

结果，我败了，她把我成功地从独木桥上挤了下来，她成了第二个李立群，一个从上等兵荣升为中尉的女干部。

临走的那个晚上，她被特许放一晚上假，可以到海边走走。她买了两瓶啤酒，还有一包花生米，约我到海边聊天。我犹豫了一下还是去了，虽然在提干的独木桥上我被残酷地挤了下来，但如果我不去，就显得我没有气量，虽然我非常不愿意面对她。

海边上，陈菊妹开始跟我讲她的童年和少年时光。

我家在一个海拔一千七百米的山顶上，整个山头就四户人家，到山下最近的公路都要走上四个多小时。冬天山顶上飘雪，雪花就会穿过四面透风的墙飘进屋里，棉被已经盖了很多年，没有新棉花往里絮，又薄又硬，睡一晚上，全身仍然冷冰冰的。记得第一次跟着父亲下山，父亲奢侈地带我进了馆子，花了六块钱给我买了一碗抄手，随后又带我去商店买了一包四块钱的水果糖和一件二十块钱的毛衣，这件毛衣我带来了，就在储藏室里。

我家的早饭从来都是洋芋，顿顿吃洋芋，有时候母亲会背上一些苞谷下山，换点盐和米回来。一背篓的苞谷七八十斤，换一袋三十斤的大米，再加上几包盐，这通常还是过年的时候。

那个时候，总是听母亲叨叨，要买的东西实在太多了，她的脸总是被山风吹得皲裂，想买一瓶护肤霜，再冷的天，她也只有三件衣服可以穿，秋裤、毛衣，还有一件小夹袄。

我发的棉袄都不穿，准备寄回去给母亲穿的。我家还有一个九十多岁的奶奶，我闭着眼睛不用猜就知道奶奶现在在干吗，她不是在床沿边坐着，就是一手拄着拐杖，一手拿着小板凳，在院子里转啊转，偶尔转到前屋从门缝里看看外面。如果母亲没有把门锁上，她还能挪到大门外面坐上小半晌。当然不能坐得太久，太久了会打瞌睡，因为坐在板凳上打瞌睡，她已从小板凳上摔下来好几次了，有两次还把手腕摔骨折了。现在阴天下雨的时候还会嚷嚷手腕疼，但父亲已经没有耐心带她去拍片子了。

我跟母亲讲，家有一老是一宝，但母亲总是撇撇嘴，她和奶奶吵了大半辈子。奶奶总是说母亲的坏，知道她牙不好，还把土豆丝切得像小手指那么粗，她想吃肥肉，不过那样拉出的大便就会糊到裤子上，母亲怕给她洗裤子而不肯让她吃。她的脚指甲长到了肉里，自己却看不见，疼了她就骂，我在家的时候都是我给她剪，不知道现在她的指甲有多长了。

奶奶整天琢磨她的后事，甚至会想得很开心，她无数次地嘱咐我们一定不要把她火葬，她宁愿被埋得很深也不愿意死了还被烧成灰，死了烧成灰是我们老家诅咒人的话。老家真的有人不办丧事，不通知远亲近邻，趁夜哭几声，直接埋了。奶奶不知道，一旦被查出来，还是要抬去烧掉的，而且光罚金就要交好几千块钱，那些钱都够买一个很好的骨灰盒了。人啊，折腾大半辈子，最终的归宿就是那一个小盒子。

我们那个地方穷，但山清水秀，可能是吸取了大自然的精华吧。我有一副好身板。我从小就爱跳舞，上学的路上跳，放羊的时候跳，烧柴火做饭的时候也跳。每当我情不自禁地扭动两下身子时，母亲就会把她手里能抓到的东西砸过来，说我长了一副轻佻模样，贱货坏子，小时候，我甚至觉得女孩长得漂亮也是一种罪过。小学毕业我考到了乡中学，那里有一个音乐老师，五十多岁了，下乡知青，后来不知道什么原因就再也没有回城。她说我有天分，让我不要放弃，每天放学后她都单独给我辅导，我到现在想起她来都很感激。但后来我还是辍学了，家里说什么也不肯再供我念书，我就去了县城打工，一边打工一边自学高中课程。我在餐馆里每天要刷成百上千个盘子，累得都爬不起来了也要看书看到半夜，不然我根本不会原谅自己。为了让自己不犯困，我边看边掐自己的胳膊，用食指和中指捏起一点肉皮，狠狠地挤下去，那时候我的胳膊内侧始终有着一道道青紫色的印子，都是我自己掐的。十九岁我开始报名考大学，年年考，年年考不上，一直到第三年。夏天的时候，蚊子能把人吃掉，我就用塑料布把腿和胳膊包起来，冬天的时候，冷得受不了，我就把脚泡在热水里取暖。我连过年都不回家，发誓不混出个人样来绝不回去。

陈菊妹的声音突然低了下去，像在和谁说着什么悄悄话，又像是自言自语。

你不要觉得我上的大学没有名气，就那样也是我拼尽了力气考上的。我第一年就报了那所学校，没考上，从那以后我就没想过要报其他的学校了，一心要考到那里，每次落榜后我都去那所学校走一圈，站到教学楼前说等着我啊，我一定会来的。

第三年的时候，我终于坐到了那所教学楼里。第一次走进去的时候，我伏在阶梯教室的桌子上哭了，为了能坐到这里听课，我的高考之路走得好艰难。

因为长得不错，在大学里有很多男生追我，这其中有一个镇长的儿子，他给我买饭，给我买衣服，还给我买了一把电吉他，我的生活一下子变得富足起来。大家都怀疑我的审美能力，觉得我怎么会爱上镇长儿子那么龌龊的男生，矮胖矮胖的身材，永远把头发剃得能看到青色的头皮，总是变换着姿势玩弄着手中的烟，他以为那样很有男人味。其实我讨厌抽烟的男人，他用手拂过我的头发时，我总是能闻到他手上干燥而浓烈的烟味。我不爱他，但他满足了我所有的虚荣心，当然，我也满足了他的虚荣心，他觉得能有我这样一个漂亮的女朋友是件很体面的事情。

这段感情却越来越让我觉得厌恶，我觉得我像是在进行着一场交易，出卖自己的灵魂换取物质上的满足。我从来都不喜欢他吻我，每次都试图逃避，他问我为什么躲，我说觉得接吻就是在吮吸对方的唾液。他说不会啊，相爱的人会觉得对方的气息很清甜的，可我从来都没有这种感觉。当他的湿热而黏腻的唾液碾过我的唇，我觉得那么懊丧，那么难以忍受，我一回宿舍就拼命刷牙，想把这种味道刷干净。

这一段食之无味的爱情，让我产生了迫切地想逃离的渴望，如果不离开，我以后就要嫁给他了，留在那个地方，有一份还算说得过去的工作，生活会很平静。但我总想逃，正好有大学生入伍的通知，我如愿以偿地穿上了军装。临上火车前，他给了我三千块钱，说他会等我回去。我不要，他硬塞进我的包里，我想还给他，可这时火车开了。到了部队我就拼命想把那些钱花掉，把过去的所有都挥霍干净。去了新兵连之后，发现这种生活不是我想要的，十二万大学生入军营，我只是九牛一毛，沧海一粟，很快就会被湮没，我陷入了新的困境，所以在新兵连才会那么消极。

我对新兵下连充满着期望，可仿佛命运在捉弄我。我被分到这个偏远的海岛上，我出生在一个人烟荒芜的地方，做梦都想逃离那种闭塞的生活，现在又来到另一个人烟荒芜的地方。我本以为从此可以穿着舞鞋去追寻真正意义上的自由和快乐，但没有进成文工团，而是成了通信兵。新兵下连后，成天要背那么多枯燥的电话号码，还要锻炼三功，我都快崩溃了，这比在学校还要枯燥无味，在学校时最起码还有数理化、英语、语文替换着上，现在倒好，只剩下一门功课了，白天搞体能，晚上背号码，常常背着背着就天亮了。我觉得从一个牢笼跳出来，又跳进了另一个牢笼，渴望的自由到底在哪里，我经常这样问自己，陷入无尽的迷茫中。

可是，我不能再消极下去了，我必须寻找出路，不然我回去还要嫁给镇长的儿子。

我看了看陈菊妹，她脸上一点表情都没有，好像在说着一件与自己毫不相关的事。

她继续说了下去。

我告诉过你的，我从小就认定自己是不会平庸、不落凡俗的。你不知道，像我这样的女孩子，其实很普通，可是我一直不愿意普通，所以我拼命学习，考上大学，就是想从山里走出来，来当兵也是，我认为是注定的，是命运的安排，只能往前走。我已经走到这了，如果退回去，就一点意义都没有了，这和理想之间是一个多么巨大的裂缝啊，怎么都弥补不了。我和那些十八岁来当兵的人不一样，从开始就已经和他们不一样了。虽然他们没有大学生的身份，但他们有青春，年轻就是资本，一切都可以洗牌重来，我就是再羡慕也追不上了。我二十一岁才上大学，今年已经二十四了，我站在起跑线上的时候就已经提前苍老了，你知道我内心是多么恐惧，尤其是搞体能的时候，他们像一只只健壮的小鹿活蹦乱跳，而自己像个老妇人，总是感觉很疲惫，然而又憎恨着别人的同情和怜悯。

那一夜，她褪去了所有的粉饰，赤裸裸地把她展示在我面前，像是被海水冲到岸上的鱼。一个看上去那么娇小的人儿，却有着让人恐怖的倔强和坚强。

她在离开连队的时候，把那本《提干考试纲要》拿出来，像是展示一件价值连城的古董一般，在手里高高地擎着。当所有人看到那本书的时候，都鸦雀无声，久久的，没有人敢发出任何一点点细微的声响。整个宿舍里的空气像结了冰的湖面，坚硬凄凉，只要一碰，就会坍塌成碎片，一种隐形的东西沉沉地压下来。

你们见过那样的书吗？我敢保证你们谁都没见过，每一页都蜷缩着角，每一页都是活动的，哪怕轻微一抖，那书就会散架。里面没有留一点空隙，被密密麻麻的字填得满满的，除了她，没有第二个人能看懂，几乎每一页她都能倒背出来。

"我如果考不上，谁能考上？提干，舍我其谁？"

她顶着两只因长时间睡眠不足而无法再消下去的大眼布袋问我们。那两只大眼布袋也长得那么理直气壮，它们为陈菊妹由士兵变为干部立下了汗马功劳。

二十五

　　本科生入伍两年后可以直接转成二期士官。我申请留了下来。魏来打电话告诉我她复员了，应聘到一家报社，当了文字编辑，舅妈一个人这么多年不容易，她想早点工作，让舅妈生活得好点，不用再起早贪黑去卖鱼了。

　　我申请休假回家看看，我想姥姥了，也想母亲和苏泽里，这次我是真的想听他讲故事了，回家的愿望比任何时候都强烈。假批了下来，我买好车票就打电话告诉了母亲，她说一定去车站接我。

　　火车呼啸着一路向西，疾驰的声音像一阵阵悲鸣划过我脆薄的耳膜。窗外的景色很荒凉，偶尔能看到农人从田里走过。冬天有着宁静平和的慈悲，但一种不祥的感觉在我心头氤氲开来。

　　还没到出站口，远远地看到母亲和苏泽里已经在那等我了。苏泽里似乎比母亲更激动，给了我一个大大的拥抱，我上了车说："走，先去姥姥家。"

　　车上的空气一下子变得黏稠起来，母亲和苏泽里都没有说话，我的心莫名地一颤。车开到楼下，我在楼梯里大声喊着："姥姥，我回来啦！"

　　没有人应，我正想敲门，母亲从后面走上来，掏出钥匙，说："我来开吧。"

　　门开了，灯也打开了，坚硬惨白的灯光中我看到姥姥了，她在墙上冲着我笑，巨大的悲痛顷刻间似千层巨浪齐向我扑来，我被狠狠地砸倒了。

　　我无力站起来，爬过去，抚摸着姥姥的遗像，她依然穿着斜襟的旗袍，那么端庄地笑着，只是她再也不能和我说话了，我们只能隔着岁月的风尘，遥远而清晰地对视。母亲说，我在新兵连的时候，姥姥就去世了。那天她突然说头痛，连夜就住进了九三一医院，昏迷了二十天，再也没有睁开眼睛，最后她一直握着姥姥的手，想把她留住，可是姥姥手掌里的那点温度最终像水一样悄无声息地流走了。

我转过身去，跟母亲说我要留下来，就算是给姥姥守灵。苏泽里说："再守姥姥也已经去了，我和你妈都两年没见你了，还是跟我们回家吧。"

我的眼泪大颗大颗落了下来："今晚就让我在这里吧，你们想我，姥姥肯定也想我。"

我只想一个人留在姥姥身边，就让苏泽里和母亲走了，关了灯，黑暗就争先恐后地挤进了房间。躺在姥姥曾经睡过的床上，到处都飘散着她的气息，点点滴滴的回忆汇成一条河，姥姥站在了岸的那边，我想，彼岸，是人生残酷的终点，也是最温暖的归宿吧。

月光倾泻进来，仿佛姥姥那苍白滑润的指尖抚过我的头发，缓缓地，像是怕惊动我，小时候我都要在姥姥的抚摸下才能入睡，只有那时，才觉得姥姥很温和。平时我对姥姥是心存敬畏的，她对我管教很严，吃饭不能发出声音，不能拿筷子在一盘菜里乱拨，要坐有坐相，站有站相，一立一行都要有板有眼。我曾怀疑姥姥是不是按古代大家闺秀的标准要求我了，想让我长成蕙心纨质的女子。

姥姥总是走在时代之外的，她在我心中像个谜一样。她是京剧演员，我见过她年轻时的照片，很另类，与当时投身于革命建设的女同志一点儿都不一样。她不留那种一刀切的短发，而是烫着精致的小卷，这让那些女青年们看起来很砢碜，她们的女性本色在千篇一律的土灰深蓝中被埋没了。姥姥的与众不同让大家每每谈论起她来，都带着一种几近崇拜的口气。

清瘦的姥姥远远看上去像一株龙胆花。她非常讲究生活的细节，每天早晨都会戴上老花镜，在镜子前仔仔细细地画眉毛，然后穿戴整齐，无论春夏秋冬，姥姥都是一身旗袍，即使是寒冬腊月，也是夹棉旗袍外加一件披肩，就连去门口超市买鸡蛋都像是要出门参加宴会。我也极注重自己的形象，这一点姥姥全部隔代遗传给了我，像是很大方地馈赠。母亲很不喜欢我打扮，但我从来都是我行我素，因为姥姥说女孩就像花儿一样，一定要善待自己。入伍前我在穿衣打扮上保持着从不衰减的热情，以至于母亲每次看我都带着各种混杂的表情，她觉得我的装扮那么不可思议。张爱玲说的："对于不会说话的人，衣服是一种语言，随身带着的一种袖珍戏剧。"打开我的衣柜，仿佛入了后花园，恣意开出一派姹紫嫣红，没有一件衣服是淡雅朴素的色调，全是大红大绿得耀眼夺目，我喜欢浓烈的色彩。记得文学院开选修课，我去旁听，那个伶牙俐齿的女老师解读卞之琳的《断章》："你站在桥上看风景，看风景的人在楼上看你。明月装饰了你的窗子，你装饰了别人的梦。"她说："人既然只不过互为风景，那就索性努力成为别人眼中最亮丽的风景。"我很推崇这句话，一直试图把自己装扮成别人眼中独一无二的风景，母亲为此很不满，她还是希望我能温顺乖巧一些，偏偏我如此张扬，她为此很担心。

虽然母亲长得还算不错，但没有多少女人味，所以当有人问我长得像谁时，我总说也许隔辈遗传吧，我长得像姥姥。

我很难想象那个糟老头，也就是我姥爷，当年如何能赢得姥姥的芳心。记忆中的他走路颤颤巍巍，脸上总是挂着痴呆的表情，仿佛动不动就钻进时光隧道里，半天才能回过神来，吃饭的时候经常发出吸溜声，因为接不住食物，他胸前像小朋友一样别着大大的餐布。但唯独有一点，他从来都认得回家的路，每天吃完晚饭，把碗一推，就出门了，然后在一个小时后准时回到家中，从未走失过。当然这都是我儿时的记忆了，在我八岁那年他就去世了。

姥姥在跟我说起姥爷的时候，从来都不说"你姥爷"，而是说"我先生"。那时我才几岁，当第一次听明白"我先生"是怎么回事的时候，我不禁大笑起来，笑得东倒西歪。姥姥的脸上因为愤怒蒙上了一层铁锈般的红。我顿时被这一抹红给镇住了，赶紧以迅雷不及掩耳之势换了一副洗耳恭听的庄重表情，她的怒气才渐渐平息下去。

我是后来才知道姥姥的一辈子很不容易。母亲毕业那一年本来是有可能留在城里工作而不用去乡下的，那时候，姥爷刚刚从"五七"干校出来，舅舅又去了海岛，姥姥不想让一个家四分五裂。

但事与愿违，第一批留城的学生中没有母亲，她回家就哭了。姥姥第二天便去找了学校负责分配的人，得到的答复是，母亲之所以不能留城，是因为姥姥的问题没有撇清。

第二天，姥姥就去了京剧院，在开除她党籍的文件上签了字，并违心地承认她唱的戏都是"封资修""大洋古"的东西，是反党反社会主义的。她是个很倔强的人，之前无论怎么批斗她，都不肯承认有反党反社会主义的罪行，为了母亲能留在城里而不用下乡去吃苦，她宁可受辱。

但姥姥的努力并没有改变母亲下乡的命运，姥姥因此也下放到了农村劳动改造，命运像是跟她开了一个大大的玩笑。姥姥的牺牲是徒劳的，但她无怨无悔。

姥姥抛弃了她心爱的戏服，在乡下割麦子、挑河泥，在破土屋里自己做饭，每隔两三个月才允许回家一次，每次回家都是骑着破旧的自行车，一路上要骑三四个小时。她甚至给母亲写了一封长长的信，说了很多抱歉的话，并要母亲去分配办公室，说明已经和她划清界限。

当然母亲是不会那么做的，虽然姥姥努力用尊严和艰辛换取她在城里生存的条件，但她还是毅然选择了下乡。最让姥姥痛心的是，她不再是共产党员了，这是她一辈子都难以抚平的伤痕，但她从来都没有和母亲说过她做出的这些牺牲，还是后来姥爷告诉母亲的。

我在眼泪中谛听着光阴流过的细声睡着了，早晨五点多钟，苏泽里来找我了。我知道他担心我，我伏到他肩上哭了起来，他拍拍我的肩膀说好孩子，姥姥会在天堂守护你的。我走了出去，空气清爽甘洌，整个城市还在沉睡之中，老年人都已经开始晨练了，他们似乎比年轻人精力更旺盛，更充沛。小区门口就有一个早市，我买了豆浆、油条、茶叶蛋、小笼包，还买了一些新鲜的青菜，这些都是城郊的农民刚从大棚里摘的，后半夜就进城了，黄瓜上面还顶着粉黄粉黄的小花儿，西红柿还带着水珠。我突然觉得市井生活的气息让人感觉很温暖，我想在家多待一段时间，也为母亲和苏泽里尽一份孝心。

抬手看了看表，还不到六点半，母亲可能还要睡一会儿，我就提着东西和苏泽里溜达着走了回去，差不多到七点钟的时候到了家。

母亲起床了，一脸愕然地看着桌上的早餐，说部队就是锻炼人啊，第一次吃你准备的早餐。我强挤出一丝干巴巴的笑容，说这很简单啊，以后我天天给你做，说着说着我的眼泪又落了下来。我从来没有给姥姥买过早餐，都是在我起床后，她已经把饭准备好了，子欲养而亲不待，这是人世间最大的悲哀了吧。

我去了陵园，把姥姥的骨灰盒抱出来，在台阶上坐了好久。天空被各种色彩涂得像一幅刚刚画完还没有干透的油彩画，一派即将粉墨登场的隆重。

我就那样坐着，直到夕阳不紧不慢地吻上山头，风便扑了下来，沁骨的寒意在四周弥漫开来，抱守着苍凉的黛色。我把姥姥的骨灰盒抱回去，放到很多小格子中的其中一个。这时我抬头望了望四周，看到穹庐的顶处雕刻着斑驳晦暗的花纹，那里是时光触摸不到的地方，像一朵凋零枯萎的花的标本。屋顶离地面那么高，我像是站在很深很深的水底，四周是混沌的、幽暗的，灰尘攀着残留在屋里的一束光线，绝望地向上爬去。我一阵眩晕，号啕大哭，这里如此寂寥，连风都不肯驻足，姥姥该多么孤独。

回到家里我开始打扫卫生，我要保证每天家中都是窗明几净，在部队习惯了，如果哪一天不干活，就像少了点什么。母亲打电话来，说晚上和几个熟人一起吃饭，我答应了。我走着去了饭店，母亲和她的朋友们陆陆续续来了，大家都夸我变了，母亲说可不是嘛，懂事了，也勤快了，这时我看到一个斯斯文文的男孩子坐在那里。母亲悄悄问我这个男孩怎么样，我才明白母亲是在给我介绍对象，并趁他出去的时候把情况简短给我说了一下。他叫赵阳，和我同岁，机关公务员，宁波大学研究生毕业。赵阳很快回来了，坐在我旁边，他一直给我夹菜，倒是很客气，很有涵养，对我表现出极大的兴趣，准确点说应该是对女军人表现出极大的兴趣，像个小学生一样问这问那。一开始我还很有耐心跟他讲解，这个连军衔都认不得的男孩的连续发问很快引起了我的反感，我找了个借口，赶紧离开了。

晚上母亲回来后，和我谈了谈，说我年龄也不小了，该考虑个人问题了，我这才意识到我已经二十五岁了。

我答应再和赵阳见个面，彼此加深一下了解，第二次，他约我在咖啡厅见。

"赶紧退伍吧，年龄大的到了地方后，都后悔转业晚了。"趁我点饮品的功夫，赵阳上来就开始了他的劝说。

"为什么？"我问道。

"越年轻分的单位越好，反而是那些年龄大，军衔高的，还要考试，考得分数很低，都去了基层单位。你呀，穿穿军装过过瘾也就行了，别那么一根筋，提前做准备。"

我脸上乌云密布，突然觉得索然无味，今天不应该来的。所谓"物以类聚，人以群分"，人一旦没有了相似的生活环境，思想就会像树杈一样朝着不同的方向生长。

"我是不会主动离开部队的，除非有一天，部队不要我了，我才会脱下这身军装。"我的神情仿佛即将赴刑场的女共产党员一般大义凛然。

他透过厚厚的眼镜片像看外星人一样看着我，脸上综合了惊讶、不解、崇敬、嘲笑等众多表情，滑稽得很。

"你去问问你的战友们，看看有多少像你一样心灵纯洁、心无杂念、大公无私、鞠躬尽瘁、全心全意为部队服务的同志。"

"我的战友们好像没有人愿意主动离开的，你要非跟现实挂钩，那好，我给你算笔账，部队待遇这么高，还不用租房子，甚至连衣服都不用买，不像你们还得自己租房子、买衣服，拼命拉动消费，房价为什么这么高，就是因为你们这些对房子极度渴望的人让地产商坐收渔利。"我抿了一口木瓜汁，嘴里幽幽地吐出这样一段话，把他噎得一句话也讲不出来了。

"可你们的束缚也太多了，像我们下了班就是自由的了，但你们不一样，我听说部队有一句话叫'两眼一睁，忙到熄灯'，二十四小时都得紧绷着脑袋里的那根弦。"

"如果我们没有约束力，那不就成了散兵游勇了？部队上就是要求整齐划一，连牙刷头都要朝一个方向放，地上连根头发丝都不能有，看着干干净净、亮亮堂堂的营房，我们心里就高兴。"

他本来像一个优秀辩手，无奈我咄咄逼人，把他逼到墙角处。他沉默了一会儿，似乎在拼命地转动脑筋，想着还有什么强有力的证据搬出来。

"女孩子干吗整天把自己搞得那么累，有个稳定的工作就行了。环境稳定了，人就轻松了，办公室坐着，茶水喝着，报纸看着，每月等着发工资多好。只要你不是太想升官，日子安逸得很，根本不用累死累活的。"

"如果是那样，不就意味着人生终止了，不会前进了吗？还有什么意义可言？只要穿着这身军装，我们就有理想、有信念、有使命。"我说话的口气仿佛在上理论课。以前在连队里，我是最讨厌上理论课的，天知道这些话我是什么时候记住并背下来的。

他彻底无语了，只是不住地点着头，但点头并不等于赞同，只是对我顽固的思想无可奈何的一种表现。他摇摇头说："兵妹妹啊，看来进了部队这个大熔炉后，你就被彻底洗脑了。"

"这是一段能验证自己青春的岁月，它纯粹、透明、生气勃勃、不含任何杂质。"我们之间的辩论，看似最终以我的胜利而告终，其实谁也没有改变谁的观点，只不过是两条平行的轨道，不会有交叉点罢了。才毕业不久，我就觉得已经和社会上的人差别很大了。

当我被一列火车拉进军营，穿上这身军装时，就注定了环境对我彻头彻尾的改变，过去的观念土崩瓦解，原来的生活仿佛只凝成一个短暂的瞬间，我觉得自己猝不及防地被一个群体囫囵吞下，不允许掉队，不允许再棱角分明。我迅速地由一个人变成了另一个人，速度之快令我自己都感到吃惊。

二十六

　　再见到大海，我突然有一种时光转换的感觉，冬天的海有着一种灰褐色的冷漠，暴戾乖张，碰上坏天气，十天半个月都进不了岛。

　　到了码头，果然不出我所料，船停运了，我只好去离码头不远的军人接待站。这里就是一个大收容所，遇到停航的时候，滞留在码头的军人都可以来这里住宿吃饭。我去了之后才发现，这里已经滞留了好多人，我登记后找了一间房子住了下来。

　　到了晚饭时间，我一点胃口都没有，就躺在屋里睡觉，这些天一直失眠。失眠的人是分裂的，片刻的睡眠可以抵得上一个正常人整夜的睡眠时间，但这些许的睡眠也是摇摇晃晃的、警醒的，我觉得失眠大致是源于孤独吧。

　　我起来一个人散步到了海边，一直沿着海岸线走，云雾渐渐弥漫开来，像是给码头穿上了一件白色睡衣。海孤独地昏睡着，我孤独地清醒着，那种孤独像这云雾一样，在我的身体里膨胀起来，堵满了我所有的血管和神经。

　　暮色中远远地看到一个背影，在空旷的海岸线上来回踱着步子，被雾霭笼罩着的影子看上去毛茸茸的，待走近一看，竟然是冯云伟。我这才知道他也休假了，而且他不再担任我们的连长，因为在机关组织的比武中成绩优异而调到了通信科。在正式报到之前，科长让已经三年没有休过假的冯云伟先休了个假，还跟他开玩笑说回去多睡觉，回来好加班。

　　这晚我和冯云伟说的话比在连队里两年说的话还多，我们一路聊着走回了接待站，他半开玩笑地说他现在还是我的领导，来接待站后他暂时负责登记人数，我们请销假都要找他。

第二天午饭过后，我正准备小睡一会儿，就听"砰"的一声，门被撞开了。一个拖着比她人还大的箱子的女孩满头大汗地挤进了我的眼球，这女孩长了一张圆嘟嘟的脸，煞是可爱。我主动和她打招呼。她告诉我她叫隋娇娇，是演出队的，隋娇娇性格很开朗，刚一见面就和我仿佛是旧相识似的。她告诉我她也是大学毕业之后入伍的，大学就在烟市师大艺术系读的，毕业后大包小包地回了家，做梦也没想到又回来了，人生中总充满了太多的偶然。她俨然一副地主的样子，滔滔不绝地给我讲着这里的气候、特产，边讲边收拾床铺，不出十分钟，就利利落落地把床铺铺好了。正说着，火车站托运处打来电话告诉她随车托运的行李到了，让她去取，她挂断手机，问我："你和我一起去吗？顺便我带你去逛一下，吃点小吃。"

我现在对什么都没兴趣，但她的热情让我不忍拒绝，我想反正在这里也没事，还不如出去转转，就答应了她。我们去跟冯云伟请假，不知道该怎么称呼他，隋娇娇开玩笑地说，他是收容队队长，就称呼他队长吧。

我们敲开冯云伟房间的门，他正在看书。隋娇娇说："队长，我要去火车站取包裹，一个人拿不了，想和苏红果一起去。"

冯云伟说："去吧，但要记住五点半之前必须回来。"我一看表，现在都两点了，这里在郊区，到火车站还要将近一个小时的路程，来回就要两个小时。

隋娇娇说："车站通知我只是说今天下午到，具体时间还不知道，五点半可能回不来。"

"那你们快去快回，这里是海边，晚了很不安全，争取天黑之前回来，路上注意安全。"隋娇娇谢过他，正欲转身走，他又突然叫住我说："苏红果，我的手机号你知道吧，如果遇到什么情况，及时给我打电话。"我点点头。

一路上隋娇娇就没有停止过说话："走吧，带你好好逛逛烟市，我可以给你当向导，省时节力。"她像一个电力充足的小马达，而我的脑子里却是一片混沌。

我们打了一辆车就直奔广场了，那里是繁华区，大型商场超市都在那边，我们先去大快朵颐了一番，又去超市大采购。一路上隋娇娇的热情多多少少驱走了我的悲伤，她说这次回去之后，可能很长一段时间出不来了，先好好玩玩，最后再去火车站取包裹。这时候已经是晚上七点多了，当夜幕降临了我才想起冯云伟的话，开始担心回去晚了会不会挨训，后来一想，反正现在又不是在连队，管这么多呢。喧嚣、嘈杂的马路边上，我们不停地招手拦车，可这个时候又是下班高峰期，根本没有空车，我开始着急了，浑浊的空气中弥漫着焦灼和烦躁，雪大片大片地飘了下来，如同鸟儿抖落的羽毛，湿湿地扑在脸上，终于有一辆车停下来，我们七手八脚地把东西抬上车，直奔码头而去。出租车很快驶出城区，开往海边，司机师傅把音乐打开，是许巍的《像风一样自由》："我像风一样自由 / 就像你的温柔无法挽留 / 你推开我伸出的双手 / 你走吧 / 最好别回头 / 无尽的漂流 / 自由的渴求 / 所有沧桑独自承受……"

重金属般的音乐击打着我的心，裹挟着现代都市的迷茫、孤独和沉醉，刚才的焦虑和担心被音乐一扫而光，隋娇娇跟着大声地唱起来，我觉得她的性格很像表妹魏来，快乐情绪的燃点总是很低。我的思绪在风中翻转翻飞，我是很喜欢怀旧的，怀旧是激情和音乐的重逢。记忆的门在夜色中开启，车窗外一片白茫茫，我想起了徐志摩的诗，"假如我是一只快乐的雪花 / 翩翩地在半空里潇洒 / 我一定认清我的方向 / 飞扬 / 飞扬 / 这地面上有我的方向。"我呢，我有我的方向吗？

车子戛然停止，猛地把我的思绪拉了回来，抬头一看已经到了接待站，我们下了车，隋娇娇这个时候也不说话了，而是惴惴不安。推开门，前台的服务员说："有个干部找你们好几次了，看你们回来没有，他好像很生气，你们快去他房间吧。"我的心猛地一下被揪起来，赶紧从包里掏出手机来一看，一整排的未接来电，我的手机中午睡觉时调成静音，因为稍有点声音我就会惊醒，竟然一直忘记调回来。我去了冯云伟的房间，他正在屋里来回踱着步子，看到我们回来，长出了一口气，好像悬着的心终于放了下来，但紧接着脸就绷了起来，抬起胳膊指着手表问："知道现在几点了吗？"

我用沉默代替回答。

"你们出去的时候是一点五十七分，现在是七点四十三分，取个包裹要五六个小时吗？"他停顿了一下接着说，"你们干什么去了？"

这个时候隋娇娇也进来了，她满脸堆笑："我们到火车站的时候，包裹还没运到，我们就在火车站附近逛了一下，买了些生活用品，又折回去，包裹才取到，回来又没有空出租车，等了好久，所以才回来晚了。"

冯云伟的目光似剑一般犀利，扫视着我们，我一抬头，碰上他的眼神，又立刻把头低了下去，生怕被看穿。过了一会儿，他说："别以为在这里就可以目无纪律，为所欲为。"

他又小声嘟囔了一句："地方大学生就是散漫。"紧接着继续揶揄我："一个穿着军装的老百姓。"

我的怒火瞬间被点燃了，巨大的愤怒烘烤着我，血一下子全聚集到头上，多日来失去姥姥的悲痛像山洪一样爆发了，其实我知道我迟早会爆发的，只不过我在拼命压抑着自己。被审问的心虚加上被羞辱的恼怒，两种情绪像锉刀一样锉着我的软肋，眼泪快流出来的时候，我仰了仰头，把眼泪逼了回去。

我声嘶力竭地吼着："地方大学生怎么了？哪一点差？你们为什么一开始就戴着有色眼镜看我们，你以为你多穿了几年军装就可以高高在上吗？"

连屋里的空气都被我的吼叫声惊得凝住了，冯云伟没有想到会出现这样的场面，他觉得莫名其妙，又很没面子，不知道该如何收场，只是怔怔地站在那里，一脸尴尬。我们寒光凛冽地对峙着，像是有一种很尖利很刻薄的气流无声地划过，迸溅出一些碎片，摩挲着我们的皮肤。

"是，我现在已经不是你的连长了，没有权力再管你了。"他低低地说了这么一句，推门出去了。

隋娇娇大概没有想到我的情绪会这么激动，她脸上的愧疚像云层一样越积越厚："是我连累你了，对不起。"

这句话反而让我不好意思起来，我迅速调整了脸上的表情："哪能这么说，该说对不起的是我。"

隋娇娇拉着我的手回了宿舍，开了灯，整个房间悬浮在灯火阑珊处，零乱、肃静，有一种不真实的幻觉，灯光像金粒子，跳跃着闯进瞳孔，我的悲伤和灯光交织成一片。为了转移情绪，隋娇娇跟我聊起了演出队，关于演出队，一直有很多版本的故事，当然都是传言。乍一看，这个集体还是整齐划一的，牙缸、洗漱用品必须摆成一条线，可以全把头发扎成一样的，可以穿一样的服装，上舞蹈课时在教室就可以换衣服，上厕所都是集体的……实际上，如果还有人要求检查内务、按时熄灯、按时请销假，准有人上去拍拍她的肩膀，让她别逗了。吃饭集合的时候，如果有人喊"稍息——立正——向右转——齐步走"，准会有人冲她吐唾沫。迈向饭堂的步子是凌乱的，没有谁会像饿狼一样扑向饭桌，吃饭的时候都像是大家闺秀，只是在争抢外出名额时，她们会毫不客气。在这里，前途看上去都很光明，但又找不到出路，还有，如果有人在抱怨一件与自己无关的事情，就当自己是耳朵，千万别插嘴，否则有你好看的。

她们偷偷地用手机上网，通宵达旦地挂着 QQ，看时尚美容杂志，平时聊得最多的话题就是什么样的化妆品好用，并以演出的名义描眉画眼，以租演出服唱歌为借口外出逛街。

演出队的人又很能吃苦，她们跟着声乐老师"咪嘛咪"地吊嗓子，在把杆上、草坪上练基本功，被舞蹈老师踩上腰，疼得直掉眼泪，然后，互相取笑对方的惨叫声。她们会为了一台节目，通宵达旦地排练，在零下十几摄氏度的严寒中穿着薄如蝉翼的演出服唱歌、跳舞，为了让岛里的战士能看上一台节目，她们顶着风浪登岛演出，困在岛里十天半个月出不来，蹲在帐篷里吃饼子、喝白开水。

隋娇娇用戏谑的话跟我讲着演出队的种种，这时门外响起敲门声，我想应该是冯云伟，打开门一看，果真是他。他竟主动来向我道歉，说只是很担心，这个旅游城市，夏天人满为患，冬天就人迹罕至了，两个女孩子出去，他不放心。

隋娇娇找了个借口出去了，屋里只剩下我们两个人。灯光下，他脸上的线条看起来很柔和，让我有一种忍不住倾诉的欲望，我跟他说了这次回去休假才知道姥姥已经去世了，心情一直很沉重。他摸了摸我的脑袋，这个举动让几欲流下泪来，那一刻我觉得他的手掌传输给我许多温暖。

接下来的时间，我们每天都去码头上看有没有船，但总是没有好消息，来自西伯利亚的寒流经常气势汹汹地掠过这片海域，小山似的浪像千万头暴怒的狮子，肆无忌惮地发泄着情绪，从天际边前赴后继地涌来，锲而不舍地扑向堤岸，溅起数丈高的浪花，那雷鸣般的轰响让我很怕它会突然张开大口把我吞下。海也被冻得变了颜色，不再蔚蓝，而是带着忧郁的深褐色，远远看上去有一种垂坠的质感，深褐色的海面显得心事重重，和我的心情一样凝重。那几天唯一的事情就是在岸上等待开船的消息，心一直是悬着的，不敢离开接待站半步，因为说不定什么时候就可以开船了，如果一直到下午四点钟还没有消息，就是走不了了，这一天的等待就落下了帷幕，当夜色褪去，天色泛白的时候，新的等待又将继续。

二十七

我好像生活在了一个真空地带，虽然接待站里滞留的人越来越多，但好像周围的一切都是不存在的，包括隋娇娇。她在屋里一刻也待不住，总是很冒险地去市里玩，也不怕突然开船把她一个人落下，她一大早就跑出去，玩到天黑才回来，带着一大包东西，她的行李越积越多，我开始担心她怎么上船。她倒是很想得开："这么多男的，谁还能不帮我一把？"

我和冯云伟好像成了钢铁联盟一般，除了睡觉，其余时间都在一起。这天我们又去了海边，我不经意地问了一句："这次休假都做什么了？"

冯云伟笑了一下，笑容里带着一丝苦涩："回去看看孩子，每天接送他上学，让他也体味一下父亲在身边的感觉。"

"啊，你都有孩子了，那你还相亲干什么呢？"

"离了。"他的眼神完全黯淡下来。

他打开了话匣子，我才知道当了我两年连长的冯云伟还有这么多的故事——

我刚刚从婚姻的围城中走出来，结束了一段七年的婚姻，都说"七年之痒"，我连痒都没感觉到，就变成了痛，就像一个还在睡梦中的孩子，就被闹钟给叫了起来，带着满身心的疲惫与憔悴，不得不离开。

我当兵就在这个海岛上，后来提干出去上了几年学，毕业后又主动要求回到老连队，在通信连当见习排长。在这个一共才有八九百居民的小岛上，军民关系好得不得了，来一张新面孔就会引起很多人的关注，连岛上的渔民都三天两头给我张罗对象。那时我工作还没进入状态，本来不急着找对象的，但看到岛上找对象确实困难，条件好一点的都不肯来岛上，差一点的我又看不上。周围的干部好多都三十几了还单着，大家劝我早做准备，我就想先找找看吧，顺其自然。光相亲的姑娘就够一个排了，但总是阴差阳错，不是人家看不上我，就是我没感觉，最后我都折腾得筋疲力尽了，还是一个也没谈成。我想找对象就这么费劲，结了婚岂不是更麻烦，想着想着头就大了。

这个时候我的前妻刘欣出现了，其实现在想想，婚姻就是在合适的时间，合适的地点遇到合适的人。

当时也是别人介绍的，说女孩是烟市电视台的文字编辑，条件很不错。那个时候我已经不愿意再请假坐上几个小时的船出岛相亲了，还不知道见的人是什么样的，介绍人当然都说好，但往往夸大其词，在我看来相亲纯属浪费时间。那次也巧，正好赶上送给养的船进岛，姑娘就很大方地跟着来了。我们两个人第一次见面的地点就在营区外的路边上，我对她的感觉不是特别喜欢，也不是特别讨厌。初次见面不知道该说些什么，就像查户口一样，刨根问底地把她的家底问了一番，她告诉我她是师范大学中文系毕业的，家就在烟市，独生子女，父母都是老师，一个教初中，一个教小学，比我的家庭条件好多了。我父母都在老家种地，兄妹三人，我排中间。我和她聊天的间隙，又偷偷打量了一下她，像小家碧玉，长得眉清目秀，虽不是惊艳绝伦，但却很耐看。就像有的人五官分开来看都不怎么样，但凑到一起就很精致，还有的人五官分开来看很美，但排到一张脸上就有点牵强了，这有点像插花的艺术，一堆花束，看你怎么组合了，也许美妙绝伦，也许不堪入目。

我们轧了半天马路，把整个岛都转遍了，这个小岛在中国地图上就像小米粒那么大。实在没地方可去了，我就带刘欣去了连队，这一去不要紧，刘欣对我的好感倍增，因为她看到我的宿舍窗明几净，纤尘不染，虽然只有一张桌子、一张床、一个书柜，但东西摆放得整整齐齐，井然有序，其实她不知道，那都是战士打扫的。刘欣后来跟我说，她心里的好感像小鸟一样呼呼啦啦飞起来，一个声音在她耳边吱哇乱叫："就是他了，抓住他，别错过了。"

人家毕竟是女孩，也要有一点矜持，她不明说，但只要周末有船进岛，她一定来看我，每次来都带上些苹果分给战士们。我还没答应呢，那些兵们倒先"嫂子""嫂子"地叫开了，看来几斤苹果真是挺管用的，我当时心里还嘀咕这个姑娘怎么这么主动，每次来她都等到最后一班船要走时才恋恋不舍地离开。

我很快下决心结婚是有一次刘欣来岛上，正好那天阴历七月十五，给亡人上坟的日子，我就在海边给奶奶烧了些纸钱，奶奶跟着我父母生活，和我感情很深，我跪下来给老人家磕头的时候，站在我身后的刘欣也跪了下来，这一跪，让我感动得差点流了眼泪，人家还没过门呢，就给奶奶磕头了，还有什么好说的。虽然刘欣没有让我一见钟情，火热地坠入情网，心里的感觉一直不温不火的，但这个姑娘文静朴实，通情达理，还是很不错的。我决定不再犹豫了，正好过年我要回江西休假，家里父母也催我找对象催得很紧，就带了她一起回去，在老家把婚礼办了。考虑到家里生活困难，就跟父母说，叫上几个亲戚吃个饭，知道我结婚了就行了。母亲坚决不同意，说酒席一定要办，人家条件这么好的城里姑娘，肯嫁到咱们家就不错了，不能委屈了人家。再说我是村子里唯一一个军官，父母一直都觉得脸上很有光，办酒席图个喜庆，也图个面子。他们把平时攒的积蓄都拿出来了，还找人把我住的那间房子用白灰刷了一遍，贴上大红的囍字。

当时我确实挺感激刘欣的，我刚参加工作，一无所有，结婚时也只给她买了一枚银戒指，而她一点要求都没提。

婚后的日子过得波澜不惊，刘欣经常大呼上当，说有了我这个丈夫跟没有差不多，一年难得见上几回面。一开始刘欣还经常去看我，后来我就不让她去了，家属动不动就去，影响不好。

第二年冬天，刘欣怀孕生孩子，母亲忙从江西老家赶过来照顾，南北生活习惯的差异让婆媳两个相处起来很费劲，时不时就擦出战争的火花。我自然偏袒母亲，虽然我性格也很温和，但在婆媳问题上，我从来不让步，觉得母亲一辈子不容易。有的时候也确实是母亲不对，委屈了刘欣，但我觉得儿媳妇做一点让步是应该的。为此我们俩常闹得不可开交，我倔强得像一块石头，到最后妥协的都是刘欣。

后来我当了副连长，工作更忙了，很少回市里，只有婆媳两个在家，矛盾不断升级。时间久了，刘欣开始反思这是不是她想要的生活，我性格内向、不善言辞，跟她周围的朋友们比起来，我是一个很木讷的人。但我知道她对我的感情还是很深的，每个周末都翘首企盼，盼望我回家，一开始半个月回去一次，后来三个星期，再后来一个月，每次都叠加一个星期，每次回家，她都想让我给她一个有力的拥抱、一个深情的吻，但我很少去表达。

我知道她对我很失望，越来越失望，她曾经不止一次地说过，不知道自己结婚为了什么。电视台是个年轻人聚集的地方，很浮躁，没结婚的铆足了劲儿比男朋友，结了婚的铆足了劲儿比老公，背的包包一个比一个昂贵，穿的衣服国内几乎都买不到，脸上都带着无比优越的傲慢表情。每次我回家时，她都会旁敲侧击地说，谁谁的老公从香港给她买了一个 LV 的包包，谁谁的男朋友订婚时送了一辆红色的奥迪 A4，谁谁的男朋友送了她一张美容卡做生日礼物。每当说这些的时候，我就很反感，她说的这些东西在我眼中就是天方夜谭，在我们那个岛上，别说奥迪了，除了运海货的四轮车，一辆私家车都见不到，连个红绿灯都没有。每次她刚一开口我就顶回去："你眼红吗？谁能送你找谁去，我送不起。"

在刘欣眼里，我是一个没有丁点儿浪漫情调的男人，越来越让刘欣失望，在她看来我是那么苍白、单调。刘欣无法忍受这样的乏味，她的小浪漫、小情调就这样被我蛮横地剥夺了，而我看上去却没有丝毫愧疚。

她说她经常看着儿子发呆，小家伙长得极其像她，没有一点像我的地方，恍惚间她会产生一丝错觉，我到底和她有关系吗？还是从来都不认识？她觉得自己很贫乏，无论是在精神上还是在物质上。在这场婚姻里，自己不是越来越美丽，而是越来越可怜，沦落成一个仆人，一个替我喂养孩子、传宗接代的机器。

她住的房子也是她父母买的，我拿不出钱来。人们每天都看到她独来独往，开始对她猜测起来，是不是离婚了，怎么总不见她的丈夫回来，好管闲事的人总爱打听这些，但又不敢明目张胆地说，就旁敲侧击地探问："你爱人最近忙吧？"

刘欣一开始不知道怎么回事，以为人家对她关心，后来才明白过来，就开始撒谎："他其实每个星期都回来的，没办法任务太多，总是住一晚，第二天一早就匆匆赶回单位了，当军嫂嘛，就要做好长期分离的准备。"

说这话的时候，刘欣总是表现出一副坦然和满不在乎的样子，说她百分之百支持丈夫的工作，毫无怨言，但心中的苦涩会在寂静的夜里犹如泉眼一样咕嘟咕嘟冒出来。有一次我回家，在小区门口的理发店剪头发，不一会儿，一大群人拥了进来，大家像看动物园的猴子一样上下打量我，直把我看毛了，琢磨怎么回事。这时刘欣进来了，一脸得意，那表情好像打了一场大胜仗。后来我才知道原来她为了辟谣，专门把大家召集起来，让大家看看她的老公回来了，由此表明我们的夫妻关系是很好的。我看着她的表情，突然觉得很心酸，我能给予她的太少了。

有一天晚上，我正在连部，她突然打过电话来，问我爱不爱她，屋里那么多人，让我怎么说。她平时不会整天把情啊爱啊的挂在嘴边，我感到奇怪，就问她是不是有什么事情，她对着电话咆哮起来，说我问你爱不爱我，我看看周围的人，敷衍她说你赶紧休息吧，就挂了电话。

刘欣接着又把电话打了过来，我只好接起来，冲她发了火，问她到底怎么了，她说周末必须回去一趟，否则后果很严重。

我请假回了家，一切还像原来一样，她喂儿子吃饭，然后让我和她一起陪儿子玩游戏，哄他睡午觉，我以为她前些天打电话不过是有点小情绪，过去就好了。当儿子睡下后，一纸离婚协议书摆在了我的面前，我脑子里顿时一片空白，原来她让我回来是为了这个。接受还是不接受，这一切都由我决定，军婚是受法律保护的，只要我不同意，这婚就离不成。沉默了一会儿，我拿起了桌上的离婚协议书，没有看站在眼前的刘欣，我不敢去看她的眼睛，她眼睛中有什么，幽怨、委屈，或者是愤恨，也许都有，或许还有一点点犹豫和不舍。但我不想去一一证实，背过身去对她说，给我一点时间考虑。

我去吻了熟睡中的儿子，转身出了家门，在楼下站了一会儿，看着赤白的阳光照在光秃秃的枝丫上，竟有了别样的凄凉。有家的地方就有温暖，可是在一瞬间，我好像什么都没有了。

我在天黑之前赶回了岛上，回到战士们身边，我的孤独感才减轻些，我需要安慰，打开门，一股暖流迎面扑来，直侵入我的身体里。我没有吃晚饭，找了个理由说身体不舒服，去床上躺了下来，窗外下雪了，飘飘洒洒的雪花勾起了我的回忆……

记得第一次带刘欣回江西老家的时候,家里也下雪了,很罕见的雪,我牵着她的手在山里跑啊,跑啊,像个顽皮的孩童。父母别提多高兴了,我们家世代面朝黄土背朝天,我能走出这个小村庄,当上军官,现在又带回来一个城里媳妇,等于光宗耀祖了。

儿子出生后,更是把父母高兴得合不拢嘴,在那个闭塞的地方,宗族观念依然很浓,有了孙子就等于香火传了下去。母亲把城里的儿媳妇当菩萨供着,刘欣却变本加厉起来,一年才回一次老家,她却连碗筷都带着而不肯用家里的。母亲看在眼里,却没说什么,只是准备了一大桌子菜,她却不吃,跟我说她喜欢吃的青菜都倒在猪圈里给猪吃了,她不稀罕的鱼肉却都端到了饭桌上。你要知道农村来了贵客才会有鱼有肉,这是我们的风俗。我说给刘欣听,她只是撇撇嘴,不屑一顾。

后来母亲为了照顾孙子,跟着来到了烟市。一辈子忙惯了的母亲片刻也闲不住,刘欣去上班的时候,母亲把家里收拾得利利索索,下班回到家,就有热菜热饭摆在桌上,儿子也养得白白胖胖。可刘欣还是怨声载道,如果不是亲眼看见婆媳大战,我一直都觉得婆媳之间有点矛盾没什么大不了的。有一次母亲把刘欣的衣服洗了,她下班后回来一看,大动肝火,说自己犹豫了很久才下决心买的毛料衣服,只能干洗,被母亲用水泡坏了。母亲站在一边,不停地搓着双手,像一个做错了事的孩子。我看不下去了,和刘欣吵了起来,母亲更觉得愧疚,一直在旁边感叹自己不中用。

儿子到了上幼儿园的年龄,母亲坚决要回老家,说是要照顾父亲。我想,与其天天看刘欣的脸色,还不如回家过得顺心,就让母亲回去了。那时母亲的身体已是每况愈下,经常咳嗽,在南昌开米店的大哥把母亲接去,到医院做了检查,结果却让我们都震惊了——肺癌晚期。当大哥把这个消息告诉我时,我整个人都傻了,我没有想到母亲会得这种病,连夜请假赶了回去。肺癌一般查出来的时候都是晚期了,没有办法再做手术了,只能保守化疗。大哥的日子过得紧巴巴的,大嫂没有工作,两个人只靠经营那一间小小的米店供女儿上学,我主动承担了全部的医药费。在这件事情上,刘欣倒没有计较,还主动拿出了工资卡给我,直到现在我还是认为刘欣是很善良的,我原谅了她对母亲所有的不恭。

做完化疗后的母亲坚决要回农村老家住，她是心疼医药费，我从来没有和母亲说过了多少钱，但母亲明白，一天的医药费就顶得上庄稼地里一年的收成。

母亲还是没有坚持多久就去了。

去世的那个夜晚，我和大哥都不在身边，大哥在忙活店里的生意，我在海岛，等我们陆续赶回家的时候，母亲已经走了。临终前只有父亲和嫁到邻村的妹妹陪在她身旁，妹妹告诉我说母亲咽气之前指了指身子底下，那里放了我平时寄回家的钱，母亲一辈子节俭，给她点钱也舍不得花，都悄悄攒了起来，她的意思是让妹妹把钱还给我。

子欲养而亲不待，这是最大的伤痛。我原来总是想，等以后有时间好好陪陪母亲，等以后有空闲了带母亲去旅游，让她看看外面的世界。而烟市就是个旅游城市，母亲来照看孙子，除了家门口的菜市场，连海边都没有去过，我就这样等时间，等着等着就把母亲等没了。

料理完母亲的后事，我匆匆赶了回来，连去带回一共才四天。回来后我天天做梦，梦里又回到了小时候，母亲和我并肩走在乡间的小路上。那个时候，天不亮就得起床，赶往十几里外的学校，冬天的清晨总是像夜一样黑，我不敢走夜路，每次都是走路的最中央，头也不敢回一下，总怕路边的稻田里会跳出鬼来，母亲一直送我上学。放学回来，母亲已经做好了饭等着我们，看到大哥碗里的饭比我的尖一些，就开始哭，母亲再把饭给我盛得满满的。"巴子头，狗咬的，他娘拿他当好的，他爹说，卖了去，他娘说，舍不得。"母亲经常编顺口溜取笑我。

母亲送我上学一直送到高中毕业，那年高考失利，我跟着大哥到南昌打了半年工后，报名参了军。

当兵走的那天，母亲照例送我，送了一路，母亲的眼泪也掉了一路，我安慰母亲说我就是去长长见识，当两年兵就回来了。母亲这才止住哭声。

从那一刻走出来，就再也回不去了，除了妹妹嫁到了邻村，能经常回去看看，大哥和我都离开了那个小村庄，即使回家，也是来去匆匆，我想在母亲的记忆里，长大后的儿子们留给她的只是远去的背影。

母亲没有了，家也就等于没了。我更加依恋妻子，有时候男人是很脆弱的，比女人更脆弱，是刘欣和儿子让我有了归属感。但她却提出了离婚。

我们办完了离婚手续，走出民政局的大门，刘欣的眼泪像断了线的珠子一样不停地往下落。

这时她才跟我讲那天为什么要疯狂地给我打电话，如果不是那天发生的事情，她也不会那么坚决地要离开我。

那晚十点多了，儿子早就睡了，刘欣一个人坐在客厅里看电视，突然停电了，她摸索着找蜡烛，没找到，家里根本就没有准备，正想给物业打电话，就听见敲门声，刘欣问："谁啊？"

一个低沉的声音说："物业的，修电。"

她刚想开门，但一想不对劲，自己还没打电话，物业怎么就知道停电了呢，她蹑手蹑脚地走到阳台上，看到别人家里都有电，觉得蹊跷。她不敢开门，可是门一直敲，缓慢而有力，似乎有不开门不罢休的气势。她的心马上就要跳出来了，慢慢移步到门前，透过猫眼向外看去，黑咕隆咚，什么也看不到，怎么办？她的脑子里一片空白，我肯定赶不回去。外面突然没有敲门声了，似乎在仔细听里面的动静，她想到了住在前排楼上的同事赵宇，赶紧给他发了一条信息：有急事，速来我家。赵宇虽然住得近，但即使跑过来至少也要五分钟，她灵机一动，高声喊道："谁啊，老公！老公！你怎么不去开门啊，我忙着呢。"

敲门声戛然而止，随后就听到慌忙的脚步声沿着楼梯匆匆而下，她说那一会儿她倚着门，站都站不住了，身体渐渐滑落下去，也不敢大声哭，任泪水肆意顺着脸颊无声地流。

当敲门声再次响起的时候，她的心剧烈地跳起来，外面传来赵宇的声音，她打开门，放声大哭。我以前听她提起过赵宇，是她的大学同学，一直对刘欣有好感。

她把来龙去脉跟赵宇讲了一遍，这晚赵宇没有离开，守了她一夜，两个人就静静地坐着，一直到月亮渐渐变得昏黄，天色开始泛青。天快亮的时候，她歪在沙发上睡着了，等再听到敲门声的时候，才发现赵宇已经不在了。

她从门上的猫眼里往外看，还是赵宇，他提着一袋子东西站在门外。她打开门，赵宇没有和她说话，而是径直去了厨房，打开煤气灶，煮豆浆，把菜码齐，放进冰箱里。他在做这些事情的时候那么娴熟，仿佛他就是这个家的男主人。刘欣倚在厨房门口，静静地看着他，她说这种场景自从结婚后就没有在家里出现过，我是不下厨房的，因为我不会做饭。刘欣觉得她一直坚守的爱情此刻显得那么脆薄无力，爱情是什么，能说清楚吗？虚无缥缈，没有一点质感。此后赵宇隔三岔五就会来一趟，首先检查她的冰箱，及时放进新鲜的蔬菜、面包和酸奶，把那些方便面和泡菜都偷偷地藏了起来。儿子也很喜欢这个叔叔，甚至他不去的时候，还会问叔叔什么时候来陪他玩，我长期不在家，儿子对"父亲"这个词基本没有什么概念。

赵宇无微不至的关心像一碗小米粥，虽然朴实，却润心润肺，刘欣决定放弃挣扎，虽然她对赵宇只有感动和感激。刘欣说，和我从谈恋爱到结婚，一直平淡如水，她也知道平平淡淡才是真，她反复问过自己到底爱不爱我，答案还是爱的，只是在现实面前，这份爱她守得好艰难。

过年会餐的时候，我把自己灌醉了，酩酊大醉，两个战士把我抬了回去，一直到我把五脏六腑都快要吐出来，脑子才稍微清醒一点，一瞬间我觉得自己的心已经很老很老了。

讲到这儿，我的故事该结束了，不过是一个奉献的故事，以前总说军人要懂得奉献、懂得牺牲，现在才真真切切体会到了什么叫奉献，什么叫牺牲。海岛就这么大点地方，你不守，他守，他不守，我守，总是要有人来守的。

冯云伟的眼睛里亮晶晶的，像是包裹着一层厚厚的壳，我用胳膊捅了捅他："别哭啊。"

"才不会哭呢。"他把头扭过去。

这个时候我才发现天色已经完全暗了下来，冬天的夜总是来得很仓促，似乎一到点就把一盆墨汁泼了下来。当远处渐渐亮起星星点点的灯时，我才站了起来，发现身上已经结了一层薄薄的霜，摸上去坚硬又脆弱。

码头终于传来开船的好消息，按照我正常的归队时间算，已经过了一个星期，我突然有一种不想离开的感觉。我们一起上了船，进了岛，他把我送到连队门口，然后挥了挥手，他的手臂挥得很缓慢，像一只受伤的鸟儿。

我的心情突然变得很落寞，也许只是一场梦吧。

二十八

　　回到连队，我见到了新来的连长隋玉可，一米八的个头看上去还不到一百二十斤，瘦得跟竹竿一样，弱不禁风，五官极其精致，不能称他长得帅，只能说很漂亮，目似鹿瞳般灵动，眼睫毛很长，扑闪扑闪的，投下两条优美的弧线，鼻梁侧看很坚挺，唇瓣饱满，嘴角时时都在上扬着，仿佛一直都在笑。隋玉可极其爱喝牛奶，大家私下里笑他是个没有断奶的小孩，他倒是一脸不在乎，还很大方地把牛奶分发给大家。

　　隋玉可每次跑五公里到终点时都如同被抽干了血一般，脸色煞白，必须有人扶着他才不会跌倒。就因为这个，男兵们多少都有点看不起他，女兵们倒是很喜欢他，因为比起冯云伟来，他没有那么难说话，要温和很多。有一次在水房洗衣服，女兵们边洗边聊天，我在旁边听着。她们说来说去说到了隋玉可，说隋连长可比以前的连长帅多了，睫毛那么长，看起来有一种毛茸茸的柔软和湿润，他看人的目光总是那么轻柔，落下来的时候没有一点分量，带着些孩子般的调皮，女兵们越说越激动，一脸陶醉的样子。隋玉可已经成了她们的偶像，大众情人。我觉得她们那么幼稚，一直默不作声的我替冯云伟辩驳起来："男人长得帅有什么用？能力素质都过硬才行。"

　　女兵们撇撇嘴，没再说话。有一个打趣我说："你不会看上冯连长，哦不，冯参谋了吧？"

　　我心里一怔，随即伸出湿漉漉的手追着打她，她嬉笑着逃开了。我对着洗衣盆里的泡沫发呆，泡沫一个个炸开了，消失了，也许我对冯云伟的好感也像这泡沫一样脆弱松散吧，只能是一个短暂得不能再短暂的停留。

通信连本来人就少，老兵一退伍人更少了，我既要在总机班值班，还要完成宣传科的拍摄任务，忙得不可开交。

再见到焦玉明的时候，他看我的眼神像认领失物一样，好像我随时都能失而复得。但通过几次套近乎之后发现徒劳无功，再看我时眼睛里就多了些挑衅，我们之间的气氛总有些莫名的敌对。他在我面前趾高气扬起来，在他看来我终究是那条没有跳过龙门的小鲤鱼，又游回了原来的地方，对于这些，我只能保持缄默。

那场烟市的相遇像梦境一样消散了，我和冯云伟见面的机会反而多了起来。因为业务上的往来，他隔三岔五就去机房转一圈，但对我不冷不热的，我怀疑是我自作多情了，他大概不会看上我这样的小女兵的，但我还是会情不自禁地在背地里观察他，也在等待着什么，可是一切平静如水。

他来机房查班的时候，会经常利用"职务之便"和我们聊聊天，但都是很多人在一起，现在不当连长了，我反而觉得他亲切随和起来。他跟我们讲，刚上军校的时候，学员队长让谈谈上军校的动机，大家都会说从小就无比崇拜解放军，从心窝窝里热爱人民军队等等。他当时不想和大家雷同，不想被埋没在一派豪言壮语中，就精心虚构了一个人物，说村里的远房表哥从南方一下子扎根到雪域高原，献身国防，最后在一次巡逻中壮烈牺牲，他从小就立志要接过表哥手中的枪，发扬献身精神，没想到这番话引来了高度重视，冯云伟被选到新生的誓师大会上去做演讲。他几次闪躲，却还是被推了上去，现在想想这事都觉得很羞愧。

我们听了都笑他狡猾，我知道有些人上军校并不是发自内心地向往部队，而是家境所迫，上军校是他们最好的选择，只要从一个连柏油马路都没有的村子里走出来，就能把一贫如洗的家抛在身后。

他还很坦率地讲了那天罚焦玉明跑步是因为相亲失败的缘由，那次见的女孩一双吊稍眼，透着咄咄逼人的犀利，据科长家嫂子说是省城某名牌大学的医学系研究生，在市医院工作。

果然不出所料，那女孩上来就是一连串的提问："你家是哪的？哪里毕业的？当兵多少年了？听说你们军人待遇提高了，你现在一个月能拿多少钱？"

这让冯云伟有一种进了局子的感觉，审犯人吗？他还是耐着性子一一做了回答。可这姑娘非要刨根问底:"你们部队管得严吗?平时能出来吗?逢年过节有时间逛街吗?一年能出去旅游几次?"

一下子把冯云伟问烦了:"你以为我们部队是养老院呢?"丢下这句话,冯云伟就想走,可转念一想,这是科长家嫂子介绍的,顶撞了她,闹不好回去再告他一状,更麻烦。相亲不就跟买东西一个道理吗,买个菜还得挑新鲜的捡呢,还能不让人家问不成?俗话说顾客就是上帝,赔个笑脸又能怎么样。

双方都沉默了一会儿,女孩问:"你们本科生毕业的时候,是什么军衔啊?上尉吗?"

"不是,是中尉,硕士才是上尉,像你如果被特招到部队的话,就是上尉。"冯云伟解释道。

"我才不去部队呢,那么苦。"女孩露出不屑一顾的表情。

"……"冯云伟不知道说什么好了,把服务员刚端上来的果汁狠狠地吸了一口,然后就拿吸管百无聊赖地搅动着冰块。

女孩也不说话了,过了大概有三分钟,冯云伟想,也不能就这样耗时间啊,他开始绞尽脑汁找话题,突然他想到有个战友的弟弟在市医院实习,就问:"是不是你们那所大学毕业的学生,都要去市医院实习啊?"

"开玩笑!"女孩的眼睛立刻瞪大了一倍:"什么叫我们学校的学生都要去市医院实习?你以为我们市医院是收容所吗,没有研究生学历和出类拔萃的成绩,门都没有!"

仿佛冯云伟侮辱了她一样,一脸义愤填膺的表情,冯云伟彻底傻了,没想到拍马屁拍到了马蹄子上。

正好这个时候冯云伟手机响了,是陌生号码,冯云伟赶紧接了起来,大学同学打来的:"哥们儿,干啥呢?"

"哦,什么,这么大的事情为什么不提前通知我?"

"喂,你说什么啊,我问你忙啥呢,什么没通知你?"同学在那边丈二和尚摸不着头脑:"串音了?"

"我马上回去。"冯云伟在这边自顾说着。

他二话没说挂了电话,对女孩说:"部队有事,要我马上归队。"

手机又响了,又是刚才的同学,冯云伟接起来就是一顿吼:"说了,马上回去!"

同学说："你小子吃错药了！"

话还没说完，冯云伟"砰"又把电话挂了，搞得人家一点脾气都没有了。

冯云伟走到路口该拐弯了，他用余光瞥了一眼，那姑娘还愣愣地站在原地。他赶紧给同学打电话解释："哥们儿，实在对不住啊，拿你当了回道具，我刚才去相亲来着，你的电话来得刚刚好啊，总算替我解了围。"

冯云伟讲得绘声绘色，大家笑得东倒西歪，只有我心里酸溜溜的，不经意间抬起头，看到映在玻璃上的脸，看起来就像一张泛黄的黑白照片，她就那样棱角分明地和我对视着，脸上的表情简单到了极点，有一缕魂魄从镜子中飘了出来，那魂魄是有芯子的，我却看不透。

每天口中上千次重复着："您好""电话来了""请讲"，手无数次敲击键盘，拨打号码。一个班次四个小时下来，整个人似乎都有点发僵，单调也好，枯燥也罢，心里总觉得在期盼什么。

有一天在通信科帮助工作的战士去师医院看病时拿错了药单，错领药品后走了。医生通过就诊登记查到了战士的姓名，可单位一栏填的是师机关，机关人那么多，去哪里找，电话打到总机班，正好我值班，我用了半个小时拨通了五十多个电话才找到这名战士，原来是通信科的，恰巧又是冯云伟接的电话："冯参谋，请问您那里有一名叫陈曦的战士吗？"

"有啊，怎么了？"

"马上告诉他，药不能吃，别吃错药了。"终于找到了，我长出了一口气。

"哪跟哪啊？"冯云伟一头雾水。

我说："你们的战士去门诊部看病，拿错了药，把人家的药拿走了。"

"哦，我马上告诉他把药送回去。"

"俗话说得好啊，兵熊熊一个，将熊熊一窝。"我也有了揶揄他的机会。

他又把电话打了回来，我没有接，想到他恼怒的表情，我偷偷地笑了起来。那个纤瘦的身影投射在我心里，像一缕春风吹皱了一潭静水，荡起层层涟漪。我使劲摇摇头，想什么呢。

周五晚上我去换班，快走到营区门口的时候，突然下起了大雨，我把包顶在头上，在雨中跑了起来。

这时有个身影跑过来，把伞往我手里一塞，扭头冲进雨中，是冯云伟，我呆呆地望着他的身影消失在雨帘中，心中涌起异样的感觉。

第二天，我给他发了信息："什么时候把伞还给你？"

他很快回了短信："连声谢谢都不说，起码得请我吃个饭吧。"

欣喜一瞬间填满了我的心，我终于知道那缕魂魄的芯子是什么了，就是急切地盼望和焦灼地等待。我认为这是他主动向我示好的信号，看来我没有自作多情，他对我也是有感觉的。

"好啊，就这个周末吧，你喜欢吃什么，到时候告诉我。"我迅速回了信息。

"哪有让女孩子请客的道理，我请你吧。"

"那天下那么大的雨，如果被淋了，肯定要去卫生队打点滴了，你给我省了医药费，就用这个钱请你吃饭吧。"

"我们看病不花钱的。"我看到回信想，这个呆头鹅。

第二天中午，我提前请了假，左等右等却不见冯云伟打电话来，女孩子特有的矜持又让我不好意思主动问他。红色手机静悄悄地躺在那儿，像微微张开的唇，在等待着什么，我心里失落落的，不免有些气恼：竟然敢爽约，就算是有事也要说一声啊，没素质。

我去连部销了假，林晓璐说："你不请假了吗，怎么没出去？"

"哦，没出去。"我支支吾吾不知道该怎么说。

这时我手机响了起来，是冯云伟。

林晓璐逗我："是不是谈对象了？老实交代。"

"哪有啊，下午两点钟回来再销假。"我怕林晓璐再问我，赶紧跑了出去。

"我12点半在大门口往东两百米的地方等你。"冯云伟一条短信又发了过来。

"那不行，你在连队门口等我。"我知道他怕人看见，就故意为难他。

"好吧。"短信过了很久才回过来，我知道他犹豫了好半天。

我从包库里拿出了一直压在箱底的牛仔裤，上身穿了收腰的白色小夹棉衣，化了淡淡的妆，去水房的镜子里照了照，看惯了这身绿，猛地换上便装，倒有些不习惯了。镜子里的女孩光彩照人，我对着镜子做了个鬼脸，转身下了楼。

其实我也怕碰到熟人，三步并作两步走出了营区，有点鬼鬼祟祟的感觉，迎面看到冯云伟匆匆走过来，我迎了上去，他却看都没看我一眼。

我看着冯云伟的背影发呆，只见他掏出手机来，不停地按键，我知道他肯定在给我发信息，果然不到一分钟，短信就过来了：单位找我，工作上的事情，你先去门口等我一会儿。

无奈，我只好慢悠悠地朝大门口走去，风夹杂着尘土刮了过来，我躲进门口的小卖店里，在里面待了将近二十分钟，冯云伟还没有来，小卖店的老板娘都用异样的眼光打量我了，我买了一大袋零食，准备下午拿回去给战友们解馋。

付完钱，我也饿得肚子咕咕叫了，索性撕开一袋饼干吃起来，老板娘和我聊了起来："没吃饭啊？"

"呵呵，等人。"

"等男朋友吧？"老板娘说着，抬头看了我一眼，我觉得我的脸肯定绯红。

直到快一点的时候，冯云伟才匆匆走了过来，猛然侧头看到我，说："走吧。"

然后他自顾往前走去，脸上竟然一点愧疚的表情都没有，这让我气不打一处来，我已经饿得前心贴后背了，等了他这么久，竟连句抱歉的话都没有。

"吃什么？"冯云伟问了一句。

还能吃什么，当然是去"美食一条街"了。所谓的"美食一条街"不过是一条坑坑洼洼、歪歪斜斜的石板小路，平日里我们都调侃说这条路对于北塔山岛就相当于北京的王府井，上海的南京路，是岛上最繁华的地方了，有几个杂货店，一个理发店，还有一个移动营业厅，几家小餐馆。

冯云伟自顾自走了好长一段路，猛地想起来后面还有一个我，这才回头张望，我故意走得很慢，越来越生气，心想你如果怕碰到熟人，干脆就不要出来。

单独和我在一起的冯云伟竟然很害羞，完全没有了当连长时的威严，他自我解嘲说平时接触女性太少了，上军校时整个学校就五个女生，可谓国宝级的人物，一般人是搭不上话的。毕业后分到海岛上，除了这些女兵，也基本上没有深入和女孩交往过。刘欣是他亲密接触的第一个女人，虽然已经从围城里走了一圈，但和女孩打起交道来，还是会害羞，这是大多数男军人的通病。

那顿饭吃得很匆忙，两点前我就要赶回去销假，但心情却出奇的好，临走时我突然说："我想问你一个问题。"

冯云伟马上猜到了我想问什么，就说："不行不行，你不能随便对我进行采访。"说完就匆匆地逃了。

那晚，月光透过窗户照在我身上，我看到自己的身体若隐若现地浮动在月光里，在军人接待站的那些回忆突然汹涌而至，随着苍茫月光回环流动，急急地拍打着心门。

我翻来覆去睡不着，在拒绝了一些人的追求之后，我有了一种错觉，觉得自己已经刀枪不入，百毒不侵了。可是现在，他轻而易举地就钻进我心里。后来我想明白了，那是因为在接待站他在跟我讲述那些故事的时候，我就捕捉到了他身上有我想要的东西。从那时起，我心里就有了他的影子，这个沉稳、干练、上进的少校军官，让我心生爱慕，我的直觉告诉我，冯云伟也是喜欢我的，那他为什么不向我表白呢？

我一个骨碌翻身下床，既然睡不着，干脆去找林晓璐聊天，其实我是想旁敲侧击地看看能不能获取点关于冯云伟的信息。下楼找了一圈，在电视房找到了林晓璐，她正津津有味地看电视，最近迷上了一部电视连续剧，越看越带劲，就一直看到现在。

"指导员，看电视啊。"我搬了个马扎，坐在她身旁。

"是啊，电视剧不能看，上瘾。"林晓璐说话的时候，眼睛也没离开屏幕。

"姐夫这周来吗？"

"不来吧，最近忙，再说来了也没地方住。"

"还没分房子啊？营房科长办事儿真没效率。"

"不怪他，确实房子紧张。"

"指导员，和隋连长搭班子比和冯连长好吧？"我话锋一转，转到冯云伟身上来。

"各有千秋，都很不错。"林晓璐漫不经心地问一句答一句。

"现在人家调机关里了，好像更忙了。"

"是啊，前两天我还给他介绍对象，他答应见个面，到现在也没有腾出时间来。"

我的脑袋一下子变得空空荡荡，他竟然还答应别人去见面，那我又算什么，是我单相思、一厢情愿吗？

凄然、悲哀开始哔哔嘣嘣地燃烧，我像折断了翅膀的鸟儿一样踉跄着回到宿舍，把自己蜷成一团，紧紧地抱着自己的双肩，怕一松开就支离破碎了，我就保持着那样的姿势睡着了。

第二天天不亮，我醒了，侧了个身，看到一个战士的被子掉在地上，就起身帮她盖上，又躺回床上。这时看到手机亮了，我通常在睡觉的时候都调成静音，怕影响别人休息，拿起来一看，是冯云伟，只有两个字：小猪。

我多想问问他，为什么还要去相亲，跟我算什么呢，玩暧昧吗？

　　但我忍住了，我决定保持缄默，把主动权交给他。

　　我还是那么盼望见到他，"冯云伟"这三个字像磐石一样整日压在我的心上。当决定要离开他的时候，我好像才刚刚懂得爱情的真谛，有两股无形的力量在撕扯着我。我拼命告诉自己，不可以这样，不要这么认真吧，他只不过是个离了婚还有孩子的男人，离他远点，再远点，不要让他伤着你。可是一想到他的眼神，随即心里又涌起一种最朴实的好感，我确定他是喜欢我的啊。

　　云山雾罩的感觉像蛇一样盘绕着我，我不愿再绕来绕去，干脆开门见山地问他："你为什么要和我走这么近，是为了显示你很有魅力吗？"

　　"家，曾经有过，魅力，也曾经有过，现在一无所有。我是个很失败的男人，像一片孤独的树叶，虽然留恋大树，但抗拒不了秋天的来临。"

　　随后我又收到一条信息："你是一颗名贵的珍珠，就应该放在精美的宝盒里面，而我只是一个简陋的泡沫盒子。"

　　这意味深长的话让我的心像是被风吹乱的稻田，我希望我的爱情是完美的，可是他给不了我完整的爱，他现在已经是一位父亲了，这样一个现实摆在我面前，让我进退两难，早知道如此就不该认识他。

　　手机又响了起来，却是隋玉可。他一天要打三四个电话，也没什么正经事，就是海侃，我明白他喜欢我。

　　果不其然，隋玉可开始疯狂地追求我，一天起码二十条短信，我找各种理由搪塞他，他倒是理直气壮，说男未婚，女未嫁，都到了该找对象的年龄，没什么不可以。我开始动摇了，心想有这么一个男朋友也很好，有钱、有关系，那样我就有一个坚实的靠山了。但我对隋玉可始终提不起兴趣，他不是我喜欢的类型，总觉得他的眼睛里透着一股稚气和空洞，我努力去接受他，以为有一个人住进我心里，冯云伟就可以被驱逐出去了，但越是这样，就越是不自觉地拿两个人作比较，就越觉得冯云伟无可替代。

　　隋玉可总是很惋惜地跟我说："为什么要来当兵呢？你本来可以有更好的未来的。"

　　他说他入伍就是为了找个稳定的工作，当时考公务员没考上，除了去政府机关和事业单位，其余的工作对于他来说都没有太大的吸引力，就借着父亲的关系进了部队，是父亲为他选择的这条道路。父亲上过战场，参加过对越自卫反击战，他崇拜父亲，可却超越不了他，他知道自己不是做英雄的料子，有点多愁善感，做事犹豫不决，贪图安逸，和战场上浴血奋战的英雄大相径庭，但有一点是肯定的，他是个军人，如果有一天战争爆发，他一定会义无反顾地上战场。但在和平年代里，他注定只能成为这支庞大队伍里默默无闻的一个，在等待战争的渴望中慢慢消磨时光。

没有基础的爱情是苍白的、脆弱的、不堪一击的。

二十九

又轮到我值夜班，正好一份传真需要送到通信科，本来是应该另一名战士去的，但我主动要去，我知道这个时候冯云伟肯定在办公室里。出了楼，看到月光在院子里徘徊，竟是别样的清透，被月光漂白的心情也渐渐平静下来，我敲门进了他的办公室，果然在。把电报递给他，他拿起来认真地看着，然后又发了出去，处理完这些后，一时间两人竟不知道该说些什么。他不提过去，在烟市接待站的那几天他一个字都不提，仿佛我们都没有去过那个地方，不过就是萍水相逢的路人而已。我的脑子急速翻转着，想找出一个话题来打破这种沉默，他问我喝不喝水，我说不喝，该回去了。

在我站起来的时候，心里的防线犹如雨后的危墙，哗啦啦一下子就倒了。我扭过身看着他。他也站了起来，说我给你开门，从我身边走过的时候，我从背后把他抱住了，紧紧地却是温柔地抱住了他，把脸贴在他的背上。我想把所有的记忆打碎，重构，搭建出一种新的框架，浸润在一种新的意义里，哪怕只供我以后去回味。今天我来其实就是为了告诉他，我的高傲都是装出来的，是口是心非的，是声东击西的。他不动，就那样直愣愣地站着，可能一切都太突然，他的手都不知道该往哪放，后来他深深地叹了口气，却不回头，背对着我说："我配不上你的，你应该有更好的归宿。"

我抱着他不肯撒手，他试着把我推开，但我更加用力了，他的手一直腾在半空中，终于鼓起勇气转过身来，把手放在了我的腰上，而后慢慢地，慢慢地抱紧了我。

黑暗中我把头埋在他的胸前，埋得很深很深，仿佛找到了一个家。

冯云伟似乎忘了曾经的苦涩，也许是我的热烈拨动了他心底的弦，给他带来前所未有的感动，他把手伸进我的头发里，手掌的温度一直传输到我身体的各个部分。时光一下子清澈起来，我看到了自己透明的心，那种纯真在我心里扎了根。

就这样，我们心照不宣地走到了一起。不像别人谈恋爱那么高调，反而是偷偷摸摸的，像做贼一样，我们从来不敢明目张胆地谈恋爱，只能在下午体能训练的时候在人群中搜索着对方的身影，剩下的只能靠短信交流。在这个通信技术发达的年代，暧昧的情愫和妙不可言的感觉通过电波，借着屏幕上的小字表达得淋漓尽致，在公共秩序之外开出隐秘而妖冶的花朵。我们从来没有海誓山盟，甚至连一句约定都没有，但就是那种默契和心照不宣，让彼此都没说过一句放弃，谁都愿意做最大的冒险，也甘愿为此承担所有的后果。

也许是我的心理作用，走在任何地方，我都感到有目光像鸟儿一样落在我身上。只要出去，我都会走得飞快，到哪里都低着头，不看任何人，避免出现在人多的地方，我只想存在于一个人的世界里，只有在那个时候我才觉得内心是安全的、踏实的、稳定的。

心乱如麻的我一个月没有给家里打电话了，往常我都是一个星期就和家里通一次电话，我不知道母亲知道了会怎样，她肯定坚决反对。母亲终于给我打电话了，打到了值班室，当时我正好带队值班，听到那熟悉的声音，我的眼泪潸然而下。

"怎么这么久都不和我们联系，发了好几次短信也不回。"母亲的话语中带着埋怨。

"妈，值班室是不能接私人电话的，尤其是在机台上，下班后我用手机打给你。"说完我就挂掉了塞绳。

我该怎样跟母亲说我的恋情，跟她说我爱上一个离婚的男人？母亲会疯掉的，她的感情经历已经够坎坷了，她只希望我过得简单。

这是一场搏斗，人性和特有规则的搏斗，我不想输，但我坚持得太难。在学校时，我那么特立独行，经常举起反叛的旗，那时多么趾高气扬，多么理直气壮。现在，我被扭曲，被创痛，为什么会这样呢？答案只有一个，天性的底色是：保持自我；军营的底色是：保持单一。

　　当我第一次走进冯云伟火柴盒般大小的宿舍时，还是止不住一阵失望，但当他转身拥住我的时候，所有的念头都在一刹那融化掉了。冯云伟像一丛神奇的密林，等待我去探索，穿过这片密林，会发现很多神奇的景象，我努力向他记忆的深处眺望，眺望他走过的漫漫绿色年代，试图去读懂葱茏年华灌注给他的军人气质，这种气质已经深深地融入了他的骨子里。每次看到他戴军帽，都要用手指摸摸帽徽，再摸摸鼻尖，看它们是否在一条垂直线上，这让他有了一副一成不变的端庄模样。他是没有多少生活情趣，除了工作就是工作，甚至连一个有趣的笑话都不会讲，但我喜欢上了这种性格。

　　冯云伟住在筒子楼里，狭小的宿舍只能放得下一张床和一张桌子。这是一个环形楼，住的都是单身干部和来探亲的士官家属，楼尽头有一个公共洗手间，只有两个水管，谁如果要用厕所，在里面洗漱的人要马上出来等着。每次去找他的时候，我都躲在小屋里不愿出来，更是一点水都不敢喝，因为去厕所要穿过足足一百米长的走廊。走廊里每个门前都摆着一个煤气灶，旁边放着油盐酱醋，充斥着小孩的哭闹声，大人的呵斥声，还有此起彼伏的煎炸烹炒声，这是一个嘈杂的、温馨的、带着十足烟火气息的地方。

　　我们不再出去吃饭了，怕碰到熟人。他买了一个小电磁炉，在屋里煮东西吃，这里的海鲜很便宜也很新鲜，可以直接到海边的渔船上去买，十几块钱可以买上一大盆。这天中午我们大快朵颐了一番，还没来得及收拾，冯云伟的手机就响了起来，我心底升腾出丝丝缕缕的失望，他肯定又不能陪我了，我最怕听到他的手机响，通常一个电话，他就得回办公室。果然，他接了电话后掏出钥匙给我说："我有点事情要处理一下，忙完就回来找你，你如果出去就把门锁上。"

　　"今天是星期天。"我也不高兴了，夹带着埋怨和委屈，一个星期一百六十八个小时，和他在一起的时间总是不超过两个小时。

　　"野战部队哪有星期天，你看看师长、政委谁过星期天，别说师长、政委了，参谋长、科长、参谋、干事、助理，从上到下有谁过星期天？哪一天办公楼上的灯不是通宵达旦地亮着？还星期天，你过得倒挺滋润呢。"冯云伟对着我一阵"炮轰"。

　　我紧紧地拉着他的手，不让他走，他脸上阴云密布："我干脆转业算了，天天陪着你玩。部队都要像你这么稀拉，还能打仗吗？"

冯云伟转身出去了，屋里一下子变得极其安静。风吹着窗帘飘了起来，拂过窗帷。我走过去，把窗帘拉开，雨后的天空被洗得幽蓝，阳光穿过窗棂射了进来，淡白的清辉印到床单上，留下一片斑驳的碎影。

我四周环视了一下，床头上、桌子上都浮着一层尘土，被罩看上去也灰蒙蒙的，整个宿舍像被龙卷风扫荡过一般。我索性挽起袖子打扫起卫生来，我去水房端来水，蹲在地上开始擦地板，擦过后的地板锃亮，像平静得没有一丝波澜的湖面。那一刻，看着地板上映出自己波光粼粼的倒影，我明白我已经孤注一掷了。

我起身去倒水，刚走出门，"哐！"一声，门被风给带上了，我端着一盆脏水愣在门口，心想："这下可完了。"

把盆子放地上，摸了一下衣服口袋，手机也被锁里面了，我只好求助于旁边屋里的人，正好一个女人带着一个两三岁的孩子在走廊里玩，看样子像是家属，我走上前去叫道："嫂子，你有手机吗？我出来倒水时风把房门带过来了，我进不去了。"

"俺没有手机，座机行不？"这个年轻妈妈操着一口浓重的河南话。

"座机也行。"

"那你进屋打吧，晨晨，让开，让阿姨进来。"年轻妈妈把蹲在门口玩卡通车的孩子一把抱了起来。

我拨通了冯云伟的电话："喂，是我，我刚才出来倒水时风把门带上了，钥匙也在里边，我被关在外面了，怎么办？你还有钥匙吗？"

"没有了，我就那一把钥匙，嗯……你在门口等会儿吧，我叫人过去把门打开。"冯云伟语气很平静，仿佛在听一件无关紧要的事情。

"好，快点啊。"我很着急，我不愿意在这个宿舍楼露面，以免招来闲话，流言蜚语总和满大街电线杆上贴的牛皮广告一样，赶不尽杀不绝，所以我很注意影响，至少现在我还不愿意公开我们两个人的关系。

"谢谢啊。"我对那个年轻妈妈说道。

"没事，不就是打个电话嘛，你就在隔壁屋吗？"年轻的妈妈开始和我搭讪起来，她对我很是好奇。

"是啊。"

"那你是冯参谋的啥？"年轻妈妈对我表现出极大的兴趣。

"嗯，表妹。"我随机应变，因为突然想到冯云伟讲过，当兵的人就是表妹多，无论是真表妹还是女朋友，一律以表妹相称。

"哦，那你现在上学还是上班啊？"她似乎要打破砂锅问到底了。

"上班呢，宝宝，你几岁啦？"为了转移话题，我开始逗小孩玩。

"喊阿姨，告诉阿姨，你两岁半了。"年轻妈妈不再问了，看到我逗她的孩子，也把注意力转移到孩子身上。

这时，一个战士跑了过来，看到我在门口，冲着我就喊了一句："嫂子，你等很久了吧？"

我窘得恨不能找个地缝钻进去，我怎么就成了嫂子了，八字还没一撇呢，我站在那里，答应也不是，不答应也不是。战士说着，就掏出工具干了起来。

年轻妈妈倒不计较我对她撒的谎，像发现新大陆一般嚷嚷着："哎呀，原来是冯参谋的家属，我说了嘛，冯参谋找了个恁俊的媳妇，有福气哩。"

这一扇被风吹闭的门像是不经意错拉开的幕布，我还没做好登台的准备就亮相在大家的视野中，让我躲闪不及。我就盼着这个战士能快点把门撬开，我好再躲进去，心里暗暗埋怨自己，怎么就这么不小心，害得我出丑。

战士倒很利索，三下五除二就把门锁撬开了，又换了一个新锁，边干活边和我聊天，一口一个嫂子，让我越发窘迫。

安完锁后，他就走了，还说嫂子以后有事再给我打电话，并留下了他的手机号码。

我先把钥匙装在口袋里，又去水房把被罩床单都洗了，水房又脏又乱，水龙头离水池差不多半米多高，进进出出的许多人。这些家属们似乎都秉承了丈夫的优良作风，动作也雷厉风行，进来就把水龙头开得哗哗响，水花四溅。我刚涮得差不多了，来个人哗啦啦一开水管，水池里的脏水溅进盆里，又得重新洗一遍，反反复复折腾了好几次，以至于我都想发火了。洗好的被罩也没地方晾，只能挂在宿舍里，底下接个盆子。整个屋里都亮堂起来，我在床上躺下，四周极其安静，只有湿床单落下的水滴声，我把头埋进被子里，上面沾满了阳光的味道，我的心情陡然好起来，竟迷迷糊糊睡着了。

不知过了多久，手机震动把我惊醒了，是隋玉可，我没接，现在特别怕接到隋玉可的电话，他的超级无敌的韧性战斗力和誓不罢休的气势让我很无奈。

如果我不接电话，他就会马上发信息的，果然不出所料，不到两分钟，短信就过来了："我给你买了些吃的，放到连队值班室了，你自己去取吧，最近天气忽冷忽热，你一定要注意多穿衣服，防止感冒。"

我没有回信息，看了看表，离归队的时间只有半小时了。冯云伟还没有回来，我梳了梳头发，整理了一下被子，然后把门带上，把钥匙给了隔壁的年轻妈妈，让她转交给冯云伟，回了连队。

到了连队值班室，值班女兵一脸坏笑地看着我："有好吃的哦，你好幸福啊。"

我不禁有些恼火，隋玉可总是虚张声势，好让大家都知道我是他的女朋友，那样就可以把我归为己有，贴上专属于他的标签，太自以为是了，太不尊重别人的感受了。

我气冲冲地提着那一包东西往回走，一见我大包小包地回来，女兵们就在走廊里喊："大家快过来，有好吃的！"

她们一拥而上，争着抢我手里的袋子，我大吼一声："谁都不许动！"

她们都像被点了穴一般定在那里，这才看到我的脸色不对，便轻声问道："怎么了？"

我铁青着脸不说话，一个女兵见状，拉拉身边人的袖子说："我们先出去吧。"

她们陆陆续续地出去了，我关上门，拨通了隋玉可的电话，我要跟他彻底摊牌。

那头传来隋玉可阴阳怪气的声音，其实他就在楼下："今儿怎么主动给我打电话了？"

"连长，你买的东西我看到了，我想跟你说，谢谢你一直以来对我的关心、关照和关怀，我很感激，但我们不合适，不可能成为恋人的。"

"谁说我们不合适，我们很合适，我们都是地方大学生，我们有着相似的成长环境，相似的人生经历，我们再合适不过了。"隋玉可仿佛知道他迟早要面对这一天的，而这一天提前到来了，他的语气里夹着不可救药的偏执，想尽一切力量挽回。

"感情不是一方的主观判断，是要两个人都有感觉才好，你可以找到更优秀的女孩，比如找一个女干部，我只是一个兵。"

"我不在乎这些的，女干部女兵都一样，真的。"他急急地跟我解释着，因为着急他语速飞快，像是每个字都早已含在嘴边了，轻轻一张就全倒了出来。

"我们不可能在一起。"不等他说完，我就挂了电话，我知道这几个字像巨大的冰块，带着凛冽的寒冷，<u>重重地砸向隋玉可</u>，我甚至能想到他失魂落魄的表情。平常隋玉可都是志在必得的神态，在他眼里，我就是挂在枝头的果子，他早就侦察好了，轻轻一摘，我就非他莫属。他没有想到我会这么顽固，也没有想到他这样一个女兵们眼中的大众情人会在我这里栽跟头，我知道，我大大挫伤了他的自尊心。

如果说我和冯云伟的爱情就像夹在石头缝中的小草，每一步成长都非常艰难，那么我和隋玉可则会顺理成章，会得到很多人的支持，我还是不愿意选择坦途，偏要走布满荆棘的险路。

一切并没有我想象得那么简单。世界上没有不透风的墙，我和冯云伟的事情还是悄悄地传开了，起因是那个帮我撬锁的战士，他后来在路上看到并认出了我。一传十，十传百，虽然大家不是很确定，但在这样一个荒凉的小岛上，任何一点花边新闻都可以调动大家的神经，作为茶余饭后的谈资。人们开始议论纷纷，他们觉得我和冯云伟简直是风马牛不相及，想不明白这样一个看起来还不错的姑娘，为何非要找一个离了婚的男人，还有人猜测我刚来海岛的时候，就已经和冯云伟好上了，他移情别恋了，喜新厌旧了，背信弃义了，为了我离婚了，我竟然被演绎成了"小三"。

舅妈竟然也知道了我们的事情，她开着卖鱼的电动三轮车风驰电掣地来到连队门口，把我叫了出去，说你昏了头啊，自己那么好的条件，为什么非要钻牛角尖。舅妈是典型的胶东妇女，直言快语，有什么说什么，从来不带拐弯的，她威胁我说她要告诉我母亲，然后带着恨铁不成钢的表情发动了挂满鱼鳞的三轮车扬长而去。

舅妈雷厉风行的作风让我不得不再次佩服她，因为当天晚上母亲的电话就打了过来。母亲比舅妈有过之而无不及，话说得更是不留情面，说一个黄花大闺女怎么可以找一个离了婚的二手货呢，于情于理都说不过去，最后说："咱们这种地方，都很传统，你找一个离婚的，怎么给你举行婚礼，爸妈脸上都挂不住。如果说日子不是过给别人看的，你自己也遭罪，他还有个孩子，就像一个定时炸弹一样，以后会引起你们无休止的争吵，你嫁过去就给人当后妈，你自己想想，这靠谱吗？我真是难以想象你怎么会做出这种事情来。"

母亲打这个电话前肯定郑重其事地把苏泽里叫了回来，进行了一番认真的探讨，因为苏泽里也在她身边，这绝对不是巧合。他把电话接了过去："红果，现在全军都倡导当代革命军人核心价值观，最后一条就是崇尚荣誉，什么叫崇尚荣誉，我理解的就是珍惜你所能得到的，你想想，能到部队，能穿上军装，你应该珍惜啊，做事要三思而后行，不要因为一时冲动而毁了自己的前程。"

苏泽里没等我说话就把电话挂了，他知道我会辩驳的，而他连解释的机会都没给我。我的眼泪顺着脸颊无声地流了下来，苏泽里说得对，但又不完全对。

自己或许真的有些傻，但因为傻与青春相连，它又显得那么珍贵。也许别人认为冯云伟平淡无奇，没有特别之处，但平淡无奇又好像是他的一个显著特征。青春易逝，命运仿佛已撒下天罗地网，我无法逃脱，爱情是一种力量，但它能战胜世俗吗？走在秩序之外的我感觉那样孤独，像一弯冷月，孤零零地挂在天际边。

我躲在被子里泪流成河，抽泣声像冰点以下的水银柱，又像绵薄的雨丝飘过，总有一种即将散场的落寞环绕着我，挥之不去。

我翻来覆去睡不着，决定去找冯云伟，把这些情况都告诉他。我一刻都不能等下去了，悄悄爬起来，借着朦胧的月光把被子卷好，卷好的被子看上去像躺着一个人，我很满意。然后我又蹲下来摆拖鞋，摆好的拖鞋一只正着，一只歪着，很随意的样子，然后我走到二楼的栏杆前，一下子翻了出去，像一只从墙头上跳下的猫，顺着管道滑到一楼，悄无声息地走了。我也没有想到长这么大第一次翻栏杆就这么顺利，暗暗惊叹自己竟有如此矫健的身手。

昏黄的路灯下，我看到自己的影子被拖得很长很长，一会儿又被黑暗吞进去了，突然觉得我像一只白狐，只为寻那搭救过自己的书生，续那一段未了的尘缘。起雾了，雾是最温柔的进犯者，它慢慢地涌来，无声无息，像梦一样轻盈，我抬头看看月亮，云蒸雾绕的月亮发着幽暗的光，像一片巨大的白色药片。

当我敲开冯云伟的门时，他愣住了，问我怎么出来了。我告诉他我翻栏杆出来的，他一下子把我搂在怀里，说丫头你这样会犯错误的，赶紧回去，我说你听我说完我就走。

我把家里给我打电话的事情告诉了他，其实我就是想让他给我些力量，给我些鼓舞。他却低下头来："红果，我真的觉得我配不上你，你的出现让我明白，原来爱情也是一种力量，无非是我在麻木了自己的神经之后，把它忘记得太久了。可我一直都很忐忑，我曾说过你是一块美玉，应该装在精致的盒子里，而我只不过是一个粗糙的泡沫盒子。"

"美玉就是一块顽石，也许泡沫盒子更能保护我，不至于摔碎呢。"我说完这句话就冲了出去，我不想再听他说下去了。不知谁说过没有痛苦的爱情不是真正的爱情，反正我是动了真感情，一团火焰在我内心燃烧着，烧坏了理性的藩篱，即使受伤也无所谓，能真真切切地去爱着，也是一种幸福。

当我顺着管道往上爬的时候，发现上远不如下那么简单。不小心鞋掉了，我重新下去把鞋捡起来，当我满头大汗地翻进栏杆，却与焦玉明四目相对了。他睡眼惺忪地正准备去厕所，看到我，他脸上的表情就像旷野里遇见了鬼，我也使劲捂住自己的嘴巴，生怕会叫出声来，怎么就偏偏遇到了他？焦玉明幽幽地问了一句："你干什么去了？"

我推开他，逃也似的回了房间，感情有理智根本无法理解的冲动，如果说盲目可以增加勇气，那是因为根本就看不到危险。

第二天早晨我没有出操，头痛欲裂，整个脸像个电炉子一样烫，我发烧了，跟林晓璐请假去打点滴。下楼的时候，正好碰到焦玉明提着开水瓶上来，他诡秘地冲着我笑了笑，然后静静地走过去了，这一笑让我心里直发毛。

针头刺进我淡蓝色的血管，像一只竹筏游进了小河，我的血管很年轻，脸庞也很年轻。卫生队的小护士把我的胳膊当成刺绣了，扎了好几针才扎进去，她身上的白大褂在我的瞳孔中无限放大，放大成一个纯白的世界，一种无生命的真空。这种虚无把我重重包围，让我窒息并感到巨大的恐怖。我下意识地推了一把护士，妄图搅散这白茫茫的一团混沌，从中挤出一丝缝隙。那护士被我推得一个趔趄，不满地说："你推我做什么？"

这时我才缓过神来，又不好意思道歉，就用手揉了揉脑袋，做出一副很痛苦的样子，说："我头疼。"

每个周末我们都要开会，要展开批评与自我批评。焦玉明竟然把我夜里翻栏杆这事抖了出来。他告诉隋玉可，让我猝不及防，一时间不知道该如何解释，说上厕所吧，厕所在楼里，说梦游吧，又会吓翻一群人马，梦游确实可怕，三更半夜到处乱跑，醒来后还不知道做了些什么。我干脆说来月经肚子疼，去楼后面的储藏室找生姜泡水喝，隋玉可一听是这个理由，也不好意思再盘问下去。

事情就这样不了了之，我像一只侥幸逃脱的兔子，总算蒙混过去了。过了几天我又突然萌发为冯云伟画像的念头，已经好几年都没有动过画笔了，不知道会把他画成什么样子。我让大学同学从岛外给我寄来画笔和颜料，没过几天都收到了，我迫不及待地要放到冯云伟宿舍里去。此刻我的心里狭小得只容得下那个标准军人，他像上帝一样主宰着我的神经，让我坚定相信真正的爱情是不应有人间烟火气息的。

月朗星稀的夜晚，我再一次翻下栏杆，消失在夜色阑珊中。当我的手抓住栏杆的时候，噬骨的冰凉延伸进我的身体里，栏杆上的铁条优美地弯成菊花的图案，空心的，一层层向上卷曲着，当我踩在上面的时候，脚下晃动的厉害，我绷紧了全身往下一跳，一切都没什么大不了，我马上就要见到他了。

我不知道那晚会突然响起紧急集合哨，一阵叮叮当当的嘈杂声后，是令人毛骨悚然的安静，静得每一声呼吸都像是被安了扩音器，当然队伍里少了我。

林晓璐和隋玉可并肩站在院子里，隋玉可对着沉默的队伍再次吹响了手中的哨子，这个瘦弱得像根竹竿似的上尉军官，连吹了十几声哨子都不换气，仿佛攒足了力气要把我吹出来，吹得所有人头皮一阵阵发紧。

"立正——稍息——各排——清查人数！"

当我回来的时候，院子里的人静静地站在那里，像一棵棵树。我看了一眼隋玉可，那眼神足以杀死人……

所有的掩盖和粉饰像海水退潮一样哗哗地向两边退去，只剩下了岸上的我像空蚌壳一样，空荡荡赤裸裸地看着所有人。他们的眼光像射出的弓箭，追捕着我，我只好不停地奔跑，不停地逃亡，我成了异类。

但是我只能停下来，此刻，我告诉自己必须放下惊恐，坦然面对。我相信我的眼神足以让大家肃然起敬，在遇见真命天子的一刻，再骄傲的人都甘愿俯首称臣，我带着一抹坚韧和倔强的美丽走向爱情。我认为暴风骤雨都只是爱情的伴奏曲。

无论是母亲还是苏泽里都没有再打电话来，听着机房不绝于耳的电话声，再看看像昏死过去一样的手机，我感觉自己成了一叶孤舟。在爱情的朝圣路上，我走得那么艰辛，我明白在这个地图上只有小米粒大的海岛上，异样的眼光足以把我杀死，这朵爱情的花只能像夜来香一样，在深夜的无人之境才能悄悄地吐露芬芳，在黎明到来之前，它必须收敛起绽放的花瓣，遇见光，它注定是要萎缩的。

也许有朝一日，它便永久地枯萎了。

三十

混沌的夜晚，一片暗幽幽的绿色中潜伏着危险，也许这种危险可以改变一个人一生的命运。绿色渐渐沉淀下去，沉淀成不可捉摸的黑色。

我躺在床上，渐渐地，感到眼前是一望无际的幽黑，海天一色，没有什么能把它们区分开来，我努力找着出口，妄图从这虚无缥缈的黑色中冲将出去，然而却没有力气，只能随波逐流地漂着，这无休止的单调颜色令人恐怖。就在这时，单调和单调之间出现了一条充满诱惑的红丝带，我奋力向前游去，扯开这一线红色，渐渐地，黑变成了红，猩红，一下子向我涌来，我想找到一条通道突围出去，但怎么也找不到出口，我被吞没了。

师里做出决定，我调离通信连，调到某武器弹药销毁站——在成山县郊区，也在海边，但与陆地相连。

这就是我曾经向往的绿地，现在却变成了一片荒原，生命无时无刻不充满探险和偶然，然而当我执着地飞向以为属于我的天空时，却折断了翅膀，我能退回巢穴之内吗？不能，我只能继续向前。

我收拾好行装，坚持去食堂吃了早饭，然后在众目睽睽下昂首挺胸地走了。我只能选择倔强地离开。

林晓璐去送我，一路上都没有说什么，在码头边，她突然开口了："你换个环境也好，看着你日渐消瘦下去，我也很心疼。虽然你平时都装作一副很开心的样子，其实我知道你内心在进行着剧烈地挣扎。"

我重重地点点头，视线飘向远方。命中注定我要踏进这条叫做军队的河流，它清澈见底，涤荡着我的身体和灵魂，映照着我的成长。并不是我不懂得去选择安逸的生活，而是甘愿做永远推着石头上山，向命运挑战的西绪福斯。这青春啊，不可劲折腾一下，都不知道该怎么样把它消耗完，其实想想也不难解释，这些都是成长路上的常态。但军营毕竟又是个特殊的地方，这里有铁的制度，铁的纪律，其中的撞击就要更激烈。

再见了我的小海岛！

我没有去向冯云伟告别，因为不想让他送我，我已经给他带来很多负面影响，我想一个人承担所有的压力。在船起航的那一刻，我看到冯云伟急急地跑了过来，他看到了站在甲板上的我，使劲挥着手，那一刻我的眼泪夺眶而出。我大声喊着他的名字，周围所有人的目光像磁铁一样吸附在我身上，我已全然不顾。

辗转到了火车站，开往成山县的火车还是那种绿车皮的，因为只有这一趟车到那里。整个车厢的人都衣着破烂，带着油腻腻的味道，看到我穿着军装上来，他们毫无顾忌地把眼光聚集在了我身上。我从齐刷刷的注视中穿过去，找到自己的座号，坐了下来。对面是一个带着孩子的妇女，她穿了一件老式的羽绒服，里面褐黄色的毛衣上沾满了羽绒服里钻出来的羽毛，此刻她正端着一个瓷缸，把糊状的东西一勺勺送到孩子的嘴里。那孩子分不清是男孩还是女孩，穿着棉衣棉裤，上面布满了奶渍、鼻涕，在衣服上结了痂，像穿着铠甲一般。妇女同时还在四处瞭望着一个七八岁的男孩，那男孩抱着少了一个轮子的玩具汽车在车厢里跑来跑去，妇女用方言大声咒骂着他。

很快就接近中午了，车厢里飘来咸菜、高度白酒和大饼混合的味道。我也觉得有些饿了，从包里拿出一袋饼干，那个小男孩发现了我，不再来回跑了，而是紧紧地盯着我和我手里的饼干。我拿出几块，伸手递给了他，他的手心一片污浊，我又把饼干收了回来，从兜里翻出一片湿巾撕开递给了他。他反而觉得受到了侮辱，一把把饼干夺了过去，他的眼光里带出一种凶狠，不禁让我心里一颤，男孩夺饼干的时候抓到了我的手，一道血痕留在了上面。

妇女看到此情况，冲着男孩的头就是一巴掌，饼干一下子掉到地上。他倒没有哭，而是迅速捡起饼干塞到嘴里，我干脆把剩下大半袋饼干都给了他。这时乘务员来查票，妇女使劲推了推男孩，说："快上一边玩去。"然后把他手里的湿巾抢了过来，放在鼻子下闻了闻，又从口袋里掏出一个塑料袋，把湿巾包好，放进兜里，仿佛那不是一片薄薄的湿巾，而是一件很稀罕的工艺品似的，我从包里把剩下的湿巾都掏了出来，递给那个妇女。

她用着蹩脚的普通话说了声："谢谢。"她的嘴一闭一合，似乎想跟我聊些什么，但又找不到话题，于是只好不说，脸上挂着卑微的笑。

终于到了成山县火车站，夜景分外温馨。我长舒了一口气，这里看上去还不错，总比岛上强，跟我老家聊城比也差不了多少，灯火闪烁，空气中氤氲着淡淡的水汽。夜风入怀，树与灯影幢幢，让人心旷神怡。我正欲走，过来一个三十岁左右的女子，问："小妹要不要住宿，很便宜的，一晚上三十块钱。"

她自顾自地在那说着，我忙摆摆手，打断她。一扭头，看到火车上坐我对面的妇女也下车了，她像捆柴火一样，把孩子用小花褥裹起来，五花大绑地捆在身上，右肩扛起一个麻袋，然后又把一个小布袋递给那个男孩，拖拖拉拉地往前走着。又一大群人不知道从哪里冒出来，呼啦啦围了上来，问我要去哪里，可以送，我想找一辆出租车，放眼望去却都是电动三轮车，我看到一个中年妇女也在拉客的行列里边，便径直走了过去，问她知不知道某部队怎么走，那妇女说当然知道，然后伸出大拇指和食指，比画道："八块钱。"

我点点头就上了车，走了不一会儿，天色就完全暗了下来，一条光秃秃的马路延伸到黑黢黢的山里，此时我才真切地感受到被流放了。坐上电动三轮车穿行在山里确实很刺激，让我有大吼一通的冲动，于是喊了两声，但立刻被轰隆隆的发动机声淹没了。

当我觉得全身骨头都要晃散架的时候，车子戛然而止。妇女把车停下，回过头来说："到了。"

我从车厢里钻出来，霓虹灯火不知何时已悄然隐去，层峦起伏的山脉带着几近墨色的绿意。铁路桥边，两堵黄墙威严肃穆地矗立在那里，这应该就是销毁站的大门了，仿佛古代的栈道一样，裹挟着金戈铁马的气势。

在军营门口，我被站岗的哨兵盘查了很长时间，貌似我是打入我军内部的特务。我没有多说话，像挤牙膏一样问一句，答一句，其实我把调令拿出来让他们一看就行了，我偏不，心里的委屈连绵不绝，为什么一下子就到了这个地方。

终于进了院子，映入眼帘的是一排排窑洞，布满沟壑的墙体记录着岁月的沧桑，窑洞上方，一棵裸露出根部的树倔强而孤独地立着，月光透过树叶的缝隙，落下斑驳的剪影。在陕北，窑洞是最常见不过的，但在这里看到窑洞，却让我很惊讶，这窑洞盛载了多少年的风霜，记录了多少年的历史？

报到的第一个晚上，我被暂时安排进了招待所，放下行装，倒头就睡着了。那个夜晚的睡眠像是被浸泡在水里，做的梦全被泡断了。在梦里，我一直在找冯云伟，只有找到他，才觉得安全，安心。但我却找到了一片水，大片的水，不过不是海，而是我们家乡的东昌湖，宽容澄净的水温柔地将我包裹起来，缓缓流淌，涤荡着所有的过往，青春、梦想、激情、泪水、欢笑都融化在宁静的水中。

水之畔，停着一只无帆的船……

仿佛才刚刚躺下，就被急促的敲门声惊醒了。我打开门，看到一个战士站在门外，说站长让我去参加早上的销毁任务。

天还一片漆黑，只有寥寥星辰挂在天际边，我跟在战士后面出了门，一阵寒风扑面而来，我不禁打了个寒战。

"准备完毕！"

"点火！"

火光冲天而起，蔓延至整个山沟。朝阳从东方喷薄而出，冉冉升起，漫天霞光与正在燃烧的熊熊火光交织在一起，映照在这片焦红的土地上。

远远地看见一个大个子上校站在那里，战士跟我说，那个人就是站长，叫吴长军。站长冲我招了招手，我赶忙走过去，走到跟前才发现站长足足有一米八五以上，我站在他面前显得那么渺小。他说现在进行的是迫击炮弹药销毁作业，我第一次见这么宏大的场面，很是激动，这是没有战争的战场，却和战争一样残酷。销毁场附近的泥土不是常见的黄，而是凝重的焦红。

站长指着这片凹地说："这里是武器弹药销毁场，天天都在进行武器弹药销毁作业，战士们早晨五点钟准时起床，晚上八九点才收工，每天都是满身药灰，满脸漆黑。夏天这里的温度可以达到五十摄氏度，所有的植被都烧焦了，寸草不生，只有那焦红的土裸露在外面。"我想，这片土地经过了多少次火与光的焚烧、洗礼，才凝练成这样赤诚的红色，庄严的红色，凝重的红色。

从销毁场出来，天已经大亮了，站长要带我围着销毁站转一圈，说是让我对这个新单位有个大致的了解。

"共和国初期的时候，战争的硝烟还没有散去，军工企业还没起步，我们的武器弹药来源主要是从战场上缴获，然后再进行拆解、修理、重组。那个时候抗美援朝战争已初露端倪，全军部队时刻战备，百姓们也是全力支持，就是在这样的背景下，建立起这支特殊的部队。我们的任务就是夜以继日地轮班维修弹药，竭尽全力保障充足的弹药。"站长边走边给我介绍着。

销毁站的东山深处，还有一座苏式风格的建筑，一共有五间房子，像是割断了时间的命脉，凭空立在那里。站长说大家都叫它"五间房"，是专门给苏联专家住的，那个时候我国的弹药仓库建设水平和储存技术都很落后，经常发生意外，就邀请苏联弹药专家前来帮助库房建设，为了让他们有个良好的生活环境，仓库领导特意按照苏联的风格建造了这五间房子。

仓库刚刚筹建时，我国与苏联关系僵化，苏联专家全部撤走了，把五间房留在了这里。远远地看上去，这五间房散发着空巢的气息，像是虚拟出来的一般。

"仓库建设一下子陷入举步维艰的困境，先辈们不等不靠，自力更生。那时，这个地方叫北大沟，第一代销毁官兵就像树一样扎根在这里，没有住处，就住在窑洞里，没有水喝，就从沟里舀水，常常舀上来的水漂着蛤蟆、死蚊子、枯叶。就是这样一群拓荒者，在这片荒凉的土地上，在窑洞的废墟上，建立起这支特殊的队伍。"站长深情地说着。

记录历史风尘的，还有一座墓。在阳光铺洒满整个山林的时候，站长带着我登上了西山，来到那座墓前，碑文上刻着：梅世宏，男，北京市人，一九三一年十二月出生，一九五二年七月毕业于北京大学，一九五四年二月二十四日因公牺牲。

站长说，梅世宏是独生子女，父母都是国家干部，一九五二年八月，他响应党和国家的号召，离开北京只身来到这个偏远艰苦的小山沟。当时的中国百废待兴，存放在仓库的弹药大都是战场遗留下来的，有的是日军留下的，有的是从国民党部队缴获的，品种繁杂，良莠不齐，稳定性非常差。在这样的环境下，一九五四年二月二十四日，他主动请缨到实验销毁处处理弹药，当时没有任何参考资料，也没有像样的保护措施，不幸发生了，弹药爆炸，梅世宏牺牲了，当时只有二十三岁。

墓旁有一片浅溪，铮铮淙淙的流水浅唱低吟，在山谷中回荡，这里就成了他永恒的归处。现在的人都不知道梅世宏长什么样子，他成了挂在时光桅杆上的一面旗子，一个传说。

站长说像梅世宏一样从繁华都市来到小山沟里的不止他一个，销毁站的总工程师朱玉强从一九八五年军校毕业来到这荒凉的小山沟，一干就是二十多年，在北京工作的妻子义无反顾地跟随他来到这里，当了一名职工，不知不觉二十多年就过去了。

我没有见过朱玉强，但是我把这个名字记到了心里。

"'吃水靠下雨，碗水一半沙'。这是 20 世纪销毁站官兵喝水的真实写照。"站长说，"现在喝上自来水是一件再平常不过的事情，可那个时候，我们地处山沟，生活用水一直靠水窖里储存的雨水来保障，四个偏远哨所用水只能靠牛车往上送。我现在还记得一九八五年站里邀请水利专家来打井的场景，当水井开成之后，全站的官兵职工、家属小孩都比过年还高兴，有的战士一口气喝了大半盆水。"

"你昨天进来的时候看到门口的窑洞了吗？"站长问。

"看到了，我还感到奇怪，这个地方怎么也有窑洞。"我答道。

"那些窑洞可是立了大功的，既当过教室，也当过婚房。新中国成立初期，为了提高官兵的文化水平，组织上开展读书学习活动，在窑洞开办'扫盲班'，用墙壁当黑板，用木桩当桌子，让文化程度高的军官来当教员。那个时候没有地方住，有好多干部都是在窑洞里结婚度蜜月，有的家庭在阴暗的窑洞里一住就是几十年。"

我脑子里闪现出那些老窑洞前的树，它们一定听到过老一辈官兵开山建库、战天斗地的艰苦创业史，拂去岁月的风尘，钩沉渐远的历史，那里肯定也有着难以想象的艰辛。

我看见一株藤蔓附着树干，柔软与坚实相互交缠，突然感动得一塌糊涂，流下眼泪来，我醉心于这安静而美丽的一幕。这个时候，我多么希望冯云伟是我身边的一棵树，为我抗击冰霜雪雨，无论外面多大的压力，只要他一个眼神，我都会获得无穷的力量，勇敢地走下去。我想如果能和冯云伟像这枝蔓与树一样相互依附，那么幸福就会驻足心间吧。不管将来会遇到怎样一番风雨摧折，也许藤将断、树会倒，但我们一定会生死相伴。我甚至产生了让时光停靠的荒诞想法，停靠就是永恒了，无论前边有什么样的风景，再美丽我也不想探寻了。

站长还在对我进行着爱国主义教育，我却走神了，思绪飘得很远很远。

"你还不知道吧，我们这里男女比例很平衡，不像别的作战部队，都是和尚团，一个女的都看不到。我们这虽然女兵只有你一个，但女职工却很多，不过她们都不穿军装，都说战争让女人走开，她们却在这里工作了二三十年，有的是销毁兵退伍后就留在了这里，有的是子辈接过父辈的枪，有的是妻子站上丈夫的岗。"

我听了很高兴，女的多了就有伴儿了，不至于很孤单。

站长一路跟我讲着，我对销毁站模糊的认识渐渐清晰起来，这是一支多么特殊的部队，没有震耳欲聋的番号声，没有热火朝天的训练场面，他们看起来不像是军人，倒像是工人。这里很安静，但安静下面涌动着热流。

从山上远远地看到销毁场又燃起了冲天火光，那首《英勇的销毁兵》再次盘旋在山林之间：

> 火光闪闪，硝烟阵阵，销毁兵在前进；
> 履行历史使命，甘愿牺牲奉献，
> 为了人民安宁，我们排除危险。
> 降鬼伏魔搏击死神，日夜守卫火山边，为了美好的明天……

三十一

我申请去了蒸汽倒药制片工房，一开始站长是不同意的，觉得让一个如花似玉的姑娘去干体力活很过意不去。但我坚持去，他只好答应我先在那干一个星期，不行就赶紧撤出来，千万别硬撑着，我点点头。

站长亲自把我送到车间里。走进销毁厂区，道路两旁花坛里的月季和芍药恣意怒放着，一派生机盎然的景象，车间内却安静肃穆，只有机器运转的声音，仿佛一场无声的战斗。

一排排炮弹静静地卧在那里，冰凉而坚硬的躯干带着肃杀的寒光。

一个看上去四十岁左右的矮胖男子走了过来，他跟站长打着招呼，站长给我介绍说这就是销毁室主任戴连和。

"连和，这是我们新来的战士，你给她讲讲你们的故事吧，让她先熟悉一下我们的工作环境，心里也好有个数。"站长对他说。

"也没啥好讲的，我们干的就是命悬一线的活。"戴主任挠了挠头，半天说了这么一句话："你慢慢会有体会的。"

我用残忍的方法对待自己，像一个苦行僧一样，用苦苦修行来抵消内心的纠结和痛苦。

外面还是春寒料峭的时节，工房内就已经是"桑拿房"了，温度高达四十摄氏度。进去就挥汗如雨、汗流浃背，衣服都能拧出水来。在这个"桑拿房"里，每天就要装卸二十四筐弹药，将近七吨，单一的动作要重复千百次，一天下来，整个人都像瘫痪了一般，有的时候不得不擦拭药酒来缓解疼痛。

一个弹丸四十三公斤，要靠人力一个一个装进炉筐里，弹丸倒空之后，再从炉筐里掏出来装箱。在这个过程中，弹体被蒸汽加热到一百摄氏度以上，戴两副绝热手套还觉得烫手，挥发出来的气体让我呼吸困难、恶心、呕吐，工作十几分钟就会感到舌根发苦。和我同一个车间的是一个四十多岁的女职工，叫李玉琴，我乍一见到她的时候，竟然没有分辨出男女，这里一概不许留长发，因为在上弹过程中，一旦头发搅入链条，或者产生静电，就会出人命。仔细看她五官还是很清秀的，低眉敛目的样子，看上去很麻木，只是默默地干着手里的活儿。

她告诉我如果长时间连续工作，就会连饭也吃不下，觉也睡不着，心脏病、结石病、颈椎腰椎病是常见病了，在这里，已经有五个人因为癌症倒在了工作岗位上。她问我听到这些害怕吗，我点点头，又摇摇头。

下班后，我和李玉琴结伴往宿舍走，和我熟了以后，她的话渐渐多了起来。她说儿子今年就要考大学了，非要考军校，她也不知道该支持还是该反对，万一又和他爸一样在这山沟里一干就是一辈子咋办。我问："您爱人也在这里吗？"

"是啊，叫朱玉强。"

"啊，是朱高工啊。"

"怎么，你认识他？"李玉琴的语气里带着几分惊讶。

"我刚来的时候，站长就跟我讲起朱高工，说他来这里已经二十多个年头了，还说他爱人放弃了北京户口，跟着他来到这里，原来就是您啊。"

李玉琴的脸颊掠过一抹羞涩，一路走一路讲起了他们的故事。

朱玉强是"文革"后第一批军校本科生，毕业后分到了销毁站，他学历高，工作能力强，还没有来报到就被借调到北京总部帮助工作。就在那个时期，通过别人介绍我俩认识了，当时我刚刚大学毕业，在一家银行上班，我们可以说是一见钟情。正当我们的恋爱进行得如火如荼的时候，朱玉强接到命令，要返回销毁站。他当时内心十分痛苦，不知道该怎么开口跟我说，在他看来，我是断然不会放弃北京户口和优越的工作跟他去山沟沟里的。

他把我约到了什刹海，要跟我挑明，之所以选择这个地方，我想是因为我们的第一次约会就是在这里开始的。

我还记得那一天风和日丽，我先到的，不一会儿，他就来了，见到我张了张嘴，没说出话来，看上去心事重重的样子，我就问他是不是有什么事情，他搪塞过去了。我一直追问，他说出来的第一句话却是分手吧，并道出了原委，他要回老单位了，他是军人，必须服从命令。我一下子清醒过来，一直被热恋的激情冲昏了头脑，怎么就没有想到他是一名军人呢，军人就是要四海为家的啊。

第二天，当他收拾行囊准备离开的时候，我告诉他一个改变了我终身命运的决定——跟他走。

就这样，我跟着他一头扎进了小山沟。说实话，我刚来的时候，是抱着一丝幻想来的，总觉得朱玉强是第一批军校本科生，不会在基层待太长时间，不久的将来他还会调走的，即使回不了北京，也会到一个中等城市。就像一场梦一样，这个梦一做就是二十多年，现在儿子都十八岁了，我的梦也该醒了。让儿子继续梦想吧，他现在最大的愿望就是能考上军校，穿上军装，给父亲行一个庄严的军礼，他总说青春因为有梦才渴望走一回军营，每当看到儿子充满憧憬的眼神，就仿佛看到我的希望又活过来了，在阳光下奔跑、跳跃。

李玉琴一口气说了很多，这个寡言寡语的女人竟有着这么沉重的故事，沉重得要用一生来背负。

我听着就像是电视剧里的故事一样，看着李玉琴眼角放射线一样的皱纹，心想如果换作是我，我会这么做吗？如果冯云伟在海岛上待一辈子，我会不会也会跟着他守一辈子海岛？如果真的一待就是一辈子，会不会觉得人生虚度了？

我的拼命和努力，站里的人全看在眼里，他们不明白为什么这个新来的女兵会这么拼命，想着总要有点什么奖励我，于是就把各种评比的小红旗都贴在我的名字底下，我很看重这些小红旗，更加努力起来。我比刚来的时候更沉默，更坚强，当然也更执拗，甚至在我的眼睛里能看到一点点残酷的东西，我不再是那个眼神里带着幻想，偶尔还会飘过一丝羞怯的女孩，而是一个顽强的女战士。我把自己的需要和欲望，甚至情感都压缩到最低限度，努力与以前的我决裂，一刀两断。我把带来的面膜、化妆品都送了人，割舍掉了我喜欢的一切东西，每天素面朝天，没过多久，我白净的脸上开始出现硫黄熏蒸过后的蜡黄色，这一点蜡黄让我的表情更加坚硬，仿佛带着一层厚厚的壳。

我每夜都会做梦，梦到家乡的那片东昌湖，它像丝带一样拂过我的梦境，大片大片的芦苇随风飘摇，芦花如雪，像浩大的鸟群，散发着忧伤的彷徨。

每天醒来后跃入我眼帘的就是挂在床头上的军装，不知不觉就会走进记忆的门。那个时候，我和那群十八九岁的女兵相比，虽然年龄长了四五岁，但看上去基本上没有什么差别，眼睛里盛着一派波光潋滟的湖光山色，每一寸肌肤都散发着青春的活力。三年过去了，我就感受到生命的仓促和无奈，觉得自己的心已经渐渐苍白，甚至有了颓废和沮丧的感觉，生活把遗憾和感伤无情地抛给了我，种在我的心里。我对部队的感情是纯真的、质朴的，但就在梦想的幼苗刚刚发芽的时候，却遭遇到了狂风骤雨的打击。

梦散了，它终究是要散去的，我知道有一种人的命运是不能由着自己选择的，那就是军人。

三十二

可我还是坚持，我还有梦想，日子就这样一天天过去，每天都被排得满满的，没有空闲去伤感，去缅怀，去反思，有的只是一个念头：不要掉队，做出个样子来。我和冯云伟过起了牛郎织女的生活，距离并没有冲淡我们的感情，反而有了惺惺相惜的感觉。他说必须要给我一个婚姻才可以弥补他的歉疚，这种感觉越来越强烈，已经到了必须要去实施的地步。

他给我打电话，说已经申请休假了，希望我也能休假，跟他一起回老家。很快，冯云伟的假就批了下来，我的假也批了下来，可以休二十天，他带着我回了江西老家。

母亲和苏泽里对最近发生的一切一无所知，他们不知道深深疼爱着的女儿在短短的几个月里经历了如此多的坎坷和波折，也不知道我的生活会发生这么大转变。我换了手机号码，但没有告诉母亲和苏泽里，我不知道该如何向他们交代。但是我休假的事情他们却知道了，因为他们去了海岛。

到了通信连，他们才知道我已经调到几百公里之外的销毁站去了，这个消息几乎让他们窒息，母亲一下子歪倒在椅子上，好久才缓过神来。他们先去找了冯云伟，想看看把我迷得神魂颠倒的男人到底是个什么样子，一问才知道他休假了，随即他们又让林晓璐把电话打到销毁站，才知道我也休假了。

母亲辗转打听到我的新手机号码，当她打过来的时候，我已经踏上了南去的火车，我和冯云伟约好在南昌火车站会合。我一看手机上显示母亲的号码就慌了，怕她听见火车轰轰隆隆的响声，就挂断了，发了一条信息撒谎说在加班。

母亲回了信息："你胡说八道，你以为我不知道你去哪里了吗？赶紧回家！"

其实母亲也不确定我去了哪里，但她有一种强烈的直觉，我一定和冯云伟在一起。

她怒火中烧，说话也没遮拦起来，每个字都带着浓重的火药味，像一枚枚子弹迎面射来："冯云伟太没教养，没有经过父母同意就把你带回家，还把我们放在眼里吗？我们坚决不接纳他。"

我一看到短信也生气了，母亲怎么可以这样诋毁别人，全然不顾别人的自尊。手机还在一直响，她似乎要把我的手机打爆才罢休，我干脆关机了。放眼望去，车厢里升腾着烘热的、很不洁净的气息。当时订票订晚了，我没有买到卧铺票，到了凌晨三四点，是最难熬的时候，又冷又饿，开水炉里的热水也用完了，卖东西的小推车也没有再过来。整个车厢里大部分人都已睡过去，剩下几个精神好的也百无聊赖地摆弄着手机。此刻我心里如履薄冰，不知道母亲和苏泽里现在会是什么样的心情。我按捺不住，把手机打开，果然短信的提示音一声接一声，从下午到凌晨三点半，母亲共发了二十七条短信。我能感觉到她的情绪从暴怒到平息再到担忧，我一条一条地看着，看到最后一条："红果，我们真的很担心你，不知道若干年后，我们是死不瞑目还是含笑九泉。"我的眼泪再也忍不住，夺眶而出。

我仿佛看到此刻母亲的失落眼神，我突然觉得心疼死了。

黎明悄悄地来了，漫无目的地，漫不经心地来了，没有壮观的、蓬勃的朝气，而是像个不谙世事的小姑娘，带着几分懵懂。

车在青灰色的天空下穿行，朝阳像是一滴眼泪，在我的睫毛边缘滑过，已经好久都没有看到过日出了。

车厢里的广播再次响起："旅客朋友们早上好，现在是北京时间六点整，前方到达的车站是南昌站，要下车的旅客请提前做好准备。"

车门打开了，像是自动售货机吐出一枚硬币一样把我挤了出来，我心跳开始加速，期待着那个熟悉的身影能快点出现在我的视野里。在出站口，我左右张望着，果然看到了冯云伟，这么久不见，他本来就清瘦的脸颊都凹陷了进去，他冲我笑着，很灿烂，我跑过去，给了他一个大大的拥抱。

我们接着就登上了去他家乡的汽车，离南昌还有三小时的路程。坐了火车坐汽车，坐了汽车坐三轮车，翻山越岭终于到了村口，一路上风尘仆仆，我早已和出土的文物一样，疲惫不堪，我穿着高跟鞋，走在田间坑坑洼洼的小路上，基本上是一步一挪。到了家门口，冯云伟的父亲也刚扛着锄头从地里回来，锄把上挑着的篮子里放着青翠欲滴的油麦菜。老头儿似乎根本没有注意到我的存在，从我身边扬长而去，进了屋里，我本想喊他一声伯伯，却被堵在了嘴边，怎么也叫不出口。我转过头去，看到老头儿直奔向冯云伟，和他急急地说着什么，脸上的表情很难看。他们的家乡话我听不懂，但我明白了，不知道事先他有没有和家里沟通好，反正老头儿不能接受儿子又带回来一个媳妇，在这样封闭的小山村里，离婚是一件欺祖犯上、大逆不道的事。好在冯云伟的姑姑打圆场，叽里呱啦地说了半天，老头儿的脸色才不像刚才那么冷若冰霜。而此时早已在我眼眶里打圈圈的泪水已经控制不住，顺着脸颊流了下来，我走到角落里，用袖子拭去。

冯云伟走过来，看到我的脸上还有泪痕，他无奈地摇了摇头，说："老爷子比较封建，就这么一个孙子，他主要是怕孙子会受委屈，你以后一定要对儿子好啊。"

我听到这话心里很不舒服，这才意识到我面对的不只是冯云伟一个人，而是一个家庭。把我领进里屋，正对着门有一张木床，还有木头雕刻的床帏，一看就有些年代了，床上躺着一个二十多岁的女孩。冯云伟说："这是我妹妹，叫冯云翠，高中毕业后就嫁到邻村了，在镇上快递公司当快递员，半年前送货的时候被一辆大卡车撞断了颈椎，一直躺在床上，快递公司不肯赔偿，后来连基本工资都不发了，到现在还在打官司。云翠，这是你嫂子。"

床上的女孩动了动身子，含混地叫了一声："嫂子。"

我忙答应着，握了握她的手，她的手骨节分明，指尖传来的冰凉一直延续到我心里。如果没有冯云伟，我很难想象自己能和千里之外一个偏远的小山村联系上，能走进这样一个家庭。而这样的生活，我从未染指过。

就听院子里一阵嘈杂，呼啦啦拥进一大群人，冯云伟赶紧带着我迎出去，一一介绍着，这是大伯父，这是二伯父，这是堂叔，这是婶婶，我机械地一个个叫着，他们热情地过来拉着我的手，也不管手上有没有沾着泥土，像看西洋景一样细细打量起我来，恨不得要把我吸进眼球里。

冯云伟的堂妹冯云霞赶来做饭，她比我还要小几岁，早已是一个三岁孩子的妈妈了。冯云霞话不多，干起活来很麻利，她把院子里的柴火抱进厨房，生火做饭，我想帮忙，又插不上手，但干坐着也不合适，就跟在冯云霞身后进进出出。院子里养着鸡，它们倒是比我大方得多，仿佛它们才是厅堂的主人，昂着脖子在屋里闲庭信步。

冯云霞端着菜篮子要去门口的池塘洗菜，她用蹩脚的普通话问我去不去，我当然想跟着她去了。因为伯父堂叔们都坐院子里喝茶，我不去的话就只能陪他们聊天，又听不懂他们说什么，还是跟着冯云霞比较好。

出了大门走几步路就来到池塘边上，我一看傻了眼：上面漂着一层绿绿的浮萍，水幽幽地散发着墨绿的光，风吹来，飘过一阵淡淡的腥味。冯云霞把菜篮子放进池塘，来回漂了几下随即就捞了上来，回过头对我说："洗好了，回家吧。"

我忙点头，又跟着回了家。晚饭很快做好了，冯云霞在灶台旁支起一个方桌，摆了四条长凳子，大家都坐下了，冯云翠也坐着轮椅被推了出来。刚才还在屋里散步的鸡已经变成了盘中餐，肥腻腻地蹲在大海碗里，仿佛刚出浴的杨贵妃，还有一盆回锅肉，一盘油麦菜，一碗腌萝卜丝，一锅大米干饭。我去夹油麦菜的时候，就看着那一盘菜幻化成了一汪漂着浮萍的池水，怎么也吃不进去。冯云伟的父亲一个劲地往我碗里夹菜，我礼让着，然后再趁他不注意夹到冯云伟碗里。

第二天，太阳刚刚爬上山坡，村子里的喇叭就响了起来："乡亲们注意了！中午都到冯东堂家吃饭！中午都到冯东堂家吃饭！"冯东堂就是冯云伟父亲的大名，请乡亲们吃饭是老头儿的意思，一是冯云伟常年不在家，遇到农活多的时候，乡亲们都很帮忙，也算是表达一下谢意，二来是向大家含蓄地宣告一下冯云伟又领来一个媳妇。老头儿昨天脸上还是阴云密布，今天就不一样了，褶皱里都溢满了笑容，大概是听了乡亲们对我的夸赞，说他家祖上修来的福气，能娶到这么好的媳妇。冯云伟母亲过世后，家里的琐事都是他姑姑一手操办的。一大早，我就起来了，给他父亲磕头，算是认了准公公，老头儿从兜里掏出二百元钱塞到我手中，我刚想推脱，他姑姑说："这个不能推的，这是你爸给你的喜钱。"

那一刻，我心里很不是滋味，同学好友去见家长，见面礼哪个不是成万的，自己却只有二百块钱。我也明白他家里困难，根本就没有钱，这二百块钱还是早晨冯云伟塞到老头儿手里的，只不过转了一下手而已，但我还是觉得委屈。

在乡下每顿饭吃的都是油麦菜，因为自家地里种的就是这个，每当我把筷子伸进盘里的时候，就仿佛闻到池塘里一潭死水的腥味，就连淘过的米也好像染上了苔绿色。我来的时候带了一些零食，都拿去哄村里的小孩了，只留了几包饼干，每次吃完饭，我都会偷偷溜进房里，胡乱塞上几块饼干，然后再出来帮着收拾碗筷，还不能让任何人看到，包括冯云伟。既然来了，就要入乡随俗，每次冯云伟问我吃饱了没有，我都说吃饱了，冯云伟便很得意地说："在我们家，吃到的全是绿色有机食品，绝对纯天然，没有任何污染。"

我只好默不作声，他每次吃饭都像往肚子里倒，好像吃完饭还有十万火急的事情要去做。我很不喜欢他吃饭的样子，像是被饿了很久，不出三分钟，一大碗米饭就落肚了，而且他吃饭的时候从来都是埋着头，吃得专心致志，自然也不会注意到我几乎每餐都没怎么吃东西。

在家待了三天，冯云伟就说走，我一听说要走，心里暗暗高兴。老头儿一再挽留，让我们多住几日，还跟我说云伟忙就让他先回去吧，你多住些日子。我敷衍说等过些时候再回来，他就不再挽留了。我几乎是逃着离开了那里。

在我的强烈要求下，我们在南昌停留了两天，我觉得好不容易来一趟，应该去逛逛。他带我吃饭的地方都是人声鼎沸的小吃店或者大排档，像吃流水席一样，旁边还有人站着等，通常都是坐着的人吃得心焦，旁边等待的人虎视眈眈，一脸不满，恨不能拿筷子替你吃两口，地板上的油一层层的，迈的步子大一点就能摔个四仰八叉。我跟他说我喜欢精致的小点心，他说吃不饱，中看不中用，还是大碗面条来得实在，吃起来也过瘾。他一筷子下去夹起半碗，狼吞虎咽地往嘴里填，最后再连汤一起倒进肚里，我说慢点吃，他反驳说趁热吃味道好。

离开南昌的那天晚上，我赌气挑了一家西餐厅，点了一份牛排，冯云伟还很"老土"地问有没有饺子，这让我觉得很没面子，西餐厅哪里来的饺子。他说以前他只喜欢吃米饭，在山东待了这么多年，也就入乡随俗了，非常喜欢吃饺子。他把菜单来来回回翻了好几遍，最后只点了蛋炒饭。牛排端上来，煎得很老，橡皮筋一样，鸡蛋很焦，服务的大嫂也很胖，一切都让我非常扫兴，倒是冯云伟吃得津津有味。

回到海岛后，我仿佛从难民区来的一样，惨不忍睹，枯黄的脸上暗淡无光，减肥效果出奇的好，往体重秤上一站，整整瘦了十二斤。

　　冯云伟回到宿舍，连澡都没洗，换上军装直奔办公室了，他还在休假，可就是闲不住，如果有一天不工作，他就不知道自己该干什么。虽说我这次重回小岛，也很想念林晓璐她们，但思量了半天还是没有去找她们，总有一种说不出的难堪。我一个人出了岛，去了烟市找魏来，我们见面后直奔索菲特大酒店的四十九层旋转自助餐厅，魏来看着我一盘又一盘吃着，狼吞虎咽的样子，说姐你怎么了？我低头吃着，连话都顾不上说，思绪乱得如腾空的羽毛。南方那个空气中带着潮腐气息的小村庄，那粗粝的泛着枯黄色的土路，那一双双朴实的、褶皱里沾满泥土的手在我脑海中一一回映着。再环望周围，吧台上的桌布泛着傲慢的紫色，周围都是光的影，一双双嫩白的手托着盘子，优雅地挑着食物，精致的鞋跟，飘荡的裙裾来回穿梭。到底哪一个才是真实的场景？我的眼泪落到盘子里的一块芝士蛋糕上，这蛋糕像一块温软的玉，带着绵柔的质地，带着都市特有的气息。我把它拿起来，用舌尖拂过那滴泪，咸涩味。魏来愣愣地看着泪流满面的我，过来扶住了我的肩膀。我起初的无声抽泣变成了号啕大哭："我想跟你说很多很多话，但是我什么也说不出来。"

三十三

　　我还是决定嫁给冯云伟，并开始筹划婚礼。其实彼此心里都觉得有些太快了，隐隐觉得不适应，但还是着手准备起来。我觉得人一辈子就这一次婚礼，一定要举办得隆重些，包括婚纱也要买。冯云伟则不这么认为，他说婚礼嘛，就是个公告，告诉大家我们已经结婚了，没必要搞得兴师动众，劳民伤财，至于婚纱更不用买了，影楼拍婚纱照，婚礼当天免费提供，何必非要买呢，省下的钱还不如寄给妹妹治病。一提到妹妹，我就沉默了，没有再坚持，结婚了就不是一个人了，要顾及整个家了。

　　我答应过母亲从江西回来就马上回家看她和苏泽里。离我归队的时间还有一个多星期，我必须带上冯云伟回家了，也算是给他们一个交代。冯云伟这段时间也没有陪我，他像安了马达的发动机一样，不知疲倦地在办公室里忙着，把我晾在一边。

　　我发信息给母亲："明天我带冯云伟回家。"

　　"你先自己回来，我们有话要跟你说。"母亲很快就回了信息。

　　我一个人回了聊城，车站离家很近，上一次回家苏泽里亲自开车去接了我，这次我没有事先打电话告诉他，而是一个人走回了家。当我把钥匙插进锁孔里的时候，门自动开了，母亲立在我面前，形容枯槁，皮肤是灰黄色的，没有一点光泽，只是头发黑得那么突兀，她向来喜欢把头发染得像黑缎面一样，虚假地泛着幽森的光，远远看上去像顶着一面盔甲。她认为只要头发是黑色的，就会看上去年轻，她要永远看上去那么精神十足，那么激情四射。我懦懦地叫了

210

一声："妈。"

母亲没有应答，只是淡淡地说了一句："回来了，先吃饭吧。"

苏泽里竟然也在家，他坐在沙发上看报纸，抬起头看到我，使劲挤出一丝笑容。这顿饭吃得极其沉默，仿佛空气都凝固了，又像是南方的梅雨季节，黏黏腻腻。

我知道他们在和我进行着一场较量，较量着彼此的耐心，我知道我不是赢家，他们在等着，等我给他们一个解释。

终于，我开口说话了："妈，我对感情是很认真的，也很慎重，对冯云伟是真心喜欢，所以才会做出最终的选择——我要嫁给他。"

"算了吧。"母亲从鼻子里哼了一声："他没有你想象的那么好，可能你没有在军校里待过，像他这样的男人，一打一打的，他如果真的那么好，会离婚吗？我早打听过了，是他老婆主动要离婚的，你想想，一个三十多岁的带着孩子的女人，毅然决然地要和他离婚，这说明什么？再说他连个招呼都不跟我们打，就带着你回了老家，把我们放在眼里了吗？你看你现在这个样子，活脱脱一现代版祥林嫂，我真是看不下去，到最后你会众叛亲离的。"母亲一脸严肃地把这番话倒了出来。

"可我真的很喜欢他。"我始终用低缓的语调跟她辩驳着，我早就做好准备，告诫自己无论如何都不要生气，不要着急。

"你对他是真心喜欢的，就没有考虑过我们的感受吗，一个黄花大闺女嫁给一个离了婚的二手货，你让我们在亲戚朋友面前怎么抬得起头来，怎么给你举办婚礼？"

我终于忍不住了："你嫁给爸的时候，还不是带着我嫁的。"

母亲甩了我一巴掌："放肆！敢这样跟我说话，我是英雄的妻子！我是光荣的！你算什么东西！"

她的眼睛里结了一层冰，我努力去探索冰层覆盖的是什么，然而冰破了，是眼泪，带着咸涩苦味的眼泪。母亲终于按捺不住，她的情绪像火山一样爆发了，坐在沙发上号啕大哭起来，苏泽里过来劝她，也无济于事。她突然拉住了我的手，她的手冰凉苍白，像一尾打捞上岸的鱼一样落在我的手中，喘息着，挣扎着。在我记忆里，这是她第二次抓住我的手。

我就这样被她握着，默不作声，沉默是最顽强的抵抗。

　　我扶着母亲说我们去洗澡吧，我给你搓背。母亲没有说话，站起身踉踉跄跄向洗手间走去，我跟着走了进去。脱了衣服后的母亲松塌塌的，有气无力，乳房如两只青蛙垂在胸前。

　　水龙头打开，雾气升腾起来，渐渐地埋住了母亲的脸，她的声音随着水流缓缓流向我的耳朵。母亲跟我讲了她和父亲的故事，我只能靠她的讲述和想象去还原他们的青春岁月，还原他们的爱情……

　　那天晚上母亲跟着姥爷从东河村回了城里，第二天就坐上火车去了天寒地冻的东北军营，军装都没来得及领，一直到半个月后，她依然穿着小花格的褂子。

　　母亲当兵后的第三年考入了军医专，她说自己是踩着分数线当上四个兜的干部的，当年的分数线是二百一十，母亲考了二百一十一。毕业后母亲被分到了师医院，经人介绍认识了我的父亲——步兵连的连长。高大帅气的父亲一下子吸引了母亲，两颗年轻的心走到了一起。

　　那个年代里，年轻人的爱慕不会用玫瑰花表达，母亲极喜欢吃桃酥，父亲就省下粮票换桃酥，用网兜提着给母亲送去。两个人就在这红纸包裹的桃酥里发酵出甜腻的爱情，彼此都觉得相见恨晚。不到半年的时间，他们就结婚了。婚礼是在父亲的连队里举行的，两个人连件像样的衣服都没有，最后还是决定穿军装结婚，唯一能显出新郎新娘身份的就是胸前的小红花。

　　当时中国南疆硝烟弥漫，广播和报纸中不断传来前方的战况，父亲却不以为忧，觉得正当时。他十分崇尚后汉马援的一句话："大丈夫当效命疆场，以马革裹尸而还。"军人就是为战争而生的，投身于壮烈的战争是他所向往的，怕上战场就不是个好兵，即使牺牲了也无上光荣。当然他也有一点不宜言明的私心，认为时势造英雄，军人只有在战场上才能立功，他无数次地想象过自己驰骋在疆场上的情景，那光灿灿的军功章是父亲追逐的璀璨梦想。

　　南疆自卫还击战正式打响，父亲第一批到了老山前线。母亲清楚地记得父亲开赴前线阵地的那个闷热的早晨，一丝风都没有，阳光没遮没拦地泼了下来，她突然觉得整个营院在这个清晨看起来像一池死水。哨声划破了寂静，连队紧急集合，而后父亲和战友们每人拿到一张表格，要求每个人要把自己的家乡地址写清楚，并明确地告诉他们，一旦上前线战死疆场，他们的遗物将按照这张表格的地址寄回家乡，亲人会得到几百元的抚恤金。

父亲拿出来一个布袋，是部队统一制作的，上面还写着姓名和部队番号，他跟母亲说："你知道这是做什么用的吗？"

母亲摇摇头，父亲说："是装骨灰用的，我有个老乡是汽车兵，他第一次上前线，就用卡车运回来满满一车战士的遗体。"

母亲头皮一阵阵发麻，一个布袋就成了青春终结后的朴素包装，鲜活生命谢幕的简单归宿。为国捐躯，一袋装殓，当战争来临，军人的归宿竟是这样简单。

再看看眼前的这张白纸——也许就是一张魂归故里的通行证，也许就是一封遗书。恐惧像海水一样湮没了母亲，继而是沉重和悲伤，父亲一笔一画地写着："解放军第一〇五医院骨外科——魏淑君收"。父亲说："如果我死了，把东西寄给你。"

母亲狠狠地捶了父亲一拳："不许胡说。"

父亲写在纸上的笔迹很重，是用了很大力气写的，像做着最后的宣誓，一种不祥的感觉阴云般遮住了母亲的心，她突然觉得战争不是壮烈的，而是苍白的。以前她总是想如果满腔的爱国热忱能洒血疆场，浑身的青春活力能为国效劳，该是一种多么豪迈的情怀，当这一张脆薄的纸摆在她面前时，她才意识到战争是多么残酷，死亡的气息有多么血腥。

父亲看着母亲担忧的面容，心里流过一丝悲伤，继而又转化成一种豪迈和悲壮，如果生命是为了国家的尊严而终结，那就是军人至上的光荣，他低头看了看身上的军装，然后跟母亲说："等我回来。"

没想到这一等，让母亲等了一辈子。父亲去了前线后，母亲随即写了申请，去了战地医院。虽然同在前线，但是并没有办法见面，母亲到了战地医院后，随即进入高度紧张的战备状态，战争的阴云笼罩在那片红色的土地上，战斗警报一次次突然拉响，每一次警报都像锋利的刀片从母亲心上划过。

因为每天都要抢救从前线抬下来的伤病员，母亲这才懂得了战争的残酷。当她和父亲再相见时，父亲已经是一具冰冷的尸体了。据父亲的战友说，那天父亲一大早钻出了猫耳洞，早晨的太阳毒辣辣的，也许是憋闷，父亲想出来透透气，他站在洞口，一颗炮弹飞了过来，不偏不倚，正好打中了父亲的脑门，他就这样死了，死得极其简单，极其苍白，远不及他所期望的壮烈。

父亲仍然被追认为烈士。母亲用绷带绑在刷子似的小辫上，扎成两朵小白花，她只能以这样的方式来祭奠父亲。父亲去世后，和他一起走过的日子变得如梦幻一般，母亲常常怀疑父亲这个人到底存不存在，就像一道飘忽的影子，倏的一下就闪过了她的生命，都没有来得及看清楚。

母亲带着父亲的骨灰回到了东北，那个时候母亲还不知道自己怀孕了，直到有一天清晨她在剧烈地呕吐之后，才发现已经有了我。这让她欣喜若狂，从那以后母亲脸上的悲伤被平静所取代，一取代就是一辈子，我很少见母亲大喜大悲，她的心仿佛是橡皮泥做的，没有任何知觉。

重回旧地，母亲越来越没有办法在师医院待下去。每一处都会触景生情，父亲的魂魄融到每一棵树，每一条路中，隔着时空都能闻到父亲身上所散发出来的味道，让她陷在回忆中不能自拔。母亲对父亲凭空恨了起来，他无孔不入地顺着她紫色的神经一直钻进心里，狠狠地绞着她的心，又不肯与她相见。无数个夜晚，父亲遗留在屋里的气息凝聚成巨大的一团，重重地向她砸去，母亲就眼睁睁地坐到天亮，脸上因为缺乏睡眠终日顶着两个黑眼圈，像是黑夜没有散尽而在她脸上投下的光晕。

为了保证我的健康，为了我能顺利地出生，母亲申请调到了聊城的九三一医院，最起码那里还有姥姥和姥爷，那是她仅存的温暖之地。在调回聊城四个月后，母亲生下了我。

每个人内心深处都有不愿提及又挥之不去的往事，母亲从来不当着别人的面提父亲，即使有人说你看红果长得多像她爸。这话说出以后就像抛出的一个瓷碗，空空脆脆的就摔在了地上，她从来都不去接应。久而久之，就没有人再主动说起父亲了。那些与父亲在一起的点点滴滴她只想一个人静静地浏览与回味，因为她知道那是一个无论她用语言解释得多么清晰，别人都不可能完全走进的领域。死亡并不是最残酷的事，最残酷的是踩着逝去的碎片假装不疼痛，固执地期望昨日重现。

其实母亲最怀念的还是在战场上的那段岁月，她觉得只要她的心在跳动，战斗就没有结束，沙场就没有远去，梦想也没有消逝，父亲更不曾离开。全部的青春岁月被信仰、理想和豪情填得满满的，足以支撑她走完一生。那段激情四射的岁月，那个充满崇高理想和英雄之梦的时代，人类最纯真的品质与最朴实的行动被发展到极致，他们可以为了信仰而赴汤蹈火，为了理想而生死不惜，生命因此显出沉甸甸的质感。

　　我出生后，母亲常常会看着襁褓里粉嫩嫩的我发呆。她认为因为有了我的存在，她的世界变得很狭窄，狭窄得只剩下一条细细的缝，没有哪个男人愿意娶一个死了丈夫还带着孩子的女人，母亲甚至做好了独守终身的决定。

　　这个时候，苏泽里从缝隙里挤了进来，在母亲毫无准备的情况下……

　　九三一医院要评先进绿化单位，所有的旧楼都要翻新，正好苏泽里承包了这个项目。那天他站在高高的脚手架上给工人布置任务，看着树影斑斑驳驳地映在玻璃墙上，像一片水草丛生的湖面，母亲就是从幽绿的湖面下冒出来，映入他的瞳孔里的，那么突然。他在愣了几秒钟后急急地敲打着玻璃，就像急欲敲开冰封的湖面，把母亲拉上来一样。母亲听到声音抬起头，看到苏泽里，愣了一会儿。就那短短几秒钟的时间，母亲眼中流露出来的信息被苏泽里敏感地捕捉到了，那眼神先是遗忘，后是迟疑，然后是猛然想起，再然后是欣喜。

　　从那眼神里，苏泽里读懂了母亲早就忘了当年她下乡的东河村，忘了有着高阔屋顶的德国教堂，忘了那个帮她种田，带她去卫生院的小男孩，甚至在以后的岁月里也从未想起过他。但母亲不知道，他一直把她留在心尖上，就像一块根茎，埋进心田里，早已长成了青绿模样。

　　苏泽里曾无数次在心底祈祷过能和母亲重逢，只是这重逢太偶然，太仓促，苏泽里还没回过神来。

　　当他得知母亲已经成了年轻的寡妇，还带着一个我时，久久冰封在心底的爱恋破茧而出，他对母亲展开了疯狂的攻势。就像张爱玲的那篇名叫《爱》的散文中写到的一样：于千万人之中，遇见你所遇见的人，于千万年之中，时间的无涯的荒野里，没有早一步，也没有晚一步，刚巧赶上了，那也没有别的话说，唯有轻轻地问一声："噢，你也在这里？"

　　母亲明白爱情需要等待，但不是每一个人都可以等你的，而且一等就是十年，一个人可以有几个十年？特别是年轻的时候。没有比等待更长的日子，也没有比守候更远的路途。虽然苏泽里并不是她喜欢的类型，但是她认为自己早已失去了追求完美的资格，爱情对于她来说就是一朵生锈的花。她决定嫁给苏泽里，但提出了一个极为苛刻的不近人情的条件：不再要孩子。如果苏泽里不同意，她就不结婚。

　　苏泽里还是同意了，他太爱母亲了，为了她可以放弃所有。当苏泽里带着母亲重新回到东河村的时候，她沉睡的记忆才苏醒过来，刚来的那晚绣在窗纸上的月亮，那缝在教堂穹窿里的时间的针脚，还有那个一脸稚气的小男孩，都被时间熬化之后又凝固成形，呈现出当年的模样。母亲心底暗暗感叹，命运像一口玄深的井，永远不知道底下藏着什么。

苏泽里的奶奶，那个已经活成精的九十六岁高龄的老太太，一听说孙子娶了个寡妇，竟哭闹着要上吊。苏泽里带着母亲刚迈进门槛，一把茶壶就飞了过来，像一架失控的飞机直直地撞在了母亲的肩膀上。母亲的军装顿时挂满了茶叶，远远看去，像是披着一条暗色调的纱巾。茶壶却没有碎，只是壶把儿掉了下来，母亲一脸从容，她把摔掉了把儿的茶壶捡起来放回桌子上，扭头就走出了家门，走出了东河村，从此她再也没有迈进过村子一步。那天她自始至终都没有看老太太一眼，因为她还没来得及抬头茶壶就飞了过来，一直到老太太死，也只记得下乡时候她的模样。

苏泽里还是追了出来，跟着母亲走了，不顾身后老太太哭天抢地的干号。

虽然在世人眼里未婚的男青年娶一个寡妇就已经吃大亏了，但姥姥仍然对苏泽里不太满意。在她眼中，矮小瘦弱的苏泽里跟死去的英雄女婿相差千里之远。唯有姥爷对苏泽里客客气气，每次去家里都是好酒好菜招待，奉为上客，让苏泽里始终对姥爷心存感激。

重新走进婚姻的母亲像是刚刚冬眠醒来一般，跃跃欲试但手脚僵硬，她对苏泽里始终是彬彬有礼，刻意保持着距离，母亲把爱情和婚姻明明白白地划了一条不可逾越的界限，用一扇门把回忆全关在了里面。

今晚，她把心门全部向我敞开了，倒空往事后，那门里就剩下空悠悠的黑洞。重提往事，又是人过中年，母亲没有像品尝陈年佳酿一样从容与淡定，而是掬上一把热泪来祭奠自己的青春岁月。我知道旧情重提等于她把曾经愈合的伤口撕开了，那是她刻骨铭心、纠缠一生的情感。她不愿意让我再经历跌宕起伏的爱情，只希望我过得平平安安，可我却偏要往礁石上撞。

第二天一大早，天蒙蒙亮，我就离开了家。临走时留了一封信：

　　爸妈：
　　请原谅我的不辞而别，因为我不知道该怎样去面对你们。从小到大我都是一帆风顺的，在你们的呵护下长大，大学毕业后又顺利地进了部队，让我从地方大学生转变成了女军人。这身军装对我来说是那么荣耀，从穿上军装那天开始，我就深深地爱上了这个群体。冯云伟就是这个群体的代表，也许你们会觉得我是一时冲动，但正是因为深深迷恋他的军人气质，所以才想和他共度今生。希望爸妈能理解并成全我。

不孝的女儿：红果

三十四

回到海岛后，我去舅妈家住了下来，舅妈家好像几十年都不会变样，屋里的家具也没有换过。如果不是舅妈脸上的沧桑提醒了我时间的迁移，我会以为时间停止了，和姥姥一样，可能她们都喜欢怀旧吧，或许她们都是在怀念旧时光里的人。屋里的座钟一板一眼地极其认真地走着，像步伐整齐的士兵，一步都不会走错。刀子嘴豆腐心的舅妈照例叨叨了半天，昏黄的灯光把我俩的影子斜斜地摔到墙上，除了影子，墙上还有一张巨大的黑白照片，醒目地悬挂在我们头顶。照片里就是我的舅舅，脸上没有笑容，抿着嘴唇，他隔着长长的岁月静静地守望着这个家，舅妈就是一直守着这张照片过了二十多年。

因为常年卖鱼的缘故，舅妈的身上始终散发着一股挥之不去的鱼腥味，这种鱼腥味像安家落户一般常年贴在舅妈身上，怎么洗都洗不掉，横亘在她身上岿然不动。就这样，舅妈每天披挂着一层重重的鱼腥味出门，再顶着更重的鱼腥味回来，盔甲似的。舅妈回来就变着花样给我做饭，她说我太瘦了，看着就让人心疼，一定要好好给我补补。舅妈做饭的手艺比母亲强多了，母亲很少下厨的，倒是苏泽里有一手好厨艺。

舅妈卖鱼回来总喜欢喝两口，也抽烟，狭小的屋子里总是充满了缭绕的烟雾和刺鼻的酒味。舅妈喝酒的时候，电视里永远在播放着小品或者那些无厘头的电影，舅妈喜欢看小品，她会目不转睛地盯着电视大笑，笑声让我头皮发麻。家里最豪华的家当就是一台四十二英寸的电视机，放在距沙发只有三米远的地方，我常觉得里面的人呼之欲出，那摩托车、汽车似乎随时都可以冲将出来。

当酒喝得差不多的时候，她就歪在沙发上睡着了。

舅妈一喝酒就劝我不要再和冯云伟联系了："就算不为自己，也要为你爸妈想想，你妈那么要强的一个人，能看着自己的闺女嫁给离婚男人吗？"

见我不说话，就逼着我一定要答应她，说着说着她的眼睛里就泛出一层潮润。我不好驳她的面子，试探着问舅妈要不要见见冯云伟，舅妈斩钉截铁地说不见，没什么好见的。我只好佯装答应了，但在心里我始终倔强地守着自己的爱情，谁都不能改变我的坚持。

舅妈见我答应她了，很是高兴，专门做了胶东喜饼给我吃，好像是要庆祝一番似的，喜饼就是一种用油和面做的小饼，我很喜欢，她去聊城看姥姥时就带着这个去，大多都让我吃了。

假期马上就结束了，我买好了返程的车票，觉得时间在催赶着我离开，所以愈加珍惜在岛上的一分一秒。因为许诺了舅妈，所以不敢再明目张胆地和冯云伟联系，只有白天舅妈去卖鱼的时候，我才能偷偷跑出家门。可他忙得像停不下来的陀螺，故意躲避我似的，他把宿舍钥匙配了一把给我，让我想来的时候可以自己来，但他不在，我去那儿做什么呢，没事的时候，我就一个人坐在舅妈家的天井里发呆。

渐渐的，我和冯云伟之间不再那么彬彬有礼了，吵架成了我们见面之后的主题。说吵架，其实是我一个人在莫名其妙地发火，我变得像捆柴火一样，任何一点儿火星都可以烧得噼里啪啦响，并且有冲突的时候，我从来不妥协，定要和冯云伟斗争到底，他总是很有"范儿"地冷眼看着我发狂，一直看到我歇斯底里地闹够了，安静下来。在冯云伟眼中，我就是一个偏执的、狂热的女革命者。他说女人嘛，温柔一点好，怎么那么不乖呢，看人家的媳妇，个个都是贤妻良母。

每一次分开之后我也问自己，为什么不对他好一点，慈悲一点呢？在一起的时间本来就少得可怜，为什么不能谦让一点？但下一次见面的时候还是照旧，我惊恐地发现我停不下来了。吵架的缘由很多，比如我们在一起的时候，他儿子突然打电话来，他脸上的表情立刻柔和起来，那么温柔地逗他，说很想他，我在旁边听了，心里一阵阵犯酸。虽然知道他想儿子是天经地义的，但心里总像有个疙瘩，我觉得那个长着圆脸的小男孩剥夺并分享了我的爱。

为了找一个愉快点的话题，我就和他讨论结婚的细节，他说要简单为好，我立刻火冒三丈，为什么要简单，哪个女孩不想风风光光地当一回新娘呢。他受不了了，就开始辩驳起来："你为什么从来不考虑我的感受？我已经有过一次失败的婚姻，对婚姻的理解和你不一样，我觉得形式一点都不重要，重要的是两个人心心相印。"

我惊讶他竟然这样和我说话，我以为他永远都不会反抗的。我有些愤怒，他怎么可以反抗？我决定不理他，他也干脆保持沉默，然后我就会感到巨大的恐惧，怕他会真的离开我，我泣不成声地哭着问："你真的不爱我了吗？"他说："爱，我还是爱你的，可你让我觉得很累。"我更加害怕了，我知道每个人的忍耐都是有底线的，就开始喋喋不休地说："我以后不发脾气了，我改好吗？其实我不想和你发脾气，可就是控制不了自己的情绪，过后我比谁都后悔，肠子都悔青了，真的。"

可是我还是无法克制地想发火，想吵架，我发现我在虐待自己，像吸毒一样陷入这种折磨自己的畸形快感中，并且无法自拔。

我用了很大力气说服他和我一起去见舅妈，我说舅妈是个很善良的人，她会接受你的，只要接受你了，她就可以站在我们一边，帮我们做母亲的工作。但他始终没有勇气，那一刻我非常看不起他，我咆哮起来，恶语相加："亏你还是个军人，你就不配穿这身军装，你太懦弱了，懦弱到自私，你连面对我家人的勇气都没有，你怎么担当得起我的未来？"

他蹲在地上，把头深深地埋进两条腿之间，一句话不说，我看不到他的表情，也不想看，最终摔门而去。

我们陷入了冷战，我倔强地不肯给他发一个信息，他也杳无音信。

临走的前一天，我最后一次去了冯云伟的宿舍，我希望能碰到他，可是屋里空荡荡的，一切如故。桌上横着一块蛋糕，上面盎然浮着一层绿色的霉菌，这还是我几天前吃剩下的。冯云伟从来不吃甜的东西，每次我在大街上看到小男女两个人捧着一杯冰激淋卿卿我我地偎依在一起都很羡慕，我也想让他陪着我一起吃，可每次送到他嘴边时，他却把头扭到一边，说："姑奶奶你饶了我吧。"我顿时觉得索然无味了。

我把钥匙放在桌子上，关上灯，轻轻地带上了门，把一室黑暗留在了身后。

我要走了，这天舅妈没有去卖鱼，四点多钟就起来和面给我烙喜饼。我起床的时候，舅妈已经烙了满满一盆，码得整整齐齐的，看上去像一堵厚厚的墙，案板上还放着一大团面，仿佛一朵瓷质的云。我说舅妈别烙了，够了。她说带回去给战友吃，放不坏的。她送我上船，把一大包咸鱼和喜饼塞到我手里，上面还带着舅妈的体温，我不禁落下泪来，亲情有的时候比什么都珍贵。

船起航了，我看到舅妈在岸上向我招手，嘴巴不停地一张一合，她喊着什么？可惜被汽笛声吞没了，我估计还是嘱咐我不要再和冯云伟联系之类的话，舅妈是个认死理儿的人。我使劲点着头，舅妈笑了，笑得很满足。我向四周望去，希望码头上会突然出现冯云伟的身影，一路跑着气喘吁吁地赶到码头。但是没有，熙熙攘攘的人群里，我的目光像一张湿淋淋的空渔网，一无所获。

低头拿出来手机看了看，还是没有他的任何消息，没有就没有吧，我索性关了机，暂时忘掉他。我觉得我们虽然穿着一样的军装，但里面的芯子是大不相同的，有很大的差别，难道自己真的太不冷静，太不理智了吗？两个原本相爱的人，一旦说不清道不明，不能很好地沟通和交流，隔膜就成了最难以逾越的障碍。

三十五

当我再回到销毁站时，不禁被眼前的景象惊呆了，仿佛春天在一夜之间不期而至。湿软的红土中饱含着日积月累的沉淀物，在阳光和雨露的恩赐下疯狂地滋养着它能养育的所有植物。各种花儿鲜艳艳地挤满了山坡，再向四周望去，仿佛一片花海，让人心旷神怡，我不禁惊异红土地的肥沃和富饶，它到底蕴藏着多少热情才能吐出这般繁茂的美丽来？

我和冯云伟像是在进行着一场较量，无声无息却是刀光剑影。我发狠坚决不主动联系他，甚至干脆不把手机带在身上，这样就不会整天拿着手机看有没有他的短信或者电话。当看到有他的未接来电，我都是过很久才回过去，有时候是半天，有时候是一整天，理由无非是说自己在忙着，忙着成了最名正言顺的理由，他只好说你先忙吧。其实一个人心里如果记挂着另外一个人，无论多忙都会抽出时间打给对方的，哪怕只是一两分钟，然而我就跟他说我已经忙到了严丝合缝，一丁点儿时间都没有，就像你很忙一样。他开始怀疑我撒谎，每次他接起电话时都会先停顿几秒钟，无比敏锐地捕捉着周围的声音，然而每次都是死一般的寂静。我总是保持沉默，拿着手机不说话，呆呆地看着自己的影子投在墙上，虚肿而空洞……

周末，我决定去西山哨所看看，一路走，一路徜徉在春色中。花期里，花香也格外浓烈，浸透了空气，卷裹着缱绻的情怀吸入肺腑，让人无法躲藏，无处回避。事实上我也并不想躲，只是突然被裹挟而来的花潮花浪弄得神魂颠倒，竟生出些恍然隔世的感觉来。

　　这里的山也是由于大地的褶皱而被迫站立起来的吧，它们恰好处在这样一个令人仰望的高度上，才享受到阳光和春雨的慷慨赠予，阳光和春雨恰恰是一切繁茂的根源。花儿独独钟爱这峰峦叠嶂的山，这里有水有雾，能让它们得到最甘润的滋养。

　　风从高天吹来，吹散了山腰处浓浓的雾气，我走到了百鸟台，画眉鸟和一些稀有的、叫不上名字的鸟在林间啾啾鸣叫，一道飞泉由崖壁跌下，湍急的流水穿过茂密的丛林奔向远处的山谷，经过几个急转弯后冲出狭窄的谷道。大自然其实就是这么简单，不深奥，不难懂，它只是向人昭示着一种哲理。

　　我像走进世外桃源一般，贪婪地把美景尽收眼底。就听见有人喊"整理着装，稍息，课目……"远远望去，只有一片茂密的树林，我顺着声音传来的方向爬上山去，看到一个战士正在组织队列训练，他面前只有一个兵。

　　他俩看到我，很惊讶怎么来了一个女士官，在他们印象中，这里是没有女兵的，我跟他们说，我都来了好几个月了。他们不好意思地挠挠头说："这里离营区将近三公里，消息很闭塞。"

　　我早就听说西山哨所是销毁站最偏远、条件最艰苦、海拔最高的哨所，他们主要负责整个库区的观察瞭望任务，一座哨所只有两个士兵，今天见了才知道果真如此，我跟他们说离得远也好，自由。他说："我们虽然听不到军号声，闹钟就是军号，我们和山下的战士一样起床、出操，按照年度计划训练，还组织哨兵勤务和消防演练，军事训练课目一个不少，标准也一点不降。"

　　我环顾他们的住处，和普通的排房确实不一样，还有锅碗瓢盆。因为离营区太远，从西山到营区就要走上四十分钟，到菜市场则要走三公里，他们只能自己做饭，一个星期才下一次山，特别是冬天，大雪封山以后，生活就没有了着落。于是他们买来菜苗，把哨所门前的空地都种上菜，战士跟我说，最初种菜的建议是一个老班长提出来的。刚开始种什么都不发芽，老班长就带领大家收集落叶、干草、制成肥料，晚上一有空就开垦荒地。当夜已阒寂无声，云朵都睡了的时候，战士们就借着月色种菜苗，现在山上能利用的地方已经全部开垦了，他们从来没有把种菜当成一种负担，在这样地处偏远的哨所里，种出的每一棵菜都像他们养的宠物，在发芽和结果的那几天，有的战士恨不得蹲在那里看它们生长。

　　"我们的生活就是白天兵看兵，晚上看星星。哨兵最喜欢的就是有人来检查，这样就可以看到人了。"战士兴高采烈地跟我说着，显然很欢迎我的到来。我走出很远了，回头看见他们还站在那里，朝我挥着手。

这个地方太安静了，待几天还可以，这些朝气蓬勃、热情奔放的小伙子怎么能适应这里的枯燥和单调？我边走边思索着，手机响了，是冯云伟打来的，当我看到他的名字出现在手机上的一瞬间，有一种全身触电的感觉，每根神经都被拧紧了，拧成一团。我接通了，他却没有说话，我也保持着沉默，彼此确实都不知该说些什么。我内心深处一点都不想放弃这段感情，但又觉得自己的力气已经耗完了。

当我走下山去，和冯云伟不期而遇的时候，那一刻只有静默，我惊奇着，却没有问他怎么突然来了。他走上前来牵我的手，我却缩回了，一切再也回不到从前。我感到一种不安，这种不安让我变得焦躁起来，我找了个借口，说要去销毁间，转身就逃了。我的脚步越来越快，怕他会追上我，等我一鼓作气跑到车间，才敢回头望去，空无一人，一种解脱的快感涌上心来。

黄昏暮沉，小雨缤纷，这样的情景充满感伤和无奈，此去经年，几许韶华。冯云伟留下了一封信，悄悄地走了。

红果：

当你读到这封信的时候，我已经离开了。

我是突然决定去看你的，因为我觉得我们的感情已经出现了问题，在这段感情里你就像一个法官，而我就是一个等待宣判的犯人，这种日子太难熬了，哪怕被判死刑，也比颤巍巍地等待来得痛快。

我拿到车票的那一刻有种酣畅淋漓的感觉，似乎要去挖掘一个巨大的秘密，那就是你背叛了我，并且已经有了新欢，这是铁定的事实，而我来就是为了揭穿这个秘密，所以事先并没有告诉你，而是悄悄地来。临来的前一天，我在地图上查到了大致的位置，按图索骥找到了这个地方。

然而却不是我想象的那样，我甚至为自己的狭隘自私和小肚鸡肠感到无地自容。你为我受牵连，来到如此偏远的小山沟，这对于一个从小在城市中长大、适应了繁华生活的人来说，是一件多么残忍的事情，对于一个无限热爱部队的女军人来说又是一次多么沉重的打击，面对你，我总感到无以言表的愧疚。

　　我本来就没有资格追求你，是我没有冷静理智地把握好自己的感情，再加上家庭和生活环境的差异，让这份爱情变得单薄和苍白。你曾经说我是个懦弱的人，我不懦弱，但在你面前我始终没有自信，我也不知道为什么。这一次你换单位，在空间上又把我们的距离拉大了。红果，我多么不希望看到一个青春靓丽的女孩子，在终日苦苦的等待中日渐枯萎，或者说不希望看到又多一个奔波在两地的军嫂。等待是一个人最初的苍老，这对于你不公平，我真心希望你有一个幸福而又稳定的人生轨迹，虽然我非常舍不得这么一个好姑娘。无论怎样，我都真诚、真挚、真心地感谢你，在我人生最低谷的时候，给了我一份纯洁无瑕的感情。

　　我不想让你送我，因为我知道你是个心思缜密的女孩，不想让你再为我感伤流泪了，我从没有害怕过什么，但突然很害怕分别的场景，所以我决定悄悄地走。

　　不知道我们还会有下一次重逢吗？如果再相遇，我们是否还穿着这身军装，又会身在何处呢？

云伟

　　天色已经暗了下来，细密的雨滴一下下敲打着宿舍的玻璃窗。清醒过来的我猛地起身，冲出宿舍，门口的哨兵没有阻拦我，只是用困惑的眼神看着我这个浑身油污点点的女兵。

　　跑到大街上，我才发现自己没带一分钱，脑子里只有一个念头，那就是必须见到冯云伟。我就这样跑着，跑着，路上时有行人侧过头来，好奇地看着我，我感到步履越来越沉重，必须要见到冯云伟的念头也像一盆燃尽的炭火熄了下来，见到他做什么呢，挽留吗？如果不是，那再见他又何必呢？

　　我慢慢地转身，往回走去，雨已经不知不觉停住了，一轮月亮毛茸茸地晕染着光圈，翩然挂在半空中，播撒着清辉，路上行人无几，一派静谧，我想这个时候，营院里的熄灯号已经响过了吧。我就这样带着湿漉漉的心情，穿行在湿漉漉的空气里。

　　回到宿舍楼下，望着那个黑黢黢的窗口，一阵致命的孤独把我笼罩住，就让曾经的过往化作风尘中美丽的叹息吧。

　　我抬头看看月亮，朦朦胧胧的月光，终究会变得很澄澈吧。

三十六

没想到那一次的分离竟然成了永别，我接到林晓璐的电话：冯云伟出事了，他在出海执行任务的时候，为搭救渔民被风浪卷进了海里⋯⋯

我听到这儿，握着电话就倒了下去，眩晕中眼睛里布满黑色的人影，一层层叠加在一起，移动着砸过来，把我挤成薄脆的一张剪纸。

我赶去了北塔山岛，此时正在下着雨，海面上很平静，雨打到暗花格的伞上，留下筋络般的纹理。冯云伟的战友跟我讲了他遇难的经过，因为怕我情绪失控，他讲得断断续续，但事情已经发生了，就像一幅画已形成了固有的图案，他所做的只能是临摹出来。

那天通信科接到电话，海底电缆被风浪吹断了。冯云伟跟着水线作业船去维修，船刚刚驶出码头不远，风浪就越来越大，涌浪好几米高，他们没办法再往前走了，正准备返回，远远地看见一艘渔船在云雾中若隐若现，一听那发动机的声音就知道是方老伯的船。冯云伟对那艘小渔船早已很熟悉了，那条花了一万多块钱造的铁皮船，是方老伯谋生的工具，也是他的栖息之所，方老伯单身了一辈子，也打了一辈子鱼，小渔船就是他的家，无论春夏秋冬，吃住都在上面。冯云伟每次去海边跑步时都能碰到他，有时还会过去帮他干点活，和他拉拉家常，聊聊捕鱼的新鲜事。现在的渔船和以前不一样了，是"烧"柴油的，即使不跑远路，一年也要花掉七八千油费。在海上捕鱼很苦，冬天冷，夏天晒，而且天天都是半夜三更就出海，但方老伯说除了打鱼，别的什么也不会，所以一辈子只能干这个了。他以前常跟冯云伟说自己用破的网就有几千张了，要用卡车才装得下，现在一张大网就要一千多元，一旦被石头钩破了，就立马报废，补都没法补。

水线作业船向小渔船驶去，眼看着小渔船在翻滚的海浪中渐渐下沉，船舱里进了水，冯云伟把救生圈抛向方老伯，可是他却没有接住，情急之中，冯云伟顺着系救生圈的绳子翻下栏杆去，想把方老伯拉到作业船上来，可是就在他下去的一瞬间，救生圈从手中滑了出去，顷刻间，冯云伟淹没在海浪中……

方老伯最终被救了上来，冯云伟和那艘小渔船却被吞噬了。

他的战友还在讲着，我什么也听不见了，耳中是呼啸的海浪声，一浪高过一浪……

他们要扶我回去，我坚持在海边等冯云伟回来，我相信他一定会回来的。然而等待的尽头是空白和虚无，我始终不承认，那个带给我刻骨铭心爱情的人已经像云一样飘远了，遥无影踪。

我病倒了，高烧不止，陷入半昏迷状态，恍惚间看到冯云伟朝我走来，无声地冲我笑笑，然后又兀自隐去。我急急地追着他远去的背影，声嘶力竭地喊着："我再也不和你吵架了，什么都听你的，不要再躲着我了，我知道你在和我捉迷藏……"

然而终究只是一场梦，期待在追忆中碎成了片。

冯云伟的父亲赶来了，他几乎是被人凌空架了起来，看上去像是一具木偶。方老伯在看到他的一瞬间就直直地跪了下去，冯云伟的父亲想去扶他起来，但是一个人如果真心想跪，你是拉不起来的，晚年丧子的痛苦抽干了他最后一丝气力，他膝盖一弯，也坐在了地上。两位老人紧紧地抱在一起，老泪纵横，我走过去喊了一声："爸。"他把我揽进怀里，不住地说孩子，对不起，对不起。我说："爸，是我们对不起您，云伟走了还有我呢，您不要难过，还有我呢。"

母亲也来了，眼里满含愧疚，她走上前来握住我的手，我却推开了她，失声叫了起来："这下你们满意了吧，我和他终于分开了！"

母亲紧紧地抱住我，眼泪一颗颗滴落在我的脖子上："不是这样的，红果，不是这样的！"

我终于忍不住，扑进她怀里大哭起来，明明一碰就支离破碎了，还要把自己一块块缝起来，垒成一个人形，还要装作刀枪不入的样子，我太累了，不想再硬撑下去了。

冯云伟曾和我说过,在海岛上待了这么多年,早就把这里当成故乡了,反而每次回南方的那个家倒觉得陌生。生命就像流萤一样,转瞬即逝,现在他走了,整个海岛上都空空荡荡的,连空气都托不住孤独。我安静地悔恨,安静地悲伤,所有的情绪化作一杯苦酒独自默饮。

母亲要回聊城了,临走她说年底就复员回家吧,我摇摇头:"我要留在这里,替他守着这片海。"

我回了销毁站,生活还将继续。蒸汽倒药车间不能长期干,我轮岗去了手榴弹销毁车间,搭档还是李玉琴。

工房里"咔哒咔哒"地响着有节奏的机械声,我和李玉琴戴着两只大口罩,坐在上弹间的控制座上,一边上弹,一边盯着监视屏,突然"咔哒"声消失了,像一滴水一下子融进海里,无影无踪。显示屏上,一枚手榴弹被拦腰截断,雷管迅速下落,被带出的拉火绳吊在半空,随时都会发生爆炸,我们两个像被钉子钉在了原地,眼睁睁地看着木柄断了,拉发铜丝从管里坠了下来,"哧哧"地冒着青烟……

我一下子失语了,嘴巴和牙齿像是粘在了一起,说不出话来,我伸出手拽住李玉琴的胳膊。

"快跑!"她一声高呼,迅速按下红色传送带的停机按钮,拉起我就往外跑。只听"轰"的一声,手榴弹在抗爆间爆炸了,紧接着是一阵噼里啪啦的声响,抗爆间屋顶的墙壁上炸出了无数个小弹坑,灯管和监控探头全部被炸碎了,连缓冲玻璃都无一幸免,地面上堆满了弹片、碎石和玻璃碴儿。

我站在门外的空地上,突然想起刚来的时候,戴主任说的那句话:"你慢慢会体会的。"我现在终于切切实实地体会到了,原来自己到了这么一个高危险的单位,每道工序都是用命换来的,现在我们从死神身边转了一圈又回来了。

我突然领悟到自己现在才真正理解冯云伟,真正理解海岛兵,理解那种对纷乱尘世目空一切的淡泊和近乎呆滞的木讷,以及那种与外界的繁华隔离太久后几近失语的沉默。从平凡中创造出奇伟,或者从单调中创造出瑰丽都是了不起的事情,虽然销毁站的工作是高强度、高危险、高污染,但这里的每一个人都那么乐观,那么从容,那么豁达,能在喧嚣中保持着一份沉静,在浮华中保留着一份安宁。我常常怀疑自己虽然已经是军装在身,但和真正的军人相比还不是同一种概念，军营对于我来说是一座圣殿，我一脚迈进来，用心写下歪歪斜斜的誓言，这誓言起初像是一把枷锁，我一直想挣脱它，现在我宁愿它一生都套在我的脖子上，套在我的灵魂上。

三十七

人生就是要经过一个又一个驿站，有些东西是要放下的，不然背负得太多，包袱越来越沉重，步履就会越来越艰难。这么久了，我很少有时间与自己的灵魂对话，其实是没有胆量与自己对话，感觉就像在海滩上行走，时间像是海浪，一波推一波，抹去了曾经的足迹，这也许是一种修复，也许是一种残酷。

转眼间到了来年春天，我以为春天是美好的季节，万物复苏的季节，恰恰错了，这是一个非常残忍的季节，它滋生着回忆和欲望，已经呆钝的根偏偏要接受春雨的挑逗，以至于它不得不把记忆翻新，露出欲望的芽来。

周末，我请假外出买东西，出门的时候哨兵没有拦我，回来的时候却把我拦住了，非要查我的证件，我什么都没带，觉得哨兵在故意找碴儿，忍不住和他较起劲来。

"同志，请问你哪个单位的？"哨兵走上前来。

我没有说话，只是斜着眼瞟了他一眼，谁知哨兵却不乐意了，走到我跟前，"啪"一个敬礼："同志，你为什么不说话，这样是对我们哨兵的不尊重。"

"我对你们尊重，你们对我尊重吗，你敢说你不认识我吗？这个院里一共才多少女军人，我又不是妖怪，有着三头六臂，我换了便装就不认得了，这是不是你的失职？"

哨兵竟一时无语，我转身走了，他没有再追我。突然想起一句广告里的话："胃不舒服，别扛着。"那心不舒服呢，是不是也不应该再扛下去？

我不想回宿舍，漫无目的地走着，偶然瞥到院子里的一株桃树开花了，人间四月芳菲尽，山里桃花始盛开。我边走边抬起头来，眯着眼睛看太阳，阳光穿透树影，林间云蒸雾绕，鸟声啁啾。百鸟台上，白鹭、灰鹭、喜鹊、鸽子，各种鸟应有尽有。窑洞旁的铁轨像是一条臂膀伸向远方，站台边，官兵们正在紧张而有序地装车。销毁站不但承担着销毁任务，还承担着武器弹药押运任务，所以销毁站里面就有铁路。押运弹药任务重，人手少，官兵们周而复始地战斗在铁路线上，任务最重的时候，他们每天从朝阳初升一直干到暮云四合，每人要独自承担十几吨的装卸任务。

我走过去跟他们打招呼，问要不要帮忙，一个小战士俏皮地说："我们可舍不得让漂亮女兵干这活。"众人都笑了起来，我看到他们大汗淋漓，全身都湿透了，湿腻的汗珠迸溅着，像一条条咸腥的鱼。

我刚回到宿舍，一个战士就过来找我，说他们连邀请我一起吃饭。他们要去执行押运任务了，就当给他们送行，但有个小小的要求——我要穿便装。我痛快地答应了。

我赶到饭堂的时候，他们都已经坐好等我了。我发现查我证件的哨兵也在，他冲我笑了笑，想起刚才自己的蛮横态度，我顿时窘迫起来。

他们轮番给我夹菜，脸上纯净的笑容像涟漪层层荡开，一直荡漾到我心里。

我跟着他们喝酒唱歌，眼看着桌子上的酒瓶像雨后春笋一样疯长起来。后来我干脆把酒倒进盛米饭的大碗里，上面还飘着油花花，一仰脖咕咚咕咚就灌了下去。眼前的一切都变得朦胧起来，不再那么坚硬，像一个巨大的绵软的丝绒枕头，我突然觉得其实我并不孤单，我和他们是在一起的。

要出发了，我去站台送他们，这次押运要半个月时间，行程几千公里。我跳上车厢看了一下，车厢内很暗，一块木板就是他们的床，旁边堆的方便面、水、面包和饼干就是他们半个月的食物。一个身材瘦削的战士也钻进了车厢，他对我说接下来所有的时间就只能在这个黑暗狭小的空间里度过了，有时遇到列车重新编组，一停就是几天甚至十几天。寂寞和孤独暂且不说，夏天蚊虫肆虐，带的食物很快变质，有时只能吃长了毛的面包，冬天车厢里寒如冰窖，即使喝水也要用体温去融化，常常是存在水桶里的水冻成了大冰砖。如果遇上下雪天，就用雪来擦脸，去年他在东北执行押运任务的时候还得了面瘫，留下后遗症，现在这个季节已经是执行任务的最好时机了。

我忽然明白了我的花衬衫、麻花辫和灿烂的笑容对于这些兵们意味着什么，这是不经意间馈赠给他们的礼物。我也明白了为什么出门的时候哨兵总爱拦我，让我出示证件，在这个偏远的山沟里，他们只是想和我说说话。

我终于有勇气把记忆打开，曾经的过往以最美的姿态涌上心头。所有沉淀下来的时光都那么清澈，无论走过多久，都能透过埋积的岁月看见当年透明的心。我试图给我的军旅时光一个命名，一个总结，可发现它涵盖了太多的内容，有喜悦、飞扬，也有忧伤、彷徨，还有充满了生活质感的厚重。

车缓缓驶出站台，战士从车缝里伸出手来，挥了挥，火车渐行渐远，站台一下子安静下来。铁路旁的花丛中，蒲公英在阳光下飞舞，带着寄托，带着希冀，飘向火车驶去的远方……